Die Sumpfschwimmerin

Bellevue

Ulrike Gramann

Die Sumpfschwimmerin

Roman

1. Auflage April 2017
© 2017 Marta Press, Verlag Jana Reich,
Hamburg, Germany
www.marta-press.de

© Umschlaggestaltung: Niels Menke, Hamburg
unter Verwendung einer Algrafie
von Gudrun Trendafilov, Dresden
www.gudrun-trendafilov.de
Printed in Germany.
ISBN 978-3-944442-65-5

Ähnlich heftig verlief mein Übertritt zum Feminismus einfach dadurch, daß ich an einer Bushaltestelle ein Erleuchtungserlebnis bekam. Ich stieg in den Bus ein, und wußte nicht mehr, wohin ich fahren wollte. Meine Erinnerung war abgebrochen, und, um zu wissen, was ich nun überhaupt geworden war, fuhr ich zur Staatsbibliothek und blätterte die Karteikarten unter „Feminismus" auf. Ich studierte die feministische Literatur und da stand, daß viele Frauen ein ähnliches Erlebnis gehabt hatten, und daß diese Frauen die „Unumkehrbaren" genannt wurden. Da richtete ich mich auf die Dauer ein und wagte mich öffentlich heraus.

Christa Reinig

Oh I wish I had a river I could skate away on

Joni Mitchell

Erstes Kapitel

„Bitte, können Sie einen Augenblick auf den Fernseher aufpassen?"

Ich konnte keinen Fernseher erkennen. Ich konnte den Ursprung der Stimme nicht erkennen.

„Können Sie nicht einen Augenblick aufpassen? Wir gehen auf die Veranda zum Rauchen."

„Die versteht dich nicht, Mama, die ist noch in Narkose."

Die Fahrt durch einen seitlich nur halb erleuchteten Tunnel wurde langsamer. Ich nahm Tageslicht wahr. Ich machte die Augen auf. Vor meinem Bett stand eine Frau, unter deren ausgeleierter Strickjacke sich ein Leib wölbte, den ich sofort als Erinnerung an zahlreiche Geburten begriff. Hinter ihr sah ich den Fernseher, dessen Bildschirm auf das andere Bett ausgerichtet war. Ich konnte nichts im Blick festhalten.

„Eine Zigarettenlänge, da wird schon keiner kommen." Die Frau winkte ab und schob das Mädchen nach hinten zur Verandatür. Ich fasste unter das Kopfkissen, wo ich neben einem Buch meine Armbanduhr fühlte und sie hervorzog. Es war viertel fünf. Der Arm war leicht, ein Flügel, auch der andere, ich band die Uhr um und tastete über den Körper. Eine Schwester kam herein.

„Ich will mich waschen.“

„Halten Sie die Binde fest.“

Ich hob die Beine aus dem Bett.

„Langsam!“

Ich ging zwei Schritte zum Waschbecken. Blut
klatschte auf das Linoleum.

„Habe ich es Ihnen nicht gesagt!“

Ich wollte mich bücken, aber die Schwester hinderte mich. Sie befahl, beim Waschen vorsichtig zu
sein, und ging selbst einen Lappen holen. Ich ließ
kaltes Wasser über die Handgelenke laufen und
dachte an den viele Meter breiten Wasserfall, in den
ich eines Traums geglitten war, Kopf voran, durch
Helligkeit und Glanz. Links und rechts glitten andere Frauen vorbei, Kopf voran auf den nicht erkennbaren Grund zu. Ich nahm den Waschlappen und
wusch mich systematisch. Es ging mir so gut.

Die Schwester kehrte zurück, wischte den Boden, spülte sich die Hände ab und teilte dann mit,
ich würde erst morgen entlassen.

„Warum?“

Sie wusste es nicht.

Vor dem Fenster ging das Mädchen langsam auf
und ab, wobei sie eine Hand im Kreuz liegen hatte
und mit der anderen ab und zu nach der Zigarette
ihrer Mutter griff, um daraus einen Zug zu nehmen.
Die Schwester, die die beiden rauchenden Frauen aus
den Augenwinkeln wahrnehmen konnte, ignorierte
die Zigarette. Ich setzte mich wieder auf das Bett
und zog die Beine an.

„Warum muss ich über Nacht bleiben?"

„Sie können aufstehen und alles, morgen Nachmittag werden Sie bestimmt entlassen."

„Warum muss ich über Nacht bleiben?"

Die Schwester zuckte mit den Schultern und ging hinaus. Mutter und Tochter kamen zur Verandatür herein. Der Fernseher war noch da.

„Sie sind ja doch wach!"

„Ja." Ja. Die Patientin hieß Sandra und war im siebten Monat. Sie hatte mir am Vormittag, während ich auf meine Beruhigungsspritze wartete, erzählt, es wäre eine Risikoschwangerschaft. Sie war fünfzehn. Ihr Freund, der Kindesvater, hatte sie im Krankenhaus noch nicht besucht. Sandra wollte nicht von ihm besucht werden. Von ihrer Schulfreundin hatte sie erfahren, dass er beim Jugendtanz mit einer anderen geknutscht hatte.

„Der ist kein Vater für mein Kind. Ich liege hier im Krankenhaus. Ich würde auch lieber mit einem schicken Nicki tanzen gehen. Ich kann nicht weg. Wenn das Kind da ist, erst recht nicht mehr."

Warum sie das Kind behalten hatte?

Sandra sagte, sie würde niemals abtreiben.

Der Arzt hatte gesagt, bei einem jungen Mädchen sei ein Schwangerschaftsabbruch gefährlicher als eine Schwangerschaft und dann könnte sie nie mehr ein Kind bekommen. Als Sandra am Morgen aus dem Zimmer zum Arzt gerufen worden war, hatte ich auf dem Krankenblatt, das an ihrem Bett hing, nachgesehen, warum sie hier war. Über der Kurve ihrer Körpertemperatur war vermerkt „soziale Indikation". Damit war gemeint, dass der Krankenhausaufenthalt sie von ihrer Herkunftsfamilie trennen sollte. Sandras Mutter stellte eine Flasche Apfelsaft auf den Nachttisch. Das Gesicht des Mädchens spitz über dem dicken Körper.

Notfalls müsse eben der Muttermund zugenäht werden, sagte die Mutter.

Ich sah ihre Lippen, deren Farbe sich von der des Gesichts nicht abhob.

Sandra hatte mich vor der Abtreibung gefragt, warum ich kein Kind wollte.

Ich wollte eben kein Kind, „nicht ohne Vater", hatte ich aus einem Gefühl der Unterlegenheit hinzugefügt.

„Mein Vater hat nur gesoffen. Seit er ausgezogen ist, ist es richtig schön bei uns", sagte Sandra. „Meine großen Geschwister sind auch ausgezogen, und die kleinen sind aus dem Gröbsten raus."

Als ich ihre Mutter sah, verstand ich. Es ging um eine Folge von Schwangerschaften, Geburten und Stillperioden, die erst nach zwanzig oder fünfundzwanzig Jahren endete und in die Sandra jetzt auch selbst eingetreten war. Der Mann hatte die Wohnung verlassen, und für Sandras Mutter war die Ruhe eingekehrt, auf die sie sonst erst nach den Wechseljahren hatte hoffen können. Alles war gut: Sie hielten zusammen. Wenn ein Kind ins Krankenhaus kam, brachte die Mutter den Fernseher, Saft, Wärme, alles, was ihnen niemand nehmen konnte. Sie sprach davon, dass einer der Brüder ein Kinderbett von seinem Betriebskollegen bekommen habe und dass die erste Sendung mit Babykleidung aus Neukölln eingetroffen sei, manches wie ungetragen.

„Tante Gertrud wird noch mehr schicken." Aus ihrer Tasche zog sie winzige gehäkelte Babyschuhe, die mit den Schürbändern zusammengebunden waren, und hängte sie über das Kopfende von Sandras Bett. „Tante Gertrud hat immer geschickt."

Neun Frauen waren früh um sieben auf der Station gewesen. Wir hatten im Flur gewartet, bis eine Schwester erschienen war und unsere Namen von einer Liste vorgelesen und jeweils abgehakt hatte.

Waren wir nüchtern?

Eine der Frauen gab zu, dass sie Kaffee getrunken hatte, und musste nach Hause gehen.

Bedeutete das, dass sie erneut auf einen Termin warten musste? Und wenn inzwischen die Zeit verstrich?

Die Schwester zuckte die Achseln. Hatte die Frau noch eine Woche Zeit?

Sie nickte.

Dann würde sie es schon schaffen.

Das erschrockene Gesicht der Frau war noch einen Augenblick hinter der Glastür zu sehen. Sie wühlte in ihrer Tasche nach Zigaretten, um sich darüber zu beruhigen, dass sie nicht gelogen hatte.

Ich hatte schon gehört, dass man Frauen, die abtreiben wollten, in Zimmer einwies, in denen eine Risikoschwangere lag oder eine Frau, die jahrelang auf ein Kind gewartet hatte. Es war mir egal. Prozeduren, die für die Herstellung des Normalzustands notwendig waren, würde ich in jedem Fall über mich ergehen lassen. Ich schob meine Tasche in den Schrank, nachdem ich mein Handtuch und das

Nachthemd herausgeholt und Buch und Armbanduhr griffbereit unters Kissen gelegt hatte. Ich hatte
keinen Morgenmantel wie das Mädchen, sondern
nur den gestreiften Bademantel, den mein Vater bei
meiner Mutter zurückgelassen hatte, als er auszog.
Untersucht, desinfiziert, durch Medikamente beru-
higt, lagen dann die Frauen in einer Reihe auf dem
Gang. Ich lag auf dem letzten der fahrbaren Betten,
und die Frau, die vor mir dran war, redete die ganze
Zeit davon, dass die Schwangeren im Krankenhaus in
kleine Gläser pinkeln müssten. Der Urin würde für
die Hormonproduktion benötigt, angeblich würden
so Devisen eingespart. Ich hätte schon fünf Wochen
eher hier sein können. Der Arzt, bei dem ich damals
vorgesprochen hatte, erklärte, nach so kurzer Zeit
könne er unmöglich eine Schwangerschaft feststellen.
Ich könnte seinetwegen am nächsten Morgen eine
Probe bringen, mit der der Test gemacht werden
würde. Aber das kostete bekanntlich den Staat auch
Geld, na, für eine eingebildete Schwangerschaft.

Das Testergebnis war negativ. Im Westen gab es
Schwangerschaftstests in Apotheken zu kaufen. Ich
kannte niemanden, den ich bitten konnte, mir einen
solchen Test zu besorgen. Außerdem würde der hier
nicht anerkannt. Ich brauchte eine gültige Bescheinigung. Wochen später, als gnadenlos in Teilung be-
griffene Zellen meinen Bauch hart machten, bekam
ich sie.

„Eine Frau mit sechsundzwanzig ist eine alte
Erstgebärende. Wenn Sie später ein Kind wollen,
geht es dann nicht."

Ich würde später kein Kind wollen.

„Im Tierreich gibt es so etwas nicht", sagte der Arzt. „Jedes Tier will sein Kind. Jedes Tier hat so viel Instinkt."

Ich würde auf keinen Fall weinen. Der Arzt reichte einen Fragebogen über den Tisch, der am nächsten Tag auf der Station abzuliefern war. Er enthielt den vom Krankenhaus auszufüllenden Abschlussbericht. Ich konnte jeden möglichen Abschluss eines Krankenhausaufenthalts zur Kenntnis nehmen, auch den Transport in die Leichenhalle. Später dachte ich immer, ich hätte das geträumt, wie ein Bild, auf dem ich mit Händen und Füßen an eine Plakatwand gefesselt war, und rechts und links von mir klebten sie Plakate für Zirkus Aeros und Losungen für den nächsten folgenden Parteitag.

Ich langweilte mich auf dem Krankenhausflur. Frauen wurden wach in den OP geschoben und kamen schlafend wieder raus. Ich drehte mich auf den Bauch.

„Lieblingslage, wie?", sagte eine Schwester.

Mir wurde jetzt schon nicht mehr schlecht. Vielleicht kam das von den Beruhigungsmitteln.

Der Arzt betrachtete meinen Bauch.

„Sechsundzwanzig? Kein Kind, kein Garnix und keine Verantwortung wollen."

Die Zeit war zu kurz, mir vorzustellen, ob Frauen in diesem Moment wirklich aufstanden und weggingen. Oder warum sagte der jetzt das. Ich drehte den Kopf nach rechts, wo der Anästhesist stand, mir eine Spritze in den Arm schob.

„Tut das weh?"

„Es kribbelt auf der Zunge."

„Wie bitte?"

Dann war ich in stummes Halbdunkel gerutscht, aus dem mich die Mutter der fünfzehnjährigen Patientin mit der sozialen Indikation geweckt hatte. Unter der Bauchdecke war es wunderbar leer.

Sandra hatte ihre Mutter verabschiedet. Sie roch nach Schweiß und Zigaretten und schaltete den Fernseher ein. Sie bekam einen Westsender rein und erzählte, dass sie, wenn das Baby da wäre, einige Monate zu Hause bleiben und dann die neunte Klasse wiederholen würde. Ihre große Schwester hatte mit sechzehn ein Kind bekommen. Es war gut, wenn in der Familie mehrere Kinder kurz nacheinander geboren wurden. Dann konnten sie zusammen aufwachsen. „Bei uns ist Leben in der Bude." Ich fühlte mich ohne Kinder lebendig genug.

Sandra durchschaute mich, ich brauchte gar nichts zu sagen. „Bei Ihnen ist das etwas anderes."

Ich gewann meine Erleichterung zurück und zog das Buch unter dem Kopfkissen vor. Es war die Geschichte eines Postboten, eines Andenbewohners, der sich bei seinem unermüdlichen Briefeaustragen in den Gebirgen regelmäßig in einen Kojoten verwandelte, um so die Post pünktlich zustellen zu können. Er schaffte es immer. Der Fernseher gab seine monotonen Geräusche von sich. Sandra passte auf, dass keine Schwester, die unversehens das Zimmer betrat, sie beim Westfernsehen erwischte. Der Erziehungsanstalt des Bildungswesens entkommen, war sie in der Erziehungsanstalt Krankenhaus gelandet.

Die Nacht verbrachte ich schlaflos, leicht und erregt wie ein Vogel, und beim Fiebermessen morgens um fünf zeigte das Thermometer nicht einmal 36 Grad an. Um acht wurde ich in das Zimmer des Arztes gerufen. Ich sollte mich nie wieder bei ihm blicken lassen.

„Sicher nicht."

Und ebenso wenig würde ich mich bei jenem Mann blicken lassen, den ich vor etwas mehr als drei Monaten auf einer Ausstellungseröffnung in Dresden kennengelernt hatte. Ich hatte neben einer Bekannten gestanden, die am nächsten Tag ihren Geburtstag feiern wollte und sagte, dass ich mir hier jemanden aussuchen sollte, eine Person, um sie zu ihrer Fete mitzubringen.

„Eine beliebige Person?"

„Jede, die du willst."

Mein Blick stockte an einer großen Frau mit Messingohrringen. Neben ihr stand ein hagerer Mensch, der laut und sächsisch redete. Als er lachte, sah man, dass ihm ein Eckzahn fehlte. Seine Finger waren gelb vom Rauchen.

„Den auch?" Klar.

Vier Wochen später hatte der Mann mich in Berlin aufgesucht und war mit mir in einem Lokal gewesen, wo wir klares Wasser und Wodka tranken und ein russisches Fischgericht aßen. Er zahlte mit einem großen Geldschein und ließ sich ein Taxi rufen. Er benahm sich, als wäre er einer der Staatsminister, die hier verkehrten, und wurde auch so behandelt oder jedenfalls so, wie ich mir deren Behandlung vorstellte. Der Mann hatte eine Handpresse in Dresden und druckte dort Hefte, die in geringsten Auflagen erschienen und teils zu nicht nennbaren Preisen, teils für nichts weitergereicht wurden. Seine Grafik hing in privaten Räumen, die zu manchen Gelegenheiten als Ausstellungsräume fungierten, und er lebte von Verkäufen an spezialisierte Sammler, mehrheitlich im westlichen Staat. Wenn das Geld alle war, trug er für die Volkssolidarität Essen aus und putzte die Wohnungen von alten Leuten, die sich nicht mehr selbst helfen konnten. Notfalls existierte er von den hundertachtzig Mark im Monat, die die Volkssoli zahlte. Es war schon eine Weile nicht mehr nötig gewesen. Er berichtete von einem grandiosen Coup im letzten Jahr, als sie dem großen, alten Abstrakten, der die Verwüstungen des Dritten Reichs ebenso überdauert hatte wie den Formalismus-Streit der frühen Fünfziger, eine auf sieben Wohnungen im gesamten Stadtgebiet verteilte Hommage gewidmet hatten. Das Projekt war nicht vereitelt worden, obwohl es sicher zu vereiteln gewesen wäre. Ich wusste, von wem die Rede war, und sah das von riesigen Ohren flankierte Gesicht des alten Abstrakten sofort vor mir. Seine ebenfalls riesigen Augen, beschattet von einer vor die Stirn gehaltenen beweglichen Hand. Der Grafiker sagte, er sei sich nie klargeworden, ob es sich um Ignoranz der staatlichen Behörden oder absichtliches Gewährenlassen gehandelt hatte. Es war großartig gewesen. Bald darauf waren die schwarzroten Phasenverschiebungen, auf die der Abstrakte in den letzten Jahren zurückgekommen war, in der staatlichen Kunstausstellung zu sehen gewesen. „Als sei der Mann seit jeher akzeptiert", sagte der Grafiker.

Allerdings habe die letzte Kunstausstellung insgesamt etwas angezeigt, sagte er, das Optimisten als Verfall der Autorität deuteten: Grafiken, auf denen feingliedrige Frauen auf Gazellen ritten, Bilder von Puppen, denen Arme oder Beine fehlten, und das Environment eines nicht mehr jungen Wilden, dessen Bezeichnung bereits bewies, dass es sich hier nur um Formalismus handeln konnte. An der Jenenser Universität, hatte auch ich schon gehört, hatte eine Kunsttheoretikerin den Begriff eines sozialistischen Realismus aufgebracht, der sich auch spätbürgerlicher Gestaltungsmittel bedienen könne.

Und in der Berliner S-Bahn hörte ich Leute über die Kunstausstellung sagen, nun seien sie da oben völlig übergeschnappt oder verkalkt, was wahrscheinlicher wäre. Wenn das jetzt von Arbeitergroschen bezahlt würde, dann Gute Nacht, Marie.

In Dresden hatte es so ein Gerede auch gegeben, sagte der Grafiker.

Das Taxi hielt vor der Wohnung, die einem Berliner Freund des Grafikers gehörte und in der er die Nacht mit mir verbringen wollte, während der Freund abwesend war. Der Taxifahrer drehte sich weit herum und grinste mir ins Gesicht.

„Tollen Hecht haste dir geangelt, Kleene."

Der Grafiker lachte.

Es machte mir etwas aus.

Aber als ich auf der harten Matratze lag, spürte ich wieder seinen verwahrlosten Sex-Appeal, der mich zuerst angezogen hatte. Ich vergaß meinen

Unmut. Er hielt jetzt den Mund, und während ich die Beine über seine von beinahe rissiger Haut bedeckten Hüftknochen warf, erschien vor mir eines der Bilder jenes Dresdner Abstrakten, kalte und warme Verschränkungen auf einem nicht mehr bezeichenbaren Ton, Farben, die sich wandelten, ohne zu explodieren. Später lösten die Bilder sich in weißes Rauschen auf und die Körper gingen im Nirwana der größten möglichen Anonymität unter.

Dann schrieb ich ihm eine Karte. Es war eine Nacht, kein Wiedersehen.

Leider war ich da schon sicher, dass ich schwanger war. Ich würde mich hüten, ihm diesen Umstand mitzuteilen. Es sollte nicht der Eindruck entstehen, es gäbe irgendetwas zu bereden. Ich würde die Zahl der vaterlosen Kinder in der Szene nicht vermehren. Ihre Mütter bildeten einen Verbund, in dem Mangelwaren in Gestalt von Windeln, Kinderwagen und Zärtlichkeit die Runde machten. Ich war sicher, dass die Erzeuger dieser Kinder sich untereinander brüsteten, als wäre ihre Zeugungswut die Zugangsberechtigung zu einer kosmopolitischen Bohème, der sie gern angehört hätten. Und die nicht existierte. Was existierte, war die Atmosphäre einer überbelegten Neubauwohnung, in der sich die Heizung nicht herunterregeln ließ. Alle kannten sich viel zu gut. Wer hier ein Kind hineinsetzte, lieferte sich aus und wollte es am Ende noch gemütlich finden in einer fensterlosen Küche und dem Bad, in dem Windeln auf der Leine mufften. In diesen Wohnungen reichte auch der

Platz für die Bücher nie. Standen sie schon zweireihig, war man der Zensur am Ende dankbar. Sollte ich dem Dresdner später begegnen, womit in diesem engen Land ja jederzeit zu rechnen war, würden wir tun, als hätten wir uns gelegentlich gesehen und nur die Namen vergessen. Dem Arzt würde ich wahrscheinlich nicht wiederbegegnen. Fast hätte ich Verständnis für seinen Ärger gehabt, aber ich konnte mich nicht darauf einlassen, und schließlich würde auch ich sein Verständnis nicht wollen. Er gehörte einer anderen Klasse an, was ihn bestenfalls zu den betuchten, geduldeten Kunden der Szene machte. Falls er irgendetwas sammelte.

„Sie können nach Hause gehen. Krankschreibung für eine Woche, nichts Schweres heben, keine Medikamente, in zwei Wochen Nachuntersuchung. Nicht bei mir. Gehen Sie in die Ambulanz."

Ich nickte. Ich packte meine Sachen. Die Hosen saßen locker. Sandra sah zu, wie ich den Gürtel durch die Schlaufen zog. Ich sah Panik im Zittern ihrer Finger, die mit silbernen Ringen bedeckt waren, Panik, die durch die formale Zugehörigkeit zur herrschenden Klasse niemals aufzuheben war. Ich trug meine Tasche zur Bushaltestelle.

Die Wohnung roch nach der rötlichen Asche im Kasten hinter der halb offenstehenden Ofentür. Ich würde sie später wegbringen und schloss jetzt bloß die Klappe. Durch das weiße Laken vor dem Fenster kam Sonne. Ich zog mich aus und kontrollierte mit einem Handspiegel meinen Körper. Die Haare würden wieder wachsen. Am Oberschenkel fand ich

einen handtellergroßen blauen Fleck, der während
der Narkose entstanden sein musste. Ich dachte
daran, dass ich in den letzten Wochen immer gefro-
ren hatte, eine Kälte, die auch mit zweimaligem Heizen pro Tag nicht auszutreiben war und mit dem
Ekel zusammenhing, mit dem mich der Anblick von
Nahrungsmitteln erfüllt hatte. Dann schlief ich ein.
Als ich aufwachte, drückte mir Beunruhigung die
Kehle zu. Ich hielt einen Arm zwischen die Oberschenkel gepresst. Gegen Abend kaufte ich im Eck-
konsum Milch, Eier, ein halbes Brot und ein viertel
Pfund Kaffee. Ich schüttete die Bohnen in die Kaf-
feemühle neben dem Ausgang des Ladens, hielt die
Tüte drunter und betätigte den Knopf. Der gemah-
lene Kaffee fiel in die Papiertüte. Nachdem die Ma-
schine abgeschaltet hatte, klopfte ich mit der flachen
Hand gegen den Korpus, damit alles restlos heraus-
fiel. Zu Hause trank ich den brühheißen Kaffee vom
Satz ab und verschlang ein Rührei. Ich lehnte mit der
Schulter am Küchenfenster und betrachtete den
Baum, der auf dieser Seite des Hofs stand. Der
Pflaumenbaum jenseits des Zauns hatte längst Blätter. Jedes Jahr fürchtete ich, dieses Mal werde der
diesseitige Baum keine Blätter mehr bekommen, aber
er hatte es wieder geschafft. Mein Mund wurde
bitter von den verbrannten Zwiebeln. Ich stellte den
Teller auf das Fensterbrett und griff Zigaretten und
die Monatskarte.

Ich fuhr bis Alexanderplatz und lief durch den
menschenleeren Stadtteil, das Zentrum von Berlin-
HauptstadtderDDR. Die Gussfiguren, die Karl Marx

und Friedrich Engels darstellten, standen stumpf hinter hochglanzpolierten Stelen aus Edelstahl. Dafür war Stahl da. Die Leute nannten das Denkmal „Die Reisegruppe", weil die Marx-Figur auf einem vierkantigen Block saß, der ebenso gut ein Koffer sein konnte. Auch hinter der Engels-Figur stand so ein Metallquader. Manche sagten auch „Die Ausreisegruppe" und dass sie umgedreht werden sollte, damit die Gesichter in Westrichtung zeigten. Das war nicht ganz schlüssig, weil ihre Augen auch dann nur auf den Palast der Republik gerichtet gewesen wären.

Für das Denkmal war eine zuvor kaum durchdringbare Fläche aus Sträuchern, Bäumen und Gestrüpp bereinigt worden. Die Kaninchen, deren Lebensraum auf diese Weise eingeschränkt und einsehbar gemacht worden war, waren zu einem großen Teil an einer Krankheit zugrunde gegangen, hatte ich gehört. Vielleicht waren sie aber in der nächtlichen Stille, von einer der nunmehr sehr kleinen Grünflächen zur nächsten bis unter die Linden sich voranrettend, in das kaum zwei Kilometer entfernte sogenannte Lenné-Dreieck gelangt, das kein Bestandteil des Staatsterritoriums mehr war, aber anscheinend auch nicht der selbstständigen politischen Einheit Westberlin oder sonst wem gehörte. Aus dem Westradio verlautete, dass vor einiger Zeit sich Besetzer darauf breitgemacht hatten. Sie hatten das Gelände umbenannt in Kubat-Dreieck, nach einem Mann, der sich in der Untersuchungshaft umgebracht hatte. Einige von ihnen waren später zum allgemeinen Erstaunen auf die Ostseite des Niemandslands geflüchtet, doch die Kaninchen, dachte ich, hätten den entgegengesetzten Weg gewählt, um sich zu ihren Artgenossen im Tiergarten durchzuschlagen. Ich hoffte, sie hatten die asphaltierten Flächen und von Schäferhunden bewachten Grenzstreifen überwunden, ich folgte ihrer imaginären Spur bis hinter die Staatsbibliothek und bog dann nach links zum Platz der Akademie. Der Turm des Hugenottendoms war noch geöffnet, weil sich unter der Aussichtsplattform ein Lokal befand, das am Abend nicht gleich schloss, an dem ich jetzt aber vorbeiging. Ich war allein auf der Plattform, ich hätte springen können, theoretisch. Ich fand die Aussicht besser als den von Touristen bevorzugten Ausblick vom Fernsehturm, obwohl der Turm des Hugenottendoms niedriger war. Die gelben Gebäude der Staatsbibliothek Preußischer Kulturbesitz und der Philharmonie, drüben. Die Lichter in Westberlin. Leute von drüben redeten immer davon, wie grau es hier sei. Mir machte es nichts aus. Das Grau der Häuser hatte Schattierungen, und wo der Putz abplatzte, sah man das Rote der Ziegel.

„Aber es ist doch nicht normal, an von Splittereinschlägen und Schüssen zernarbten Fassaden zu hängen, als seien die Spuren des letzten Krieges ein kulturelles Denkmal", sagten Besucher manchmal.

„Aber sie sind ein kulturelles Denkmal."

Was für eine Kultur das sei, die auf den Spuren der letzten vergangenen Barbarei aufbaute.

„Jede", sagte ich.

In einem gewissen Sinn hätte ich recht, sagten die Besucher, aber irgendwann müssten die Fassaden trotzdem repariert werden, weil die Häuser nicht nur immer hässlicher würden, sondern auch baufälliger. Ich gab das zu. Die Fassaden waren vergänglicher, als der Parteiführung lieb sein konnte. Deshalb wurden ja in den Außenbezirken von Berlin immer neue Felder mit Wohnblocks bebaut. Ich kannte keine Menschen, die dort wohnen wollten. Aber es gab sie zu Tausenden. Farbe und Zustand der Mietskasernen ebenso wie die Eintönigkeit dieser Wohnblocks waren eine Frage des Blickwinkels. Ein Rumäne, den ich eines Tages kennengelernt hatte, hatte die stehende Wendung „So many lights in this city". Er meinte Berlin-Hauptstadt, und als ich mit ihm vom Turm des Hugenottendoms heruntergesehen hatte, war er dabei geblieben, der Unterschied der Lichterzahl in Westberlin und Berlin-HauptstadtderDDR sei unerheblich. Von Bedeutung sei lediglich der Unterschied zur Düsternis der rumänischen Industriestadt, in der er wohnte. Das hieß, wenn ich recht verstand, Berlin-Hauptstadt befand sich in der Schwebe zwischen Westberlin und Rumänien oder irgendeinem anderen verdammten Land in Osteuropa. Im Ungewissen vermutete ich, dass die unverbrüchlichen Grenzen von Raum und Zeit eventuell Verrückung zuließen.

So many lights.

Ich fand jetzt keine Erklärung, nur einen rhythmischen Singsang, als ich die Treppe hinunterging, so many lights so many lights so many lights in this city.

Zweites Kapitel

Angelikas Ofen war ein Allesfresser, der von der Küche aus die ganze Etage beheizte. Man konnte mit allem heizen, mit Koks, Kohlen, Holz. Aber mit allem, was kein Koks war, bekam man die Wohnung nicht richtig warm. Angelika sagte, dass der Koks zu Ende ging. Seit sie invalidisiert worden war, blieb sie zu viel in der Wohnung. Während der Chemotherapie hatte sie doppelt so viel Koks verbraucht wie vorher.

Sie schob den Wasserkessel, der auf dem Gas stand, ein Stück beiseite und zündete sich ihre Zigarette an der Flamme an. Sie rauchte auch zu viel. Ich hatte gesehen, wie sie es machte, wenn sie ihre Rente bekam. Sie steckte die Scheine in Umschläge mit den Aufschriften „Haushalt", „Urlaub", „Kleidung Katja", „Kleidung ich". Die Stange Zigaretten, die sie kaufte, reichte für einen Monat. Zu viel, zu viel, zu wenig. Sie sagte, dass sie sich noch nicht daran gewöhnt hatte, Rentnerin zu sein. Sie sagte immer noch „Bibliothekarin", wenn jemand sie nach dem Beruf fragte. Jetzt hatte sie Zeit für alles. Vielleicht hatte sie sich das gewünscht. Aber Angelika, der alle zutrauten, dass sie einen Roman über uns schriebe, schrieb keinen Roman. Sie fragte alle aus und vergrub die Antworten in sich. Ich dachte, dass sie sie vergrub.

Es war jetzt sieben. Katja musste halb acht aus dem Haus. Angelika ging auf den Flur und öffnete die Tür zu Katjas Zimmer.

„Wenn sie wach ist, lässt sie den Arm herunterhängen."

Angelika stand gleich wieder in der Küche. Sie goss das kochende Wasser auf den Tee und stellte Brot und Butter auf den Tisch.

„Schön warm hier."

Katja trug eine zerrissene Jeans. Angelika hatte mir erzählt, dass es wegen solcher Hosen ab und zu Ärger mit der Schule gab. Angelika ignorierte diesen Ärger. Bei uns wollten sie keine Jeans, jetzt wollten sie keine zerrissenen Jeans.

Katja war klug genug gewesen, sich nicht erst um einen Platz auf der EOS zu bewerben, sondern für eine Berufsausbildung mit Abitur. Angelika hatte ihrer Tochter gesagt, dass nichts wirklich sicher sein konnte. Aber eine Jeans war kein Grund, aus dem ein einmal bewilligter Platz wieder weggenommen würde, nicht in Berlin, nicht 1987, und Katja hatte Angelika versprochen, dass sie keine Flugblätter schreiben und ihre Freundinnen nicht über den Rias grüßen lassen würde.

„Mach bloß du nichts, dass ich von der Schule fliege", hatte Katja gesagt.

Das hatte Angelika getroffen. Seit sie Rentnerin war, hatte sie schon einiges gemacht. Davor auch. Wahrscheinlich verdrängte sie den Gedanken. Aber dachte sie nicht doch manchmal an das Lesebuch, das wir gehabt hatten, als wir elf waren, in dem die Geschichte von Jozia stand, der Tochter der Delegierten? Natürlich würde Katja niemals wochenlang allein in der Wohnung bleiben müssen. Und sie war sechzehn, im schlimmsten Fall alt genug, ein paar Monate Kinderheim auszuhalten.

Angelika sagte das andere Wort, Jugendwerkhof.

„Aber warum sollte Katja in den Jugendwerkhof kommen, wenn du etwas machst? Das ist nur deine Phantasie."

„Und, hast du keine? Phantasie, meine ich."

In der Tat. Ich hielt alles für möglich. Man musste nur darüber nachdenken.

Angelika hatte vor einiger Zeit bei einem Rechtsanwalt, der mit der Freundin einer Freundin liiert war, eine Erklärung hinterlegt, aus der hervorging, welcher Freundin sie die elterliche Sorge übertragen würde, für den Fall, dass ihr etwas zustieße. Sie sprach eigentlich nicht darüber. Vielleicht war es ihr peinlich, dass sie sich für so wichtig halten musste. Oder ihre Krankheit für so ernst. Das eine oder andere konnte unberechtigt sein. Oder beides. Man konnte das nicht wissen. Es konnte auch berechtigt sein. Und es war schwer gewesen, den Rechtsanwalt zu überzeugen, dass er dieses Schreiben aufsetzte. Aber Katja. Katja stand zwischen den schriftlichen und mündlichen Prüfungen nach der Zehn. Ein paar Wochen Schule noch.

„Nimm es nicht zu leicht."

„Du weißt doch, dass ich es ernst nehme."

„Ja."

„Ich gehe nach der Schule zu Gerda."

„Ja."

Ich sah Katja beim Essen zu. Sie schob sich das Marmeladenbrot schnell in den Mund, kaute und trank den Tee in großen Schlucken. Mit den Fingern ihrer linken Hand drehte sie Locken in den Haaren.

„Mach langsam", sagte Angelika.

Katja machte nie langsam. Ich fragte sie, ob sie noch bei Gerda töpferte.

„Ja."

„Und Gerda?"

„Lebt ganz gut von der Töpferei."

„Wo verkauft sie denn?"

„Weimarer Zwiebelmarkt, Havelberger Pferdemarkt, Berliner Weihnachtsmarkt. Privat ein bisschen."

Wir tranken aus Tassen, wie Gerda sie fertigte, Tassen aus Ton mit der Andeutung eines Schmetterlings oder einer Blüte, Liebesgaben von Freundinnen, die sich für sich selbst keine Extravaganzen leisteten. Katja hatte sich das Herstellen von Gefäßen inzwischen mehr oder weniger von Gerda abgeschaut.

„Und wo kriegst du den Ton her?"

Katja kannte einen Jungen, mit dem sie manchmal zu einer wilden Tongrube fuhr und Ton für alles holte, was sie selbst töpfern wollte. Es war langweilig und langwierig, den Ton zu säubern und von kleinen Steinen zu befreien. Wenn man es nicht gründlich genug machte, sprangen die Stücke im Brennofen auseinander.

Und jetzt hatte Katja heruntergekaut und musste gehen.

Woher Gerda selbst ihren Ton bekam, wusste ich nicht. Wahrscheinlich kannte sie jemandem beim Verband Bildender Künstler. Angelika hatte von Katja zum Geburtstag eine Figur geschenkt bekommen, die frei aufgebaut war, aus fingerkuppengroßen Tonklumpen. Katja nannte die Figur ihren DDR-Bürger. Man konnte nicht erkennen, ob das Mann oder Frau sein sollte. Die Figur saß mit rundem Rücken und eingefallenem Bauch auf einem Quader und hielt die Arme locker oder vielleicht schlaff auf die Knie gestützt. Gerda hatte Angelika erzählt, dass die Figur, während Katja daran arbeitete, den Kopf gesenkt hatte. Erst als Katja das letzte Mal die nassen Tücher und Plastebeutel von der Figur abgewickelt hatte, um die feuchte Oberfläche vorm Brennen noch etwas zu glätten, hatte sie plötzlich den Kopf abgenommen und neu aufgesetzt. Das kaum angedeutete Gesicht zeigte jetzt nach vorn oben, als ob die Figur aufwachte, aus Versunkenheit oder Lethargie. Das änderte alles. Katjas DDR-Bürger war eine große Figur, Gerda hatte offenbar einen ziemlich geräumigen Brennofen, die Figur war nicht glasiert, sondern hatte eine raue Oberfläche, die viel Staub aufnahm. Angelika spülte sie gelegentlich ab. Gleich stieg der Geruch nach mineralischer Erde auf, wie er an regnerischen Tagen eine Werkstatt erfüllt, in der mit Ton gearbeitet wird. Gerda sollte gesagt haben, dass Katja einen Hang zum Bildhauerischen hätte. Katja stand jetzt auf und spülte ihre Tasse, ihr Messer, ihr Brettchen ab.

Fünf Minuten später war sie gegangen. Ich betrachtete Angelika, und das war ein schönes Bild einer nicht mehr jungen Frau, die mit einer Zigarette vor dem kalten Tee saß. Wir gingen in ihr Zimmer. Ich setzte mich an die Schreibmaschine. Angelika fiel es seit der Operation schwer, Schreibmaschine zu schreiben. Ihr Oberarm schmerzte. Sie diktierte mir den Text, den sie im Friedenskreis gestern Abend beschlossen hatten. Sie bereiteten eine Veranstaltung zum Jahrestag des Unfalls vor, des atomaren Supergaus. Die Einladung, die in Kirchgemeinden ausgehängt werden sollte, damit sie die Mundpropaganda verstärken könnte, rekapitulierte die Ereignisse nach dem 26. April 1986: die Wolken, den Regen, die gemessenen Werte. Pilze, Kuhmilch, Salat. Die Halbwertzeiten.

Angelika hatte im Frühling 1986 ihre Chemotherapie noch nicht abgeschlossen gehabt, war aber schon zu Hause gewesen. Ich wusste nicht, woher damals die Informationen gekommen waren, aus denen sie im Friedenskreis einen seitenlangen Appell unter dem Titel „Tschernobyl wirkt auch bei uns“ gebaut hatten. Ich hatte nur Schreibarbeit übernommen und den Text auf Wachsmatrizen getippt, die für die Vervielfältigung auf einem kircheneigenen Gerät geeignet waren. Man durfte sich nicht vertippen, denn Korrekturen waren unmöglich. Entweder man ließ den Fehler stehen, oder die Matrize war im Ganzen verdorben und natürlich durfte man keine Matrize verderben, denn es gab zu wenige davon. Die Matrizen waren mit einer Art Deckblatt versehen, auf dem die Buchstaben sich abzeichneten. Diese Blätter, die zwischen den Typen und der eigentlichen Matrize zu liegen kamen, gaben also in Spiegelschrift den gesamten Text leserlich wieder. Man musste sie also verschwinden lassen. Es war nicht immer einfach, das dünne Papier im Ofen zu verbrennen, vor allem im Sommer nicht, wenn der Schornstein nicht richtig zog, wenn Sonne drauf stand, wenn in den anderen Wohnungen nicht geheizt wurde. Kleine Papiermengen konnte man über der Toilette verbrennen und die Fetzen wegspülen. Der Rauch machte fettige, gelbschwarze Flecken auf dem Porzellan, die wegzuputzen schwierig war. Man konnte auch nur wenige Kopien von einer Matrize ziehen.

Und wenn die Kopien dann fertig waren, erschein der Text in lilafarbiger Schrift, in Buchstaben, die auf dem groben Papier wie ausgefranst wirkten. Ich würde das dann sehr schnell vergessen, dass unsere Pamphlete in lila Schrift gedruckt waren. Papiere, die wir in Händen gehalten und gelesen, aber nur selten in unseren Wohnungen aufbewahrt hatten, weil es immer zu wenig Exemplare gab, würden wir später in Archiven wiedersehen, mit verblasster lila Schrift, und wir würden uns erinnern. Wir ahnten jetzt nichts von Archiven, in die unsere Pamphlete kommen würden, wir hätten gelacht, wenn das wer behauptet hätte.

„Auch ein extrem unwahrscheinliches Ereignis kann sofort eintreten. Das ist jetzt geschehen." Im Kernsatz des Appells stand endlich einmal mathematische Logik gegen Regel und Gesetz. Mit Logik musste man es machen, weil niemand widersprechen konnte. Unmittelbar nach dem Unfall waren die Veranstaltungen des Friedenskreises überfüllt gewesen. In Katjas Schule hatte es in der Schulspeisung häufiger als sonst grünen Salat gegeben, um genau zu sein, es hatte überhaupt welchen gegeben. Honecker hatte erklärt, Salat müsse man eben waschen, das habe seine Mutter in Gelsenkirchen auch getan. Aber das Staatsvolk kannte keinen Respekt vor der volkstümlichen Weisheit von Honeckers Mutter. Der Salat in den Geschäften blieb liegen, jedenfalls soweit der Einfluss der westlichen Fernsehstationen reichte, vielleicht auch nur in Berlin. Leute von außerhalb behaupteten, der Salat könne überhaupt nur deshalb in den Berliner Geschäften liegenbleiben, weil es nur in Berlin welchen gab. Wir stritten niemals ab, dass in Berlin Luxus herrschte. Bevor das Zeug vollends verwelkte, wurde es in die Schulen gebracht.

„Weißt du noch, wie warm es im letzten Frühling war? Ungewöhnlich warm. Es beunruhigt mich fast mehr als diese langen Gewitterregen. Man sieht denen nicht an, ob sie radioaktiv sind. Das Wetter ist aus den Fugen", sagte Angelika.

Sie hatte von einer Schweizerin gehört, sagte sie, die in der Nähe eines ganz normalen Kernkraftwerks wohnte. Schon dort, in der Nähe dieses Westkraftwerks, das wahrscheinlich auf dem besten technischen Stand war, den wir uns vorstellen konnten, und ohne Gau hatten sich die Muster auf den Flügeldecken der Sommerkäfer verändert. Sie waren unsymmetrisch geworden. Die Schweizerin hatte begonnen, die verdorbenen Muster von den Flügeldecken der Käfer abzuzeichnen. Angelika besaß so eine Zeichnung, eine Reproduktion, die aus einer Westillustrierten ausgeschnitten war. Sie hatte sie gerahmt und über den Schreibtisch gehängt. Daneben hing die Reproduktion einer Zeichnung von

Maria Merian. Die Zeichnung der Schweizerin war akribisch, die Farben leuchteten.

Die Leute aßen den radioaktiven Salat nicht, aber der jämmerlichen ökologischen Bewegung schlossen sie sich ebenfalls nicht an. Angelika suchte jetzt nach Leuten, die ihr Kontakt zu der Schweizerin verschaffen konnten. Man müsste die Zeichnungen zeigen, denn aus ihnen ging klar hervor, was die ganz normale Atomkraft bewirkte, ganz ohne Unfall. So sagte sie das, und träumerisch: „Ich fühle mich diesen Sommerkäfern so verbunden, ihren verformten Flügeln, ihren asymmetrischen Körpern."

Ich tippte die letzte Zeile der Einladung. Sie lautete „nur zur innerkirchlichen Information". Als ich das Blatt aus der Schreibmaschine zog und es Angelika gab, sah ich erst, dass sie mit den Gedanken weit weg war. Sie legte das Blatt in einen großen, gebrauchten Briefumschlag und schob diesen in ihre Tasche. Muster auf Flügeldecken — Angelika war so bewusst, dass es weh tat. Ich konnte bloß Schreibmaschine schreiben.

„Kommst du zum Vorbereitungstreffen?"

Ich nickte. Angelika hatte früher nicht gefragt, ob ich zu den Treffen des Friedenskreises käme. Ich war sehr selten dabei gewesen, nur wenn Umstände es fügten, und hatte meistens wenig gesagt. Mir hatte alles eingeleuchtet, die Zahlen der hier und dort stationierten Waffen, die Grenzwerte, die tausendfach überschritten waren, und dass sie DDT in der Muttermilch gefunden hatten, die einer nach Westberlin gebracht hatte, um sie dort testen zu lassen. Ich dachte, ich müsste mich erst bewähren. Ich schrieb auf Angelikas alter Schreibmaschine oder auf meiner orangefarbigen Reiseschreibmaschine. Draußen gingen die Leute herum. Alles war so einleuchtend und so hoffnungslos.

„Warum hast du so viel Hoffnung, Angelika?"

„Ich habe keine Hoffnung."

„Und warum gehst du dann dahin?"

„Weil ich keine Hoffnung habe. Das bedeutet Freiheit. Ich kann tun, was ich für richtig halte."

„Willst du deshalb nichts für dich selber tun?"

„Tu ich doch. Ich gehe zu einer Selbsthilfegruppe. Eine gemischte Gruppe."

„Was heißt gemischt?"

„Ost- und Westberlin."

„Das ist neu."

„Ja. Die Amazonen."

Wir rauchten noch ein bisschen. Es war noch nicht Mittag und wir saßen wieder in Angelikas Küche. Der Ofen war ausgegangen, ich öffnete das Fenster. Es wurde warm draußen. Angelika redete vom Abriss der Gasometer, an denen die S-Bahn vorbeifuhr; Leute beschwerten sich, Leute schrieben Eingaben. Es würde später solche Tage niemals mehr geben, dachte ich, aber das erwies sich als falsch, später. Ich hörte zum ersten Mal das Wort Industriedenkmal. Die Gasometer waren Amphitheater, die den Aufstieg der Stadt Berlin bedeuteten. Sie waren verloren, wir hatten alle Zeit der Welt, ihnen nachzuweinen, und der Rauch unserer Zigaretten flog aus dem Fenster in den Dunst des frühen Mittags.

Die meisten Briefe, die der Friedenskreis 1986 an Gruppen in den Bezirken verschickt hatte, waren verloren gegangen.

Drittes Kapitel

(Zurückdenken.)

Das Bahnhofsgelände von Göschwitz bei Jena ging in mit Kalkstaub bedeckte Straßen und die Ausläufer der Industriebetriebe über. Die Moderne alterte in die jahrhundertealte Bebauung hinein. Östlich davon stand Neulobeda, hinfällig, hintergrundslos hässlich. Göschwitz im milden Licht. Bis nach Burgau lief man von Göschwitz zwanzig Minuten. Ehrlings Wohnung lag im Erdgeschoss eines Hauses, das seit dem Krieg nicht instandgesetzt worden war. Wer durch die Tür trat, beugte den Kopf. Im November des Vorjahrs waren in der Schule Unterschriftenlisten herumgereicht worden. Alle sollten sich mit der Regierung solidarisieren, die den Sänger Biermann ausbürgerte, wegen eines Konzerts, das in Köln stattgefunden hatte. Meine Eltern hatten das Konzert nicht gesehen. Wenn sie überhaupt davon gewusst hatten, wenn sie überhaupt den Namen gehört hatten. Ich hörte den Namen in der Schule zum ersten Mal. Wenn man auf der Skala des Kofferradios vorsichtig und langsam suchte, konnte man den Rias empfangen, von Hof herüber. Ich legte das Kofferradio am Rand des Schreibtischs auf die Seite, so war der Empfang am besten, und lenkte die Antenne in Richtung Fenster. „Jetzt singe ich für meine Genossen alle / das Lied von der verratenen Revolution / für meine verratenen Genossen singe ich / und singe für meine Genossen Verräter." Es war in Köln gewesen, aus Berlin gekommen, über Hof, in jedes Dorf bei Jena. Falls die Leute Rias hörten. Die Schülerinnen der Erweiterten Oberschule in H. hörten Rias.

„Hörst du noch Treffpunkt?", fragte meine Schulfreundin.

„Ja."

„Ich höre keinen Rias mehr, die hetzen bloß", sagte sie.

„Was war das für ein Konzert neulich?"

„Hetze wahrscheinlich, keine Ahnung. Der Freund von meiner Schwester arbeitet in Berlin. Am Palast der Republik. Biermann hat die Bauarbeiter beleidigt."

„Du meinst, weil er den Palast der Republik beleidigt hat?"

„Sollen die sich das etwa gefallen lassen?"

„Keine Ahnung."

Ich hatte wirklich keine Ahnung. Im Frühling fuhr ich mit dem Personenzug nach Göschwitz bei Jena. Zwischen den Kalkhängen brütete die Sonne Orchideen aus. Wir waren in der neunten Klasse, wir hatten nichts unterschreiben müssen im November. Wir sollten bloß diskutieren, warum Biermann die Lieder gesungen hatte. Dort und nicht hier. Wir sollten diskutieren, aber wir wussten nichts, weil wir den Namen bei diesem Konzert im Westfernsehen zum ersten Mal gehört hatten. Vielleicht hätten wir alles unterschrieben. In den oberen Klassen jedenfalls schienen alle unterschrieben zu haben, das wussten wir, wir hätten es erfahren, wenn jemand nicht unterschrieben hätte. Der einzige Schüler, bei dem ich mir

sicher war, dass er sich vielleicht geweigert hätte, der
Sohn des Methodistenpfarrers, hatte bereits im letzten Jahr Abitur gemacht. Er hatte als einziger vor
dem mündlichen Abitur seine Haare nicht schneiden
lassen, sondern sie nur in einen Zopf zusammengebunden. Die Zeiten, in denen ein Schüler mit langen
Haaren kein Abitur machen durften, waren offenbar
vorbei, aber von der Missbilligung des Schuldirek-
tors hatten wir dennoch alle erfahren. Und auf der
Skala meines Radios verstellten sich die Sender wie
von selbst. Ich musste jeden Abend neu suchen. Ich
wusste nicht mehr, wie der Text gelautet hatte, den
die Elfer und Zwölfer unterschrieben hatten. Und
wieso war Biermann in Köln gewesen?

Ehrling kam einmal in der Woche nach H. Dort
war das Werk. Die erwachsene Bevölkerung der
Kleinstadt H. und der umliegenden Ortschaften
arbeitete im Werk. In H. befand sich die Erweiterte
Oberschule, in der halbwegs neuen, von Birken be-
standenen Waldsiedlung. Der Bahnhof, die Kasta-
nien, die jetzt in Blüte kamen, und daneben das Kulturhaus, das dem Werk gehörte. Das Kulturhaus
hatte einen Zeichenzirkel eingerichtet, den die Arbeiter in der Freizeit besuchen sollten. Die Teilnahme
war kostenlos, wie die Benutzung der Bibliothek
kostenlos war. Nur das Bier im Keller kostete vierzig
Pfennig. Der Zeichenzirkel bestand aus der Bibliothekarin, einer Lehrerin aus dem Nachbarort, einem
Bauingenieur, einer Chemielaborantin und Ehrling.
Im Werk wurde Industriekeramik hergestellt. In
den Ferien nach meinem vierzehnten Geburtstag

habe ich zum ersten Mal im Werk gearbeitet. Ich kontrollierte elektronische Bauteile. Ich schob jedes Bauteil mit der Pinzette unter die Lupe. Ich fragte die Arbeiterin neben mir, wozu die Teile dienten. Sie wusste es nicht. Das war in den Winterferien. Im Sommer arbeitete ich in einem Labor. Ich hatte stundenlang nichts zu tun, weil es in den Räumen zu heiß für die Messgeräte war. Die Leute an den Maschinen mussten warten, bis es sich so weit abkühlte, dass die empfindlichen Geräte korrekt messen konnten. Es durften sich nicht zu viele falsche Messwerte ergeben, denn die Werte waren die Werte, und sie mussten immer korrekt sein. Ich lernte, alles so zu machen wie die Arbeiterinnen und nichts zu fragen. So lange ich noch nicht in der Elften war, erzählte ich auch nicht, dass ich studieren wollte. Ich saß in der Kantine und aß mein Brot wie die Arbeiterinnen und holte meine Zigaretten nicht raus, weil die Frauen Kinder hatten, die waren so alt wie ich. Sie wollten nicht, dass Kinder rauchen. Nachher mit sechzehn durften wir Schichten arbeiten. Ich schlief in der Frühschicht ein; in der Mittelschicht verbrannte ich mir den Arm am Muffelofen; in der Spätschicht hörte ich die Witze des Meisters an. Mit sechzehn rauchte ich offen meine filterlosen Zigaretten. Die Frauen in der Sinterfertigung trugen keine Kittelschürzen wie die in der Qualitätskontrolle, sondern blaue Latzhosen, die über dem Bauch, auf den Brüsten und an den Oberschenkeln fettig schwarz glänzten. Jede stand vor einer Presse, mit der aus Metallstaub Teile gefertigt wurden, deren Verwendungszweck uns ebenfalls unbekannt war. Der Griff, mit dem die Presse in Bewegung gesetzt wurde, musste immer mit beiden Händen bedient werden. Die Rohlinge, kohlschwarze Bauteile, wurden gesintert. Sintermetalle sind extrem harte und verschleißbeständige Werkstoffe, die durch Druck und hohe Temperaturen verdichtet werden. Die Arbeiterinnen benutzten Männertaschentücher. Wenn sie sich damit die Nase putzten, wurden die Taschentücher schwarz. An den Trockenpressen bekamen alle einen Schmutzzuschlag. In der anderen Abteilung, in der die Bauteile nicht aus Pulver, sondern aus Schlamm hergestellt wurden, bekamen die Arbeiterinnen Rheuma. Die Nasspressen wurden von den Arbeiterinnen Matschpressen genannt. Zur Spätschicht ging ich zu Fuß und fuhr zurück mit dem Schichtbus, zusammen mit zwei oder drei anderen Frauen. In der Pause redeten sie, auf der Heimfahrt schwiegen sie. Wenn ich Frühschicht hatte, fuhr ich mit dem Fahrrad. Im Wald wurde es langsam hell, und ich hatte keine Angst vor dem Mann, von dem die Frauen im Werk sagten, dass er an der Birkenlinie lauern würde. Ich stellte mich in den Pedalen auf und fuhr mit einem Schwung den Hang hoch, hinter dem die Oberschule lag und dahinter wieder das Werk, das sich auf die ganze Länge von H. erstreckte, und die Bahn führte gerade durch.

Deshalb führte die Bahnlinie später, als das Werk größtenteils stillgelegt war, durch Industrieruinen. Die Hallen wurden besenrein gemacht und abgeschlossen. Aber wenn eine Scheibe zerschlagen wurde, gab es niemanden mehr, der sie ersetzte. Glas bedeckte den Boden, durch die Fensterhöhlen flogen

Tauben ein und aus, und dann übernahmen Tiere
und Pflanzen die Hallen, zuerst Tauben und Hexen-
ringe, Schimmelpilzkolonien. Noch später, wenn
Dächer einstürzten, würden Gras, Birken und Kö-
nigskerzen kommen und Stalkereinsamkeiten. Wenn
nicht jemand die Hallen kaufte, die Fenster schlösse
und Einkaufscenter oder Handwerksbetriebe dort
ansiedelte. Dann würden wieder Jugendliche dort
hinkommen, vielleicht.

Als ich zum Zeichenzirkel ging jedenfalls, arbei-
teten alle Jugendlichen der Umgegend in den Ferien
im Werk. Die Abiturienten gingen zusätzlich einmal
in der Woche dorthin, um eine Arbeit zu leisten, die
wissenschaftlich-praktisch genannt wurde. Es war ein
und dasselbe Werk, es war eine andere Welt. Die
Forschungsabteilung, in der ich darauf vorbereitet
wurde, eine Studierte zu werden, war mit der Pro-
duktion verbunden, ja sie hätte ihr dienen sollen,
aber die Beziehungen zwischen Forschung und Pro-
duktion waren unterirdisch, unsichtbar. Und keine
Arbeiterin und kein Arbeiter ging zum Zeichenzirkel. Das erfuhr ich alles nach Biermanns Ausbürgerung. Aber das ist vielleicht nur ein zufälliger, chro-
nologischer Zusammenhang, der sich in meinem
Leben ergeben hat.

In der siebenten Klasse hatte ich alle Bücher aus
der Bibliothek des Dorfs gelesen, in dem meine Eltern wohnten. Danach fuhr ich alle zwei Wochen in
die Werksbibliothek, um eine Tasche voll Bücher zu
holen, die ich las und ohne Verspätung zurückgab.
Als ich an die EOS überging, fragte mich die Biblio-

thekarin, ob ich nicht ein wenig für den Zeichenzirkel werben konnte. Ich warb mich. Sie hatten eigentlich an Schüler der Abiturstufe gedacht, nahmen
mich aber trotzdem. Es waren die ersten Erwachse-
nen, die ich duzte, obwohl sie nicht mit mir ver-
wandt und keine Nenntanten waren. Ehrling kam
mit dem Zug von Göschwitz. Er war deshalb immer
schon eine halbe Stunde vor Beginn da und räumte
in den Zeichenmaterialien, die knapp waren, aber
kostenlos. Im November 1976 war ich drei Monate
dabei. Ich nahm meine Pastellstifte und ging eine
halbe Stunde zu früh hin. Ehrling hatte mir geraten,
mit weichen Stiften zu zeichnen. Es sollte gut für die
Lockerung der Handgelenke sein. Oder für mich. Ich
hatte mir solche Stifte besorgt, aber ich kam nicht
der Stifte wegen so früh. Ehrling war aus Burgau,
Burgau ein Vorort von Jena. In Jena wusste man
einfach mehr als in H. Über alles. Ich sagte den
Namen Biermann.

„Kalkül", antwortete Ehrling.

Kalkül heißt Rechnung, Berechnung, Über-
schlag.

Ich fragte, ob er meinte, dass die Regierung damit gerechnet hatte, dass Biermann in Köln solche
Lieder singen würde.

„Darauf gezählt."

„Du meinst, es war eine Gelegenheit, ihn auszu-
bürgern?"

„Du kannst Gift darauf nehmen." Aber der sei
jetzt nicht staatenlos. „Jeder DDR-Bürger ist BRD-
Bürger, wenn er drüben ist."

„Aber er will da nicht sein."

„Nein.“

Im Winter hatte ich Biermann im Radio gehört. Meine Mutter war ins Zimmer gekommen und hatte verlangt, dass ich das Radio leiser stellte. Wegen der Nachbarn.

„Die sehen selber West.“

„Aber nicht so etwas. Sondern *Was bin ich* und *Spiel ohne Grenzen*.“

Das waren Spiele ohne DDR darin. Die DDR wäre nicht amüsant gewesen. Aber im Biermann-Radio war sie drin und nicht lustig. Wenn ich das Radio nicht leiser gestellt hätte, hätte ich es ausmachen müssen. „Feind hört mit.“ (Das hatte meine Mutter aus einer ganz anderen Epoche.)

Als der Winter vorbei war, redete ich mit Ehrling.

Ob er ein Buch von Biermann hatte?

Er hatte eins oder sogar mehrere. Wenn ich es lesen wollte, musste ich zu Ehrling kommen. Ich könnte so lange darin lesen, wie ich wollte. Oder es abschreiben. Aber nicht mitnehmen.

War das nicht vielleicht verboten, solche Bücher abzuschreiben?

„Du musst ja nicht darüber reden.“

Weitergabe bedeutete, dass jemand über den geredet hatte, der etwas weitergab.

Ehrling wollte sich auf mein Schweigen verlassen.

Ehrling sprach davon, dass einige Schriftsteller protestiert hätten. Ich wusste schon Bescheid. Ein Schriftsteller, dessen Roman über die Schicksale minderjähriger Wehrmachtssoldaten wir im Unterricht behandelt hatten, hatte seine Kollegen deswegen öffentlich beschimpft.

Ehrling sagte, es würden noch viele weggehen.

Göschwitz war eine Adresse in Jena-Burgau. Als ich zu Ehrling nach Göschwitz fuhr, blühte der Raps. Viele gingen weg, aber ich kannte sie nicht persönlich. Über dem Schreibtisch hing ein Bild von Marx. Es war das Einzige, das einen Rahmen hatte. Der Rest waren polnische Plakate, die an die Wand genagelt waren, kleine Pappvierecke auf die Ecken, und dann die Nägel durch. Druckplatten lagen übereinander, mit ein paar Zeitungsbogen getrennt, Aquarellkarton, den Ehrling benutzte, wenn es kein Tiefdruckpapier gab. Im Nebenzimmer stand Ehrling und malte. Polen war das Land, in dem die Kunst weniger begrenzt war. Ich hatte den Namen des Dichters noch nie gehört, der über die Neugasse in Jena geschrieben hatte

„Was hast du in Jena gemacht?", fragte meine Schulfreundin.

„Ich war in der Bibliothek."

„Was hast du gelesen?"

„Ich habe ein Buch von Sarah Kirsch gelesen."

„Haben sie das im Kulturhaus nicht?"

„Nein."

„Komisch."

„Ja."

Als ich eine Jugendliche war, war Sarah Kirsch noch im Land. Ich schrieb die Gedichte von Fuchs und Biermann in ein Buch, das so groß wie ein Klassenbuch und grau eingeschlagen war. Ich wollte Teil

dieses Kollektivs von Menschen sein, die Gedichte
und ganze Bücher mit der Hand abschrieben und
lesen lernten, indem sie schrieben. Ich war sicher,
mein graues Buch war verboten. Ein verbotenes Buch
versteckte man nicht im Bücherschrank, sondern
dahinter. Ich schob es von oben her hinter den
Schrank, der schief stand und mit seinem Gewicht in
Richtung Wand drückte, so dass das Buch nicht
weiterrutschen konnte. Zwei Jahre später sah ich
Sarah Kirsch im Westfernsehen. Die Kamera zeigte
sie neben einem Baum ohne Blätter, vor nackter
Heide, halbfern. Ich merkte mir nur das Bild, nicht
was sie sagte und nicht ob Frühling war oder Herbst.

Aber Sarah Kirsch sei doch aus Liebeskummer
fortgegangen, sagte jemand.

In der Schule mussten wir uns im Frühling 1977
vor einen Spiegel setzen und unser Gesicht zeichnen.
Ich nahm einen Kohlebrocken und zog die Umrisse.
Augen Nase Mund. Wenig Binnenstruktur, nur die
Kleidung schlug Falten, in die Falten gab ich Farbe.
Ich nahm das Bild in den Zeichenzirkel mit. Ehrling
lachte darüber. Wenig Gesicht und viel Jacke.

Ich nahm den direkten Weg der ungerichteten
Politisierung und lernte Teile des grauen Buchs auswendig. Ich zeichnete mich öfter, weicher Bleistift,
harter Strich, nie wischen, nie radieren, altes Gesicht,
kein Hals, kein Körper, Fenster auf. Mehr Luft, weil
ich heimlich und süchtig Zigaretten rauchte. Licht
aus, Radio an. Stunden, in denen niemand außer mir
im Haus war. Ich musste lange lüften, weil ich nicht
rauchen durfte. Wer könnten meine Genossen sein?

Ehrling, der mir vertraute. Ehrlings Frau, die mir
misstraute. In Jena waren Leute in richtigen Schwierigkeiten. Unter dem Turm der Jenenser Universität
kochten Gerüchte, die Ehrling auch nach H. brachte.
Leute wurden eingesperrt, aber warum? Auf der
Rückseite von *ND* und *Wochenpost* standen Gerichtsberichte. Von Menschen, die wegen Gedichten
eingesperrt wurden, hatte ich noch nie etwas gelesen.
Von Ehrling hörte ich, dass das Delikt „unerlaubte
Verbindungsaufnahme" hieß. Das Wort bedeutete,
dass du deine Gedichte im Ausland veröffentlichtest,
ohne Erlaubnis. Gedichte sind Druckerzeugnisse,
sagte Ehrling, und das war kein Begriff, der aus dem
Verlagswesen kam. Wegen Gedichten kam niemand
ins Gefängnis. Wenn ich das graue Buch hinter dem
Schrank vorzog, überkam mich eine absurde Angst.
Ich wollte, dass sie absurd wäre. Ich sagte nichts
davon, auch nicht in den Briefen, die ich Kornelia in
die Tasche schob, meiner Schulfreundin. Deren
Inhalt bewegte sich fast ausschließlich um Lektüre,
ihre Antworten auch um die Jungen in unserer Klasse, die Analphabeten. Die Rechte wusste nicht, was
die Linke tat. Die Lösung aus den dörflichen Verhältnissen zog sich hin wie die Ablösung vom sozialistischen Kinderglauben. Das ist die Pubertät, dachte
ich einmal. Ich war sicher, dass ich in H. keinen Tag
länger bleiben würde als unbedingt nötig. Jena war
das Mindeste. Jena Weimar Leipzig Berlin. Ich dachte nicht an Westberlin, noch nicht oder nur kurz,
wenn in den Westnachrichten die Fahndungsgesichter der Stadtguerrillas erschienen, schwarz-weiß, grob
gerastert, flimmernd. Sie mussten etwas mit dem Jahr

1968 zu tun haben, mit Studenten, mit Prag, Prag hatte mit 1968 zu tun. Die Studenten in Prag wären Konterrevolutionäre gewesen, stand in der Broschüre, die meine Schwester mir hingeschmissen hatte, als ich wissen wollte, was 1968 in Prag gewesen war. Ich hatte sie gefragt, weil sie in der Partei war. In der Partei bekam man Parteiinformationen. Und sie war in der Betriebsparteiorganisation des Textilkombinats. In der Bezirksstadt. Da müsste sie doch Bescheid wissen. Sie sagte: „Da hast du deinen Prager Frühling. Terroristen, die waren vom Westen gesteuert."

Ich suchte die Broschüre nach einem Wort ab, das darauf hindeutete, dass die gleichen Menschen gemeint wären wie die, von denen im Rias als den Helden des Prager Frühlings gesprochen wurde. Ein Zusammenhang in den realen Geschehnissen. Es ging immer um die gleichen realen Geschehnisse.

Und wer sagte, dass die Westsender nicht logen? Die schwarz-weißen Gesichter waren wie Literatur, Abglanz von etwas, an dem wir keinen Teil hatten, Fahndungsgesichter, Geschichte schon, Blut, Tränen, Kugeln, die Schichten von Marmor oder Haut durchschlagen, das war nichts Gleichzeitiges, das war entfernter als der Bauernkrieg und die räuberischen und mörderischen Horden der Bauern, wie Luther gesagt hatte, und hatte der nicht unrecht gehabt?

„Weißt du überhaupt, was du willst?", fragte meine Schulfreundin.

Meine Lektüre: Bibel, Poe, zwielichtige Berichte über den bewaffneten Widerstand im südamerikanischen Urwald, Tamara Bunkes Lebensbeschreibung, hartes Schwarz-Weiß auf dem Umschlag. „Uns bleibt, was gut war und klar war“, sang Biermann.

Eine Schreibmaschine schien mir ein vernünftiges Ziel, eine Schreibmaschine, und dann in die Stadt, Kontakt zu Leuten, von denen ich vermutete, dass sie kritisch wären. Ich würde hier um jeden Preis fortgehen. Nur noch eine abgemessene Zeit in den Jahreszeiten bleiben und in den Ritualen, zu denen wir uns zwei Jahre vor dem Abitur noch zwingen ließen. Manöverspiele im Wald, Kurse im Fach Zivilverteidigung. Eine Uniform anprobieren, zum Versuch schießen, noch ein Foto, die erhobenen Arme und das Gewehr quer über dem Kopf. Das Luftgewehr. Das war kein Spaß, he, so ein Bild.

„Das passt nicht zusammen“, sagte meine Freundin, „Pazifismus oder Stadtguerilla. Was denn nun?“

Verbummelte Schnitzeljagden, an Bombentrichtern vorbei, die von verirrten Einschlägen herrührten. Sie hatten Jena treffen sollen, in den letzten Kriegsmonaten. Oder Erfurt. Schwarze Wasserlöcher, aus denen es dampfte. Das wuchernde Heidekraut und der gelbe Hauch des Werks über den Wipfeln, unter dem jedes Jahr weniger Beeren im Kraut hingen. Ich wusste schon, welche Verbrechen auf den Dörfern geschehen waren, dass hier überall Außenstellen von Buchenwald gewesen waren. Hier hatte es niemanden gegeben, der nicht Bescheid wusste. War das nicht die Revolution im Westen gewesen, gegen die Leute, die von nichts wissen wollten? Und wir spielten hier Räuber und Schandeckel.

Eine Schreibmaschine kaufen, weggehen und die richtigen Konfrontationen.

Und wer zu spät zum Appell kam, wurde immer noch vor den versammelten Schülern gerügt. Die Jüngeren sahen nicht aus, als ob es sie beeindruckte. Ich hätte gern mit Ehrling geschlafen. Das Chaos der Politik musste mit dem Chaos der Sexualität verbunden sein. Wer konnten meine Genossen sein?

Viertes Kapitel

Der Atem der Anwesenden in dem überfüllten Raum war zu einer Masse geronnen, in der man den Hals beinahe nicht drehen konnte. Es hatte noch nicht angefangen. Angelika nahm mich öfter als früher mit in den Friedenskreis, sie wollte nicht immer allein verantwortlich sein, nicht immer allein unterwegs, und sie wollte nicht jeden Text allein schreiben müssen. Ich hatte das Gefühl, bei jedem einzelnen Termin gemustert zu werden. Ich war nicht fremd, ich gehörte nicht dazu. Halb konspirative Treffen, Papierseiten, auf denen Angelika wenige Wörter notierte, aus denen wir nachher rekonstruierten, was wir für ihren Text übernehmen sollten. Ich konnte nicht klar unterscheiden, wie viel sie ernstlich geheim halten wollte. Es hatte sich ergeben, dass wir öfter zusammenkamen, auch am Tag. Es gab keine Karte, die ich halb sieben hätte stempeln müssen, kein Hausmeister wachte über meine Pünktlichkeit, und den letzten Strich in einer Anwesenheitsliste hatte die damit betraute FDJ-Sekretärin an dem Tag gemacht, an dem ich einen Antrag auf baldmögliche Exmatrikulation vom Studium gestellt hatte. Diffuse Motive, die ich selbst nicht durchschaute, in denen aber die zwangsweise Anwesenheit in Seminaren, Vorlesungen und beim Unisport eine gewisse Bedeutung hatte. Wenn man mich fragte, sagte ich leichthin, dass mir an der Universität die Zeit gefehlt hätte, mich weiterzubilden. Schwierig war nur gewesen, Wohnrecht in Berlin zu behalten. Es hatte vorausschauende Planung erfordert. In die Wohnung eines Mannes einziehen, der bei seiner Geliebten lebte und die Wohnung als Rückversicherung behielt, die vorgebliche Lebensgemeinschaft mit diesem Mann, Hauptwohnung anmelden, in den Mietvertrag aufgenommen werden, im Beisein der Freundin und im rechten Moment vorschlagen, dass er ganz ausziehen könnte. Unter vier Augen versicherte ich ihm, er könne gelegentlich vorbeikommen, auch nachts. Dies rechtzeitig und vorher versprechen, pflegen und nachher einschlafen lassen. Mich dann exmatrikulieren lassen. Und es war fast ein Spiel danach, ein halbes Jahr bei der Volkssolidarität, so wurde ich richtig legitimiert in Berlin, bei der Volkssoli brauchten sie immer Leute, arbeiten, kündigen, eine Steuernummer besorgen, Korrektur lesen. Man musste die Verlage regelmäßig anrufen, das war alles. Wenige Bücher erschienen, aber die wurden dreimal Korrektur gelesen. Wir hatten die bestlektorierten Bücher der Welt, korrigiert und überarbeitet bis zum Get-no. Die Fahnen füllten sich mit den raschen Zeichen, ich gewann Routine, nachts, während kein Geräusch sich zwischen die Zeilen und mich drängte, drüber hin, am Ende war es, als hätte ich nichts gelesen, nur mechanisch Lippen und Kugelschreiber bewegt. Keine Bleistifte, nicht radieren. Wer nicht studierte, hatte wenigstens die Zeit, etwas zu lesen. Einige Male tat mir eine Chefkorrektorin den Gefallen und ich konnte ein Buch erwerben, dessen Fahnen ich gelesen hatte, verbilligt meistens, Geld war sowieso das geringste Problem. So erwischte ich ein Buch, dessen Auflage im Ganzen eingestampft wurde, tausend Stück sollten es gewesen sein, und nur die Exemplare, die in den Verlagen verkauft worden waren, waren weg und nicht mehr einzustampfen. Später erschien die zweite Auflage und alle sprachen davon, sich die Westausgabe zu beschaffen und zu prüfen, ob die Texte identisch waren. Ich las, was ich gelesen hatte, erkannte den Text nicht mehr, ich hatte die Buchstaben gesehen, nichts verstanden, und wo ich etwas verstanden hatte, sah ich jetzt die Druckfehler, über die ich hinweggegangen war. Auf den Schreibtisch am Fenster stapelte ich die Fahnen, aber den Aschenbecher stellte ich auf die Armlehne des Stuhls am Ofen. Zum Rauchen stand ich vom Schreibtisch auf. Ich lehnte mich an den Ofen und starrte auf die nachtblinde Fensterscheibe oder durch das offene Fenster in die blinde Nacht. Gegen drei legte ich die Fahnen verquer auf den Stapel und fiel auf der Matratze im Zimmer nebenan in Schlaf, ich verlor die Nacht nicht, ich behielt den Tag, ich benötigte nicht so viel Schlaf. Ich las nur am Tag Korrektur, wenn ich Abend oder Nacht für Wichtigeres brauchte als den Erwerb.

Und warum überhaupt hatten sie die Korrektur eines so gefährlichen Buches außer Haus gegeben?

Angelika saß mit dem Gesicht zu den Anwesenden. Sie hätte gern eine Hand gehalten, sah ich. Aus den zu dichten Reihen aufstehen, ich setzte mich neben Angelika. Es gab doch kein Präsidium, es sollte doch ein Gespräch werden, trotzdem standen die Tische vorn und die Stuhlreihen dann; wir waren nie sicher in den Formen. Im Informellen, im halb

Privaten waren wir zu Hause, nicht hier, sondern in Lesungen, die als Geburtstagsfeiern, und Performances, die als Laienspiel bezeichnet wurden, auch Laienspiel waren, wer wusste das schon genau, und es hatte ja immer jemand Geburtstag. Wir fuhren dann im Staub des Frühsommers mit Vorortbussen an einen See und suchten an von Wasserlinsen bedeckten Uferzonen Läuterung. Wir fanden immer den Weg in ein ungepflegtes Waldstück, wo sich nach wenigen hundert Metern Schund und Schmutz der Stadt unter dichtem, gerade noch frischem Gras verloren, Bierflaschen und zerfetzte Gardinen, drüber wuchs Gestrüpp. Fast alle hatten Jahre in Kleinstädten verbracht, wo sie nicht froh geworden waren, wir waren alle nach Berlin geflohen. Und alle sahen ihr eigenes Herkommen im Licht eines Gesichts unter Blumen und im Glauben, die Kindheit der anderen wäre schön gewesen. Und der Aufenthalt in einem Berliner Zimmer voller Zigarettenrauch oder in einem neonbeleuchteten Gemeindesaal galt als Station auf dem Rückweg in das Naturrecht des Individuums. Wir waren da nie gewesen. Wir hatten nie darüber nachgedacht, ob es im Naturrecht ein Individuum gab. Und Dissidenz war ein Wort, über das man nur lachen konnte.

Jemand öffnete ein Fenster, die feuchte Luft machte am Rücken der übernächsten Person halt, diese bekam Gänsehaut, und der Atem der anderen wurde keinen Deut leichter. Eine Frau mit Messingohrringen nickte mir zu. Ich hatte sie schon einmal gesehen, in Dresden. Ich sah ungewöhnlich viele

Gesichter zum ersten Mal. Das war nicht merkwürdig, dass viele gekommen waren, merkwürdig war, dass wir nicht unter uns blieben. Wir wollten nicht unter uns bleiben und dann wunderten wir uns doch.

Werner sprach. Werner war älter als alle anderen. Äußerlich ähnelte er Marx so sehr, dass es schon peinlich war. Wir sprachen ihm Autorität zu, weil er ein vom Glauben abgefallener Funktionär der Sozialistischen Einheitspartei war, ein Ökonom, der jetzt bei der Müllabfuhr arbeitete, wie manche sagten. Oder er kalkulierte die Preise für ein Möbelkombinat, oder er berechnete die Löhne für die Außenstelle eines volkseigenen Betriebes, oder er saß an einer Kinokasse oder auch nicht. Jedenfalls handelte es sich um Beschäftigung unter Qualifikation, was für sich schon Qualifikation war. In unseren Augen. Darin glichen wir dem Staat: Wir rangen die Hände nach Qualifikation, und zwar nach richtiger, nicht nach halbgewalkter Geschichtsschreibung, nicht nach Poesie. Wir waren Laien in jeder Theorie, und wer für jede Theorie eine beschlagene Person hatte, der aber! Wenn wir genug Fachleute in jedem Fach hätten, würden wir den Staat mit seiner Inkompetenz konfrontieren. Einige sagten, die staatlichen Stellen wären nicht inkompetent, sondern übelwollend. Und wir wären dumm genug, gegen Inkompetenz anzurennen, wo wir doch gegen die Macht rennen müssten. Ein Dutzend Leute wie Werner würde uns zu einer Macht machen. Aber in Wahrheit kannte Werner wie wir alle in diesem Jahr keine wahren Zahlen über die Toten in Tschernobyl, über die Missbildungen, die Fehlgeburten, die Tonnen aus

Beton, und wie alle anderen ahnte Werner nichts von den Stellen, wo der Panzer auf dem Reaktor reißen würde. Während in Stendal so ein Kraftwerk gebaut wurde, zog Werner ökonomische Zusammenhänge in Erwägung, die zeigen sollten, dass es besser wäre, jetzt ganz und gar zu verzichten. Ein Sozialismus ohne Atomenergie war seine These, das war unser Wunsch vielmehr, und ich konnte den ökonomischen Gründen nicht folgen.

Ein extrem unwahrscheinliches Ereignis kann sofort eintreten. Aber was bedeutete das denn? Verstanden wir, dass es eingetreten war? Die einfachsten Gründe waren uns unbekannt, dass nämlich die Menschen nicht aufzuhalten sind, dass sie die Todeszonen besiedeln, dass sie in ihre Häuser oder in die Häuser von anderen heimkehren, dass sie die Fische essen und die Pilze sammeln, denen man nichts ansieht und deren Geschmack köstlich ist. Dass ihnen gar nichts anderes bleibt. Ich verstand Werner nicht, ich hatte nur eine verwirrende Erinnerung an die Köchin in einem Keller in Moskau, die mir die Kascha hingestellt hatte. Und als alle Betrunkenen aus dem Lokal nach Hause gegangen waren, und die Jalousie war unten, hatte die Frau, die Enkel hätte haben können, sich zu mir gesetzt und wollte nicht, dass ich ging. Im Hintergrund machte der Kellner die Abrechnung. Sie hatte nämlich mit ihrem Mann und ihren Kindern auf Nowaja Semlja gelebt, „verstehen Sie“, sagte sie, aber ich wusste nicht, wo Nowaja Semlja war, ich wusste nicht, dass man dort Atomtests gemacht hatte, „doch, doch“, sagte sie. Und wenn sie einen Test machten, dann rief ihr

Mann, ein Offizier, sie an und sagte: „Die Kinder sollen heute nicht draußen spielen. Und das Haus schwankte und wir wussten nichts."

Der Offizier war tot, Krebs, verstand ich, deshalb wollte sie nicht, dass ihre Kinder Kinder bekommen. „Verstehen Sie?", sagte sie wieder. Dann holte sie eine Flasche an den Tisch und weinte nicht. Sie trug gestrickte Strümpfe auf den geschwollenen Beinen und ging wie eine alte Frau. Ich sah, dass die Beine mit Binden umwickelt waren, wegen der Venen, die sich leicht entzündeten. Und sie war noch gar nicht alt. Ich war sicher, dass ich ihr flaches rasches Russisch richtig verstanden hatte, in dem alle Vokale verwischten. Später weinte sie doch. Wer einmal misstrauisch war, glaubte jede Geschichte. Denn die Gedanken liefen allein.

Deshalb verstand ich Werner jetzt einfach nicht, und plötzlich beendete er seine Rede, stand auf und schaltete das Licht aus. Die Stirnseite des Raums wurde vom Licht eines Diaprojektors erhellt. Angelika sprach:

„Die Bilder, die wir zeigen, hat eine Schweizerin gemalt. Sie hat gesehen, dass die Muster auf den Flügeln der Sommerkäfer sich ändern, wenn sie in der Nähe eines Kernkraftwerks leben. Ein Schweizer Kernkraftwerk, mit Sicherheitseinrichtungen, die besser sind als die Vorkehrungen in den Kraftwerken im Osten. Kein Kraftwerk vom Tschernobyl-Typ. Es gab noch nie eine Havarie dort, versteht ihr."

Angelikas Stimme war klein, fest und schnell. Die Bilder standen auf der Wand, seitlich von dem Kreuz, das wir manchmal lieber abgenommen hätten.

Es gab Streit mit dem Gemeindekirchenrat deswegen. Der Pastor sei zu duldsam gegenüber den Gruppen, deren übertriebene Ansprüche und deren Glaubenslosigkeit er tolerierte.

Angelika las dann aus den Visionen einer rumänischen Schriftstellerin, die sogar übersetzt und bei uns gedruckt worden waren. Darin wurde das Ausschlüpfen von Engeln aus Hühnereiern beschrieben. Und diese impertinenten Tiere konnte man nicht essen. Ausgerechnet Rumänien, ausgerechnet Schweiz, gab es in Rumänien Kernkraftwerke? Bilder, Texte, alles hing mit allem zusammen, ahnungslos waren wir, aber hatten Ahnungen. Die Schweizerin lebte von Entwürfen für eine Textilfabrik. Und in die Muster, die auf Seidentücher gedruckt wurden, tatsächlich, zwischen die edelsteinbunten Bilder gesunder Käfer zeichnete sie manchmal eine Mutante, und auch die war wie ein Edelstein. Die Tücher wurden verkauft. Weiter nichts. Das musste man erst einmal begreifen, wenigstens glauben musste man das. Deshalb dachte ich, die Unruhe im Saal sei aufgekommen, weil Angelika nicht glaubwürdig war. Und wo hatte sie jetzt eigentlich die Bilder her?

„Was ist los?"

Ein Mann in einem Jeansanzug mit hellen Flecken darauf stand zwischen den Reihen.

„Macht ihr hier ein verdammtes Parteilehrjahr für uns oder was?"

Angelika hatte sofort Tränen in den Augen.

„Wir wollen nicht von euch belehrt werden!"

Ich sah, dass ihm mehrere Frauen und Männer zustimmten. Mehr Unruhe. Das Bild eines Junikäfers, dessen rotschwarzes Muster sich auf der rechten Flügeldecke in unregelmäßige Streifen verschob, stand auf der Wand. Die Wand war uneben, so dass die Streifen doch fast wieder parallel erschienen. Angelika hielt die Träne am Unterlid fest.

„Das sind bloß die Ausreiser, das geht nicht gegen dich."

(Das war Werners Stimme.)

„Geht wohl gegen mich."

„Macht mal das Licht an."

„Nee, aus!"

„Das macht der Letzte!"

„Keiner will der Letzte sein, he."

Der Mann im Jeansanzug verlangte jetzt, dass die Gruppen sich endlich einmal mit der Menschenrechtsfrage beschäftigen sollten.

„Was meinst du denn, was Umweltschutz ist?"

„Bürgerrechte, das ist das Wichtigste."

„Was hast du davon, wenn du verstrahlt bist?"

„Verstrahlt werde ich im Osten."

Eine Frau rief das Wort „Rotlichtbestrahlung".

„Freie Meinungsäußerung. Freiheit in der Wahl des Aufenthaltsorts, he."

„Macht endlich das Licht an."

Der Schalter klickte. Das Abbild auf der Wand verblasste. Jemand zog den Stecker vom Diaprojektor. „Endlich", murmelte wer, „Streit." Jemand wiederholte, dass doch der Letzte das Licht ausmacht. Jemand lachte. „Streit, ja."

Eine Frau mit Messingohrringen fiel mir auf. Ich hatte sie schon einmal gesehen. Sie lächelte.

Werner behielt das Wort, sein Wort hieß „soziale Menschenrechte".

„Und, wie schnell verlierst du die wohl, wenn du erst mal einen Antrag gestellt hast?"

Jemand sagte, er sei trotz allem und immer noch Marxist.

Jemand lachte. Keiner verließ den Raum. Einer trat hinter einer tragenden Säule vor und fixierte den, der sich Marxist genannt hatte.

„Abhauen oder Opponieren, eins geht nur."

Einer sagte, er würde ja wiederkommen, er wolle doch einfach mal sehen, mal sehen, wie sie anderswo. Und so weiter.

„Anderswo."

„Man kann hier nicht weg, ohne abzuhaun."

„Dann hau doch ab, Mensch."

Der Mann neben der Säule notierte etwas. Ich sah Angelika an.

„Der schreibt offen mit."

„Klar, damit du es siehst."

Werner flüsterte, dass die Ausreiser uns in Verruf brächten.

Die Frau, die das Wort „Rotlichtbestrahlung" gerufen hatte, stand auf. „Wir müssen eine eigene Gruppe haben", sagte sie.

Dann war plötzlich eine Liste da, auf der sich diejenigen eintrugen, die sich mit einer Sache beschäftigen wollten, die Staatsbürgerrecht hieß. Ich sah, dass sie Adressen auf die Liste schrieben. Es gab keinen Treffpunkt. Einer verlangte, der Treffpunkt sollte hier sein.

„Beim Friedenskreis?"

„Wer entscheidet das denn? Wer sich hier trifft,
entscheidet wohl der Pastor."

Wo war der Pastor? Der Pastor stand auf, tatsächlich ein Fels und mit einem dieser Bärte, die
später als Signale des wahren Glaubens gelten würden. Also es waren ganz normale DDR-Bärte, aber
wir wussten nicht, dass es einfach DDR-Bärte waren.
Und der Pastor hielt auch eine Rede, jetzt.

„Ihr wollt weg. Wir wollen bleiben. Ich kenne
Leute, die haben sie im Knast jeden Tag gefragt, ob
sie ausreisen wollen. Sie sind hier."

„Schön blöd", rief einer.

Der Pastor winkte ab.

„Ihr wollt zur Frage der Staatsbürgerschaft arbeiten. Damit meint ihr, dass jeder das Recht haben
soll, sie jederzeit abzulegen. Ihr pfeift auf eure
Staatsbürgerschaft. Ich denke nicht, dass das erste
Recht des Staatsbürgers ist, drauf zu pfeifen. Keine
Gemeinde muss ihm dafür einen Saal zur Verfügung
stellen. Wenn ihr eine findet, gut. Diese wird es
nicht sein."

Er schwieg. Alle schwiegen.

„Ihr habt recht, dass die Gruppen bis jetzt ignoriert haben, dass ihr wegwollt. Man spricht von hunderttausend. Oder mehr. Eure Kritik ist berechtigt.
Wir müssen uns beschäftigen. Das Thema heißt
dann: Warum wollen sie weg im Hunderttausend?
Und nicht: Wie kommen wir am besten weg? So ein
Gespräch, ja. Und dann muss auch über Geld geredet
werden."

„Scheiß aufs Geld, he."

„Ich scheiß nicht drauf. Da bin ich konform mit diesem Staat. Jede Ausbildung hat Geld gekostet. Leute haben gearbeitet. Ihr hattet kostenlos Recht auf Bildung."

„Damit sie uns kostenlos indoktrinieren konnten."

„Ich bin nicht indoktriniert."

„Woher weißt du das?"

„Weil ich mich nicht habe indoktrinieren lassen. Und noch andere Sachen waren kostenlos außer Bildung."

„Der kostenlose Verbleib in der sozialistischen Wartegemeinschaft."

„In der Gemeinschaftszelle."

„Da ist für alles gesorgt, wie?"

Der Pastor rief: „Ihr gehört aber nicht zu den Verdammten dieser Erde!"

Der Marxist lächelte.

„Vielleicht doch."

Der Mann neben der Säule notierte.

„Wenn ihr einen Termin wollt, dies zu diskutieren, bitte."

Und dann wurde nicht über Termine geredet. Die Veranstaltung löste sich auf. Grüppchen standen herum, Fremde reichten sich Zettel mit ihren Anschriften hin und her. Angelika packte ihr Manuskript in die Tasche. Sie weinte nicht, schließlich. Sie sagte, dass wir also niemanden für den Friedens- und Umweltkreis gewonnen hatten. Höchstens, dass jemand privat auf sie zukäme. Jetzt würden alle erst einmal gehen.

Ich sah die Liste noch einmal vorbeigehen. Ich sah vielleicht dreißig Namen und Adressen.

„Ich hätte Angst, auf so einer Liste zu stehen."

„Sie sammeln Punkte", antwortete Angelika, „jeder Punkt ein Pluspunkt für die Ausreise. Deshalb wollen sie in die Gruppen. Wir haben den Schaden."

Aber war denn sicher, dass wir den Schaden hatten und bleiben wollten? Und weswegen ich bleiben würde, wenn. Und wer da alles gelächelt hatte. Und warum. Und wer über den Dingen stand. Und wen sie übergingen, diese Dinge.

Werner hatte seine Sachen gerafft und drängte an uns vorbei. Warum hatte er es eilig?

„Loni wartet."

Ich nahm Angelika die Tasche ab. Wir gingen zur U-Bahn. Sie fragte, ob ich mit zur ihr kommen würde. Ja.

Den Weg hinter sich lassen. Die U-Bahn einfahren sehen, die U-Bahn nehmen, aus der Bahn aussteigen. Und woher hatte Angelika die Dias?

„Über die Botschaft."

„BRD-Botschaft?"

„In die Schweizer bin ich jedenfalls nicht gegangen."

„Und wie ging das zu?"

„Hör auf."

„Und wie hast du die Dias bekommen?"

„Manche werden eben nicht kontrolliert."

„Diplomaten. Von anderswo."

„Jemand hat sie in die Botschaft mitgebracht. Ich habe die Grafikerin kennengelernt. Ich finde nicht wichtig, dass alle alles wissen.“

„Und ich bin dagegen, dass manche nichts wissen dürfen.“

„Mit gutem Grund bin ich dafür.“

„Ich weiß.“

Ungesetzliche Verbindungsaufnahme hieß der Grund, oder er hieß Wiese vor der Botschaft, eine Bombenlücke, die zu Lebzeiten des Staates nicht mehr bebaut werden würde und freien Ausblick auf den Eingang der Botschaft gewährte. Auf der Wiese und an ihrem Rand standen Männer in Zivilkleidung. Sie hatten Kutten an oder graue Anzüge oder beides, wenn das Wetter danach war. Als ich nach Berlin gekommen war, wusste ich nicht, dass es die Botschaft gab. Ich ging dran vorbei, oft. Schritte weiter war Brechts Stadtwohnung gewesen. Brechthaus, Brechtbuchhandlung, und daneben lag der Dorotheenstädtische Friedhof. Ich ging zuerst in die Buchhandlungen und auf die Friedhöfe, als ich nach Berlin kam.

Dann verlangte eines Tages die Polizei meinen Ausweis, als ich an der Bombenlücke vorbeilief, zu langsam vielleicht, es war ja bloß eine Bombenlücke. Und vor der Botschaft ging Polizei. Wer nahekam, wurde kontrolliert. Die Polizisten sprachen die Namen in ihr Funkgerät. Ich stellte mir vor, dass die Namen und Adressen am anderen Ende der Verbindung gespeichert wurden. Es war nicht verboten, in die Botschaft zu gehen. Es war keine ungesetzliche Verbindungsaufnahme, dachte ich: Aber es konnte eine werden. Wenn man es brauchte. Die Zivilisten kontrollierten niemanden. Die Botschaft hieß nicht Botschaft. Wir sagten nur so. Sie hieß Vertretung, Ständige Vertretung. Und das war damals keine Kneipe. Außen herum lief eine unsichtbare Mauer, da konnte man hindurchgehen, das sollte nicht sein. Und ich lief innen in Berlin herum und ging immer nach Westen, dahin, wo ich die Grenze vermutete, und eines Tages fand ich einen Hinterhof, über den die Mauer ging, oder eine Mauer vor der Mauer. Niemand kontrollierte, weil es sinnlos gewesen wäre, hier über die Mauer zu steigen, das versuchte seit zweieinhalb Jahrzehnten niemand mehr, nicht an so einer Stelle, und ich legte meine Hand auf den Putz. Er war grau, grob und hinterließ feste Körner auf der Handfläche. Und Angelika hatte das bestimmt auch alles gemacht. Es war Jahrzehnte her, es war anders gewesen. Sie hatte noch ihre Großmutter im Westen besucht, in einer Mommsenstraße, in einem der Stadtbezirke, die ich nicht einmal dem Namen nach kannte. Angelika hatte nie in einer Kleinstadt gelebt. Sie bewegte sich in der Stadt, ohne sich von etwas befreit zu fühlen und ohne den Wunsch nach besseren Illusionen. Dachte ich.

Und die Treppe hinaufgehen und die Straße entlang gehen und in das Haus gehen und bis ins vorletzte Geschoss steigen und die Tür öffnen. Angelika schob ihre Tasche und die Diaklapperkästen in die Wohnung und dann sich selbst. Ich machte die Tür zu. Wir warfen die Mäntel auf den überfüllten Kleiderständer. Der Flur schwankte oder unser

Eindruck vom Flur, und ich ging voran in Angelikas
riesiges Durchgangszimmer. Unter der Merian-
Zeichnung stand ein Telefon. Seit wann hatte Angelika Telefon?

„Seit gestern.“

„Du arbeitest nicht mehr, wieso geben sie dir
Telefon?“

„Komisch, nicht.“

„Ja, komisch.“

„Vielleicht wollen sie mithören.“

„Vielleicht.“

„Oder es ist Zufall.“

„Oder es bedeutet nichts.“

Angelika hob die Schultern und ließ sie fallen.
Eine Schulter stand etwas höher als die andere. Ich
sah das Telefon an. Das Telefon klingelte.

Fünftes Kapitel

Angelika hatte einen Anruf, von wo oder von anderswo. Ich ging in die Küche, um Tee zu machen. Katjas Zimmertür war geschlossen. Die Flamme, die aufschlägt, am Deckel des Brenners rucken, dann strömt das Gas ruhig. Warten. Etwas Wasser schwappte aus der Schnauze des Kessels, Tropfen liefen am Blech herunter und verdunsteten. Erika fiel mir ein. Ich hatte sie immer auf dem Flur gesehen, wenn ich Korrekturfahnen bei einem Verlag in Mitte abholte. Die Korrektorate gehörten zur Herstellung. Erika war Herstellerin. Erika war schön. In der Herstellung nannten sie Erika apart, weil sie schwarz trug und immer etwas Gelbes oder Grünes, Schal oder Weste, und weil sie einen tiefen, kastanienbraunen Pony hatte, viel Lidstrich und riesige Augen. Wahrscheinlich erreichte Erika in den Druckereien die Herausgabe noch des letzten Papierkontingents. Falls sie nicht arrogant war. Aber Erika war nicht arrogant, Erika war Kumpel.

Ehe ich die Druckfahnen nach Hause trug, ging ich jedes Mal in ein Café, das „Kisch" hieß. Es lag im alten Zentrum, weit vorn unter den Linden und ein wenig östlich vom alten Zeitungsviertel, fast schon Tiergarten, natürlich abgeschnitten davon. Kein Gedanke daran, mit der S-Bahn vom Bahnhof Friedrichstraße Richtung Westen zu fahren, Blick links auf die Lastwagen der Spedition Hamacher und das dicke Grün der Ministergärten. Kein Gedanke an Gräber, durch die nicht einmal Wind ging, Ruinen verlassener Botschaften. Ich sah mich nicht an solchen sagenhaften Orten, wo der Efeu vormalige Keller füllte, deren Decken auf die Fundamente gestürzt waren. Ich hatte keine Idee von Nässe und Kühle der Botschaftsvillen, nicht von jenen, von denen nur die Fundamente geblieben waren, nicht von denen, die bewohnt waren und vor deren Fenstern Wäsche wehte. Meine Vorstellung reichte bis zum Brandenburger Tor. Die S-Bahn vom Bahnhof Friedrichstraße fuhr diesseits und jenseits einer stählernen Wand, die mit Tausenden nichtrostender Nieten besetzt war, diesseits fuhren die Bahnen nach Osten, jenseits nach Westen. Da ahnte noch niemand, wie schwer es werden sollte, diese Wand abzureißen, einst, bei der Wiedervereinigung des Bahnhofs Friedrichstraße. Denn es gab unten im Bahnhof nur eine Tür, die hatte keine Klinke, das heißt: Auf unserer Seite hatte sie keine Klinke. Und vor dieser Tür gab es ein Geländer, an dem man lehnte und wartete und beobachtete, wie jemand sie jenseits öffnete und durchging, und dann schlug sie wieder zu.

Im Kisch saß man nie allein. Der Platz auf der rötlichen Tischplatte war immer zu wenig. Ja, es war immer voll, immer gemischtes Publikum. Nicht wie das Café hinten am Lindenkorso, wo jeden Mittag die gleichen Leute saßen, die irgendeine Kunst trieben oder gar nichts. Oder die jemanden für einen Nachmittag finden wollten, einen Abend, eine Nacht, denn das war leicht. Wir gingen alle manchmal hin. Aber ich ging lieber ins Kisch. Und einmal kam Erika und setzte sich dazu. Sie zog eine Schachtel alte Juwel und ein Fläschchen aus ihrer Tasche. Sie nahm eine Zigarette und fuhr mit dem Mund des Fläschchens drüber. Auf dem Papier blieb ein feuchter Strich. Koko hieß die Flüssigkeit, die man eigentlich bei Kopfschmerzen auf die Schläfen streichen sollte. Zigaretten mit Koko machten die Kehle wund, aber sie schmeckten wie ein Pfefferminzfeld. Erika hatte ein raues Lachen. Sie gab mir eine dieser Zigaretten. Ich wusste schon, dass sie Erika hieß. Im Verlagswesen bleibt nichts verborgen, kein Name, nichts. Sie hatte eine Tochter mit dem stellvertretenden Verlagsleiter. Annie. Sie hatte keine Beziehung mit dem stellvertretenden Verlagsleiter. Manchmal blieb Erika über Nacht bei Annies Vater, mit Annie. Manchmal brachte sie das Kind zu ihm, wenn sie über Nacht wegwollte. Ich traf sie in einem verrauchten Keller in Treptow, in der Puschkinallee. Da spielte die Musik. Diesseits der Grenze. Jenseits floss die Puschkinallee schräg in die Schlesische Straße. Die hieß im Osten Am Treptower Park. Erika wohnte nur ein paar Straßen weiter in der Karl-Künzel, die endete an der Mauer. Ich dachte damals, die Karl-Künzel ginge hinter der Mauer weiter. Aber hinter dem Strich, auf dem die Mauer stand, ist der Landwehrkanal.

Im Kisch hatten wir fast nichts miteinander gesprochen, sondern nur den Rauch inhaliert und braunen Schnaps getrunken.

Und in einer Nacht, als der stellvertretende Verlagsleiter bei ihr zu Besuch war, nahm Erika Annie auf den Arm und rannte los, wie sie später erzählte, in der Angst, Annies Vater werde sie beide umbringen.

„Die Tür war abgeschlossen", sagte Erika später. Sie habe mit ihrem Handgelenk die Glasscheibe in der Tür zerschlagen.

„Überall war Blut", sagte Erika.

Der stellvertretende Verlagsleiter schloss Erika in der Toilette ein, wo man das Fenster nicht ohne Leiter erreichen konnte, und weil sein Telefon nicht funktionierte, musste er lange bei den Nachbarn klingeln, bis er einen gefunden hatte, der auch ein Telefon besaß. Der stellvertretende Verlagsleiter sagte später, Erika habe in der Küche gesessen, in der rechten Hand eine Klinge. Und mit der Klinge hätte sie in ihr linkes Handgelenk geschnitten.

Erika sagte, er habe sie in der Toilette eingeschlossen und die Leiter wäre drin gewesen.

Erika kam in die Psychiatrie.

Die Chefkorrektorin aus Erikas Verlag sagte mir, dass Erika sich die Adern aufgeschnitten hatte. „Sie haben doch mit ihr Kontakt gehabt, Frau."

„Quer? Das wird nichts."

„Zum Glück", sagte die Chefkorrektorin. „Haben Sie nicht mit ihr Kontakt gehabt? Die und die Station, rufen Sie da an, dann sagen die Ihnen die Besuchszeiten."

Ich steckte immer noch ein Zwanzigpfennigstück in den Automaten einer Telefonzelle. Ich versuchte immer noch einmal, die Station zu erreichen. Aber sie holten Erika nicht ans Telefon.

Als ich Erika im Krankenhaus besuchte, lebte sie in einem Zimmer, da standen quer und längs zehn

Betten. Es standen nicht einmal alle Kopfenden an der Wand, einige Betten standen mitten im Raum. Woran sollte sich eine halten, wo selbst Betten standen wie zu viele Schiffe auf einem zu engen Meer? Und es gab keinen Schrank und nicht einen Nachttisch. Erika hatte einen Koffer, der stand unter dem Bett. Sie ging mit mir in einen Aufenthaltsraum, der seit dem Weltkriegsende nicht tapeziert worden war. Die Tapete war an mehreren Stellen in langen Streifen abgerissen. Abgeschabt, das hätte ich verstanden, aber abgerissen. „Nur nicht eingewöhnen", sagte Erika. Beim nächsten Besuch durften wir auf einer Bank im Freien sitzen. Ich hatte ihr Papier und Stifte mitgebracht. Wo wir doch alle so künstlerisch begabt waren.

Als ich ging, stand sie da und streckte einen Arm in meine Richtung, Handfläche zu mir, sie wedelte mit dem Fächer ihrer Finger. Ihr Pony war gewachsen und fiel an einer Seite über die Augen.

Dann wurde Erika verrückt. Sie sagte so.

Sie hatte eine Collage geklebt. Sie hatte Bilder von Straßenschluchten aus Illustrierten ausgeschnitten und ließ Städtenamen darüber fließen wie Autos. Über die Bilder lief eine Jalousie aus weißen Papierstreifen. Und darauf stand immer derselbe Satz: Ich bin schon dreißig. Ich bin schon dreißig. Ich bin schon dreißig.

„Meine Tochter ist kein bisschen verzweifelt", sagte Erika.

Gesprächsgruppen, an denen sie teilnehmen musste, Anfeindungen von den andern, den Verrückten, so nannte sie sie, so erzählte Erika mir das.

„In den Ecken lauert der Wahn“, sagte Erika. „Hast du Zigaretten?“

Ich schob drei Schachteln Cabinet rüber.

„Die sind gut. Club raucht die Stasi.“

„Ich dachte immer, die rauchen Duett.“

„Die Chefs“, sagte Erika, „die Chefs.“

Dann musste sie nur noch im Krankenhaus schlafen und durfte tags in Arbeitstherapie gehen.

Sie hatte doch eine reguläre Arbeit.

„Aber die wollen sie mir nicht wiedergeben. Wegen Verantwortung. Wegen des Kostenumfangs der Buchproduktion. Wegen Therapie.“

Welche Arbeit wäre eine bessere Therapie gewesen, als unwilligen Druckereien die letzten Papierkontingente abzuschwatzen.

„Unqualifizierte Arbeit“, sagte Erika, „ist am besten für mich, vorübergehend, sagen sie.“

„Annie?“

„Wohnt bei ihrem Vater. Vorübergehend, sagt er.“

Sie verstand sich selbst nicht. Und dann brachte Erika sich um.

Das Wasser kochte. Ich hatte Erika oft im Kulturhauskeller in Treptow getroffen. Wo jeder mit jeder. Erika rauchte Kette. Sie war dreißig, sie hielt mir ihren linken Handrücken vors Gesicht und hob mit Daumen und Zeigefinger der rechten Hand die Haut.

„Sieh dir meine Haut an. Ich bin alt.“

„Komm, ich bin auch nicht mehr dreizehn.“
Erika fasste nach meiner Hand.

„Du hast noch keine Langeweile. Du bist glatt.“
„Ich habe mir vorhin die Hände eingecremt.“
Erika schüttelte den Kopf. „Lüg nicht.“

Ich saß mit dem Tee in Angelikas Küche. Ich hörte Angelika mit dem Telefon sprechen, wie sie lachte und sich von einer verabschiedete, die Iris hieß. Von einer anderen Telefonbesitzerin. Ja, ich war neidisch. Dann kam Angelika in die Küche.

„Du siehst aus wie Braunbier und Spucke. Wie der Tee. Komm, wir trinken was anderes, Rotwein. Es ging nicht schneller. Woran hast du gedacht inzwischen? Dass du so aussiehst?“

„An nichts.“

„Quatsch.“

„An Erika.“

„Wer ist Erika?“

Ich sagte es ihr. Das dauerte eine Stunde. In der Zeit tranken wir den Wein. Mein Mund war bitter von den Zigaretten. Angelika machte noch eine Flasche auf. Angelika sagte, die Toten sollten ihre Toten begraben. Nur war ich nicht religiös.

„Warum beeindruckt es dich so, Inge? Sie hat sich umgebracht. Vielleicht war sie verrückt, vielleicht nicht, seit wann vertraust du Kadern?“

„Ich vertraue keinem stellvertretenden Verlagsleiter. Aber sie haben sie immerhin im Krankenhaus behalten.“

„Du weißt auch, was passiert.“

„Kann sein, kann nicht sein. Verzweifelt ist nicht verrückt. Vielleicht langweilte sie sich. Sie dachte, dass nichts mehr kommt. Dass sie alles hinter sich hat."

„Das habe ich auch mal gedacht", sagte Angelika.

„Wegen Krebs, meinst du."

„Nein. Ich habe das vorher gedacht. Als ich wusste, dass die nächste Etage nicht mehr für mich ist. Bibliotheksleiterin würde ich nicht werden. Das war schon klar, damals. Es war klar, ich würde in keine Partei eintreten. Ich sympathisierte mit Leuten in Polen. Ich kannte schon Leute in Prag, die die Charta 77 unterschrieben hatten. Also, ich hatte es hinter mir."

„Der Beruf ist nicht alles."

„Nein. Privat bist du noch schneller an der Grenze."

„Du willst doch keine Familie."

„Weil ich sie schon hatte. Mehr, als mir lieb war. Ich war mit Katjas Vater verheiratet. Du weißt das bloß nicht. Vor der Scheidung hatte ich mehr Lover als danach, komisch. Irgendwann kennst du alle."

„Im Bett?"

„Klar, wo sonst. Brauchst du sonst noch einen? Ich sage nicht: Komm erst mal in mein Alter. Aber komm mal in mein Alter. Ich sag dir, das bisschen, das mach ich allein."

Sie war nicht betrunken, bloß in ihrem linken Augenwinkel zuckte die Haut. Ich war nicht sicher, ob das Zorn war.

„Scheiße", sagte sie, „dass ich erst krank werden musste. Das sagen dir alle. Wenn sie krank sind. Ich hatte meine rechte Brust eigentlich ganz gern. Sie war die schönere, Mensch. Damit habe ich bezahlt."

„Du bist moralisch."

„Na und? Besser als zynisch. Es ist immer die schönere. Dann hatte ich keine Langeweile mehr."

„Bitte mach das Fenster auf."

Angelika stand auf. Sie öffnete das Fenster. „Ich bin vierzig. Das ist nicht alt. Vielleicht sterbe ich nächstes Jahr, vielleicht nicht. Ich habe Angst, aber keine Langeweile."

„Und das ist nicht zynisch?"

„Nein. Ich amüsiere mich besser als früher, egal ob mit Männern oder ohne."

„Trotzdem soll einer kommen und dich retten."

„Nein. Ihr seid das doch, ihr denkt immer so viel über Selbstmord nach. Über Rettung."

„Wer, ihr?"

„Du. Oder warum erzählst du mir diese Geschichte."

„Weil du mich gefragt hast. Abhaun oder sich umbringen, das ist doch dasselbe. Manchmal hab ich zu beidem Lust und kann mich bloß nicht entscheiden."

„Ich bring mich nicht um und ich hau nicht ab. Rüberfahren würde ich gern mal, das ja. Seit sie achtzig geworden ist, ist meine Oma nicht mehr gekommen. Als Kind war ich oft drüben. Sogar allein, wenn meine Mutter gearbeitet hat."

Angelika hatte einen Reisepass beantragt, das Dokument, das zur Aus- und Wiedereinreise berechtigte. Es zog sich hin. „Dabei bin ich Rentnerin", sagte sie immer, „ich esse bloß, ich arbeite nicht.

Was verlieren sie eigentlich, wenn ich drüben bleibe? Und ich bleibe sowieso nicht drüben. Werner sagt immer: Wer rübergeht, tauscht das spannendste Land der Welt gegen das langweiligste Land der Welt."

Ich zündete mir an der alten eine neue Zigarette an. „Woher will Werner das eigentlich wissen?"

„Zweckoptimismus, wenn du mich fragst." Sagten wir beide gleichzeitig. Es gab genug Leute, die es darauf ankommen ließen, wenige hatten sich so gelangweilt, dass sie zurückgekommen waren.

Nein, es wurde draußen noch nicht hell. Angelika machte mir ein Bett auf dem Sofa im Durchgangszimmer. Aus einem Vorrat ungebrauchter Zahnbürsten suchte sie mir eine heraus. Später würde sie mit einer Nadel meinen Namen in den Bürstenstiel einritzen und die Zahnbürste zu einer Handvoll anderer in einen Becher stellen. Als ich schon auf dem Sofa lag und die Decke straff um meine Beine zog, fragte sie, ob es wirklich so furchtbar gewesen sei, dass sie aus diesem rumänischen Buch gelesen und die Bilder jener Schweizerin gezeigt hatte. Ich glaubte es nicht. Ich glaubte, dass die Ausreiser sich einfach für gar nichts interessierten. Außer für ihre private Ausreise.

„Aber es tut weh", sagte Angelika.

Ich konnte dann nicht schlafen. Erika hatte es hinter sich, auf eine grundsätzliche Art, dachte ich. Hätte sie nicht erst noch die Ausreise probieren können? Irgendwo tickte eine Uhr und ich wagte nicht, sie abzustellen. Ich hatte keine einzige Metapher in den Gedanken. Alle Dinge und alle Wörter waren nur, was sie waren. Es war vielleicht falsch, dass wir alles mit allem in Zusammenhang brachten, weil kein Ding und kein Gedanke ersetzbar gewesen wäre. In den Sälen war es unruhig. Bei den Veranstaltungen wurde gemurrt. In den Wohnhäusern blieb es ruhig. Hier war es still. Nur die Nachtbahn jede Stunde. Um vier, um fünf, und wieder oft, öfter, halb sechs, drei Viertel, zehn vor, fünf nach. Ich hörte Vögel pfeifen, draußen. Graues Licht kroch herein.

Um sechs klingelte das Telefon. Ich dachte nicht nach. Ich ging hin und hob ab.

„Ja.“

„Iris hier. Ich möchte Angelika sprechen.“

„Angelika schläft.“

„Ja. Und wer sind Sie?“

„Inge.“

„Warum schlafen Sie nicht?“

„Weil ich nicht schlafen kann.“

„Ich dachte, weil Sie wie alle guten DDR-Bürger um sechs aufstehen.“

„Nein.“

„Und warum liegen Sie nicht neben Angelika?“

„Weil.“ Ich trennte mich von meiner Stimme. „Weil jemand ans Telefon gehen muss, damit Angelika schlafen kann.“

„Gut. Können Sie etwas notieren?“

„Ja.“

„Ich komme am Sonnabend. Ich bin Iris.“

„Das haben Sie schon gesagt.“

Sie wechselte ihren Tonfall. „Komm doch auch."

„Wohin?"

„Am Sonnabend, zu Angelika."

„Wenn Angelika mich einlädt."

„Wird sie schon. Wenn du schon neben dem Telefon schläfst. Außerdem lade ich dich ein."

Wieso war sie so vertraulich. Wieso ärgerte es mich nicht. „Und warum rufen Sie so früh an?"

„Später kommt man ja nicht mehr durch. Von euch aus gleich gar nicht."

„Ja. Ich möchte jetzt noch etwas-"

„Quatsch. Wenn du bis jetzt nicht eingeschlafen warst, wird es nichts mehr. Guten Morgen."

Es klickte im Hörer. Ich betrachtete ihn.

Ich hatte nicht geschlafen und trotzdem einen Traum im Kopf, der mich beunruhigte. Es war kalt. Ich ging in Angelikas Badezimmer, beugte mich über die Wanne und drehte den Hahn auf. Das Wasser kam lauwarm und abgestanden aus dem Boiler, der über Nacht auf niedrigster Stufe heizte. Ich wartete nicht, dass es sich erwärmte. Der Geruch der Seife, die ich mit beiden Händen unter den Achseln verteilte, mischte sich mit dem Geruch von Schweiß und Zigaretten, und ehe ich alles abgewaschen hatte, kam schon nur noch kaltes Wasser, das die Seife kaum löste. Die Haut spannte über dem starren Fleisch. Mir brach der Schweiß aus vor lauter Kälte; ich rieb grob mit einem Handtuch, bis die Arme rot wurden und brannten. Es tat beinahe weh, als die Sachen die klamme Haut berührten. Ich starrte aus dem Fenster in den Himmel. Es würde warm werden, aber man spürte nichts davon. Angelika schlief noch. Katja schlief noch. Ich könnte den Tisch decken und Tee kochen, dachte ich, aber dann zog ich nur das Bettzeug ab und nahm das Laken vom Sofa, und als alles sauber auf dem Sessel gestapelt war, wusch ich die Gläser, aus denen wir den Wein getrunken hatten. Es war noch immer still in der Wohnung, ich riss ein Blatt aus meinem Notizbuch, und schrieb darauf: „Iris hat angerufen und kommt am Sonnabend. War schön hier", und ging leise, leise fort. Die Straßenbahn war voller Menschen, die zur Arbeit fuhren, Schlaf hinter den Stirnen, und plötzlich war der Traum da, den ich am Morgen verloren hatte, und eine Stimme in meinem Kopf sagte ein Gedicht, das endete „wenn dir schwarz wird vor Augen: / Unglück hilft dir auf, mit seiner Peitsche."

Im Licht des Junimorgens sah ich die an ihren Rändern versehrten Granitplatten auf dem Gehweg glänzen. Man nannte sie Schweinebäuche wegen ihrer Unterseite, die nicht plan war, sondern grob behauen und durchhängend in den Sandboden drückte. Das Material wehrte sich gegen jedes Verrücken allein mit dem Eigengewicht. Wo die Granitplatten durch billige Zementvierecke ersetzt wurden, lockerten diese sich bald, sprangen im Winter und wurden von den Wurzeln der Straßenbäume aus dem Boden gedrückt. Erika war einfach nicht das richtige Unglück begegnet, das ihr hätte aufhelfen können, sondern nur gewöhnliche Langeweile.

Sechstes Kapitel

(Zurückdenken.)

Hitzefriesel auf Kehle und Brust, sie begannen sofort zu jucken. Ich hob einmal die Hand. Ich fuhr einmal durch die nassen Haare. Sie standen steif ab vor Schweiß, der nicht verdunstete, obwohl es heiß war. Es ging kein Hauch von Wind. Ich rannte, ich rutschte auf dem grauen Belag der Bahn dem Moment entgegen, an dem ich H. verlassen würde. Wie viele Runden ich schon gelaufen war. Jemand würde die Zeit nehmen. Die Zeit würde ausreichen, das Abitur zu bestehen, ich wäre berechtigt, in Berlin ein Studium aufzunehmen. Das war sekundär. Ich würde nach Berlin fahren, ich würde meinen Rucksack in einem Wohnheimzimmer fallen lassen, von dem ich bis jetzt nur wusste, dass es denkbar weit entfernt war von H.

Meine Mitschülerinnen hatten am Morgen versucht, den Sportlehrer zu überzeugen, dass dieser Lauf am besten die erste der zu bestehenden Übungen wäre. Solange noch Schatten über dem Stadion lag. Alle anderen Übungen, Würfe, Sprünge und kürzeren Läufe hätten wir ebenso gut am Mittag absolvieren können. Wir waren sicher, es lag nicht an Vorschriften, dass er nicht darauf einging. Wir nannten ihn „schnell wie ein Windhund, hart wie Kruppstahl, zäh wie-" Ja wir wussten, was Kruppstahl war. Am Mittag mussten wir diese Runden um diesen Platz laufen, um das Abitur zu bestehen. Es war mir zuletzt ganz egal. Bevor ich loslief, schloss ich einen Augenblick die Augen und rief das Bild des Bahnhofs von H. auf, den Schalter, hinter dem jede Fahrkarte auf ein Stück Pappe gedruckt wurde, die am Rand mehrfach perforiert war. Die feste graue Pappe, kleiner als eine Streichholzschachtel. Ein Bahnsteig lag im Schatten eines Daches aus gestrichenen Balken, im Jenseits der Sonne der andere Bahnsteig. Man kam über einen mit Sand bedeckten Übergang hin. Hier links der Zug nach Jena, dort rechts nach Gera. Drei Gepäckfächer. Die so gut wie immer geschlossene, verkommene Gastwirtschaft. Und sich dann den Zug vorstellen, den Geruch der mit brüchigem, dunkelrotem Kunstleder bezogenen Sitze. Sich den Bahnhof von Gera vorstellen, den Bahnhof von Göschwitz, Jena West, Saalbahnhof und Paradies, den Bahnhof von Weimar, oder nein, nicht Weimar, alle Bahnhöfe, die mir einfielen außer Weimar. Und dann nach rechts fahren, ich öffnete die Augen und lief durch den Bahnhof von Gera, eilig durch die graue Halle, schaute einmal auf die Straße hinaus, an den algerischen Vertragsarbeitern vorbei, die nach Ende ihrer Schicht am Bahnhofseingang herumstanden und deren Sehnsucht nicht durch eine Fahrt zwischen Gera und einem auf direktem Weg erreichbaren Ort zu lindern war, lief auf den Bahnsteig, stieg in einen Zug, die Hitze stand im Abteil, die Beine klebten an den Sitzpolstern, die Haut schwoll in der grellen Sonne, die durch das offene Fenster hereinfiel, auf, auf, den Schienen nach, die gingen vor mir her, und neben mir begannen Lokomotiven zu fahren, Personenzüge, D-Züge, schließlich der Express, der aus allen Bezirksstädten

nach Berlin fuhr, am Morgen hin, am Abend zurück.
Die Leute nannten den Zug die Bonzenschleuder,
aber das war Unsinn, jeder konnte mit diesem Zug
fahren, und ich würde keinen Rückfahrtschein nehmen. Ich schob mit der Hand die Schweißtropfen
zurück in die nassen Haare, das kostete Kraft, machte aber das Gesichtsfeld frei. Die Sonne war weiß, die
Bahn war grau, das Gras war grau. Ich sah den Zug,
wie er in Berlin-Lichtenberg einlief. Ich war schon
einmal dort gewesen. Ich sah die niedrigen Gänge,
die zur U-Bahn führten und in denen Menschen
hasteten, die mich nicht ansahen. Ich sah den S-
Bahnsteig, S-Bahnen, die ihre Türen mit einem Knall
schlossen und abfuhren. Ich fühlte die Schienen und
bei jedem Tritt auf der unebenen Bahn fühlte ich,
wie S-Bahnen über die Unebenheiten der Schienen
liefen, wie das Rumpeln bis in Beine und Bäuche der
Fahrgäste aufstieg und dort verebbte. Ich war einfach
selbst die Bahn und fuhr zwischen entgegenkom-
menden Bahnen hindurch. In der Hitze schlug der
Lack auf den Reichsbahnwagen Blasen, später, wenn
es kühler wurde, würde er splittern, und unter den
abgeplatzten Schichten würde graues Metall sichtbar
werden, graues Metall, graues Eisen, eine undurch-
dringliche Haut, und dann- Dann war ich da, fuhr
der Zug weiter, lief ich langsamer, meine Haut fühlte
sich körnig an auf der Stirn, mir tat nichts weh, der
Sportlehrer trug die Zeit auf einem Bogen ein, ich
nahm meine Sachen im Vorbeigehen hoch, ich ging
zu meinem Fahrrad, schloss es los, stieg auf, ohne in
der Bewegung einmal abzusetzen. Als ich durch den
Wald nach Hause fuhr, begann ich zu fiebern. Als

82

ich ankam, hatte ich Schüttelfrost. Lauwarmes Wasser aus dem Hahn verdampfte auf der Haut. Mir war kalt. Ich rannte hinterm Haus die Gartentreppe hinunter und durch das Tor, zwischen den Gärten durch, es war heiß draußen, ich spürte das nicht, ich rannte vor meiner Schwäche einfach davon, der Himmel wurde gelb, das Wetter änderte sich, doch, es war das Wetter, ich zitterte, ich hatte immer fortgewollt, jetzt nur noch ein paar Nächte, nur noch ein paar Schnellhefter, die ich wegwerfen wollte, Gedichte, die ich im Badeofen verbrennen würde, und ein Tagebuch hatte ich nie geführt, ich dachte nur weggehen, weggehen, weggehen. Regen fiel auf die entzündete Haut, ich begann mich bald zu schälen. Ich weiß nicht, was meine Mutter dachte. Ich sprach nicht viel in der Zeit. Meine Mutter war frisch geschieden. Meine Mutter hatte auch Gefühle. Ich zupfte die Haut in kleinen Fetzen ab, von Stirn, Nacken, Beinen. Ich hatte immer hier weggewollt, ich wusste nicht einmal, warum, später sagte jemand, das gebe es nicht, dass ein Kind schon immer weggewollt hätte, da müsse etwas sein, sagte er, etwas Verdrängtes, und wenn ich es nicht verdrängt hätte, wollte ich es wohl verschweigen.

Auf der neuen Haut blieben bräunliche Stellen zurück, schließlich zog ich die letzten Fetzen ab, ich fuhr mit dem Rad über Feldwege, die ich verlassen würde, ich stand auf den Pedalen. Unter den Pfützen lagen Steine und hundert Jahre alte Scherben aus den Keramischen Werken, flachgetreten von Füßen in Arbeitsschuhen, zerbrochen unter den groben Rädern der Landmaschinen. Abends verschwand ich in meinem Zimmer und suchte im Dunkeln Musik auf der Radioskala, durchdrungen von einem Gefühl von Einsamkeit und Fortgehen, als löste ich mich schließlich von mir selbst. Es war vollkommen. Beim Abiturball sah ich H. als Geschichte an. Ich hatte immer fortgewollt. Es gibt nur ein Foto, das ich von Wohnung zu Wohnung später aus dieser Zeit mitnahm, auf dem stehe ich lachend und mit einem Sektglas in der Hand zwischen den anderen. In dem schwarzen Rock und der hellen Bluse wirke ich wie ein zufälliger, den anderen in ihren Blumenkleidern auch im Alter nicht entsprechender Gast. Ich ließ mich noch von dem Jungen nach Hause bringen, mit dem ich die letzten beiden Monate gegangen war, wir küssten uns noch vor der Haustür, aber es war schon nicht mehr der Mühe wert, bis zum nächsten Feldweg zu laufen, wo man hinter Hecken ungestört hätte liegen können. Um mich verbreitete sich ein Geruch des Abgereistseins, schon ehe ich ein paar Sachen in den Rucksack gestopft hatte. In diesem Sommer ging ich nicht mehr ins Werk, sondern nahm an einem studentischen Arbeitseinsatz auf einer der Baustellen Berlins teil, wo wir Gräben aushoben. Ich benahm mich, als wäre nichts und niemand zurückgeblieben, ich schrieb keinen Brief und erhielt kaum einen, eigentlich nur den, den Ehrling aus einer Kaserne der Nationalen Volksarmee schrieb, bei der er eine Reserveübung zu absolvieren hatte. Er nannte mich Glückssucher in Berlin-Hauptstadt. Ich sollte mich, schrieb er, nie mit Ersatzbefriedigungen zufriedengeben. Ich schickte

84

Ehrling eine Postkarte. Natürlich wollte ich mich nicht zufriedengeben. Ich wollte eine offene Wunde sein. Ich wollte das Blut in den Adern sehen, schon bevor ich sie aufschneiden würde. Ich fuhr stundenlang mit der S-Bahn: nach Königs Wusterhausen, nach Bernau, nach Oranienburg, nach Grünau und nie nach Strausberg, ich blieb nicht an den Orten, es ging mir bloß um das Fahren, es ging um die Bahnhöfe, deren Namen ich auswendig lernte: Ostkreuz, Warschauer Straße, Ostbahnhof, damals noch, heute wieder, oder Treptow, Plänterwald oder Frankfurter Allee, Storkower Straße, vormals Zentralviehhof, Leninallee, Greifswalder, Prenzlauer, und immer, wenn der Zug durch den Bahnhof Schönhauser Allee rauschte, dachte ich, hier zu wohnen wäre besonders: Fenster hinten raus zur S-Bahn, die breiten Silhouetten der Brandmauern, denen immer eine Ecke fehlte, ihr Schattenriss wie mit der Schere beschnitten, das Gestrüpp in den Lücken zwischen den Häusern, die ich erst nach und nach als Bombenlücken begriff, während sie schon hastig mit Neubauten gefüllt wurden. Und die Gesichter der Mitreisenden sahen verlebt aus und gingen mich nichts an, Kinder hatten Ringe um die Augen. Irgendwo hier lebten die Leute schon, mit denen ich mich verbinden würde. Sie waren geboren, sie hatten schon eine Biografie, es gab sie schon. Zwischen Schönhauser Allee und Pankow begegnete eine S-Bahn manchmal der anderen, der, die zwischen Gesundbrunnen und Wollankstraße durchfuhr, in einem Bogen näherten die Bahnen sich, dann Trennung, nur die Gleise überschnitten sich, nie die Wege der Züge, und der Zug, in dem ich stand, fuhr hier schneller durch als überall sonst, denn das da neben uns war eine S-Bahn aus Westberlin, in der Westberliner saßen, ich wusste nichts von ihnen, doch, dass jemand sie hatte von uns entfernen wollen. Was bedeutete das schon. Sie waren da, geboren, hatten eine Biografie, und da fuhren unsere und ihre S-Bahnen durch, durch die Wände eines geschlossenen Systems diffundierten die Gedanken, und die Bahnlinien bissen sich in den Stadtteilen fest.

Siebentes Kapitel

Ich lehnte mich mit dem Rücken gegen die Wand und zog die Beine auf die Liege. Dias klickten. Ich sah eine trockene Landschaft, irgendwelche Hütten, staubbedeckte Füße mit Ringen an den Zehen und um die Knöchel, Gesichter mit tiefen Falten, eine Hand, die über den Saiten eines Instruments schwebte. Leute lachten. Das letzte Bild zeigte eine Frau, die sich auf ihren Rucksack stützte. Auch sie lachte, wie konnte es anders sein, sie lachte.

Sie lachte auch in der Wirklichkeit, Iris. Auf dem Bild hatte sie ein Tuch um den Kopf, in Wirklichkeit kurze Haare, viele grau. Ihr Körper sah fest aus wie der Torso einer Statue.

Und wann sie in Indien gewesen war.

Und wie sie gereist war.

Und wie sie mit den Leuten gesprochen hatte.

Und ob sie wirklich dort mit dem Zug gefahren war.

Ob sie wirklich Züge hatten.

Wir waren wirklich ahnungslos.

Und warum sie nicht geflogen war.

Und warum sie zurückgekehrt war.

Das war das wahre Rätsel. Warum jemand zurückkehrte. Ich nahm die Hände vors Gesicht. Und vom Gesicht.

Und warum sie über die Grenze kam und uns diese Bilder zeigte. Warum eine über die Grenze kommen und Bilder zeigen musste. „Warum machst du das?"

Alle schwiegen.

„Warum machst du das. Bist ein Held, wie?"

„Komm, ist gut", Angelika konnte eine große Beruhigerin sein.

Ich war so aggressiv. „Also, bist du ein Held?"

Iris sah mich an. „Wenn schon, dann Heldin."

Ja, dachte ich. Heldenjungfrau.

Angelika sagte, dass sie Iris gebeten hatte, die Bilder zu zeigen.

„Und du musstest machen, was Angelika gesagt hat?"

„Ich verstehe dich", sagte Iris.

„Darauf pfeife ich."

„Ich wollte euch nicht zu nahetreten."

„Mir kannst du nicht zu nahetreten. Dazwischen ist eine Grenze."

Sie lächelte nicht mehr.

„Oder nicht nahe genug. Dazwischen ist eine Grenze."

„Bist du fertig, Inge? Du bist nicht allein hier."

Ich hatte es vergessen, ich hatte es einen Augenblick vergessen.

Das Gespräch ging weiter. Hier würde das Abfragen von Buchtiteln nicht funktionieren, hier ging es um echte Geschichten, um einen sagenhaften Aufenthalt in einem Frauengefängnis in Afghanistan. Ja, damals, bevor die Russen kamen, ja, wegen Drogenbesitz. In diesem Gefängnis, in dem Iris gesessen hatte, als eine Mitarbeiterin der deutschen Botschaft kam und Iris unterschreiben lassen wollte, dass sie später die Kosten zurückzahlen würde, die es verursachte, sie hier rauszuholen. Sie hatte nicht unterschrieben. Ja, sie war ein halbes Jahr in diesem Gefängnis gewesen, in dem die Frauen in einem runden Hof lebten und von ihren Familien versorgt wurden. Und weil sie sonst verhungert wäre, war Iris jeden Tag um diesen Hof gegangen und hatte die Frauen mit Geschichten unterhalten, und die Frauen hatten ihr von ihren Sachen abgegeben. Nein, die Sprache konnte sie nicht, Hände und Füße. Es war fremd gewesen, ja. Was für Drogen eigentlich?

Iris winkte ab. Sie nahm keine Drogen mehr. Außer mir waren alle mit ihr bekannt, alle Amazonen. Iris hatte mich eingeladen. In Angelikas Wohnung. Mir fehlte nichts. Mir tat nichts weh. Ich wollte sterben.

Alle begannen, von ihren Reisen zu sprechen. Budapest, Plowdiw, Prag. Als wir zum ersten Mal über die Karlsbrücke gingen, hatten wir geweint. Der jüdische Friedhof. Die Orte, an denen wir Ostern oder Pfingsten Freunde aus dem Westen getroffen hatten. Wie es war, als wir zum ersten Mal einen Zettel in eine Mauerritze am Grab von Rabbi Löw gesteckt hatten. Kafkas Häuschen, wo der Cousin aus dem Westen jede von uns zum ersten Mal geküsst hatte. Wir waren über Treppen gestolpert und hatten das John-Lennon-Denkmal gesucht. Wir hatten im Café Slavia gesessen. Ja, in dem Café Slavia, das ewig der Ort blieb, in dem wir gesessen hatten, ein Ort, den kein Tourist je betreten würde. Ich lehnte an der weißen Wand und rauchte. Ich sah die Amazonen von oben. Ich fragte mich, was sie in ihrem Gesprächskreis taten, gemischt aus Osten und Westen. Sie waren so nah miteinander. Mein Blick streifte ihre Oberkörper. Immer ist es die schönere Brust, hatte Angelika gesagt. Iris trank Rhabarbersaft. Iris war begeistert von unserem Rhabarbersaft. Angelika lächelte und lächelte. Ich wollte sterben. Ich sah eine Hand auf meinem Arm. „Ist das jetzt zu viel für dich", fragte Iris. Ob ich ihr verzeihe, dass sie mich angefasst hatte? Ob das in Ordnung ist? Ob ich denn gar nicht reisen durfte?

Doch.

„Wo bist du gewesen?"

Ich war in Budapest gewesen. An einem 26. Februar bin ich nach Budapest getrampt. Schnee lag meterhoch an der Straße, und ich trampte mit einem Mann nach Budapest. Wir kamen am ersten Tag bis zur Grenze. Wir mussten den Rucksack auspacken. Das Brot wurde geröntgt. Die illegalen Forint, die ich am Körper versteckt hatte, wurden nicht gefunden. Wir liefen zu Fuß über die Grenze, es war Mitternacht, Schnee fiel, und wir gingen bis zum ersten tschechischen Ort, wo wir im Hausflur eines Wohnblocks unsere Schlafsäcke ausrollten. Als es im Haus die ersten Geräusche gab, packten wir die Schlafsäcke wieder und gingen zur Straße. Es war Sonntag. Ein Lastwagen aus dem Westen nahm uns mit. Der türkische Fahrer, riesig, stumm, glattrasiert, legte eine Kassette ein und eine Männerstimme rief in einer Sprache, die wir nicht verstanden, die trug uns wie durch eine Kathedrale, aber da war nur die vereiste Bergstraße, die der Lastwagen hinunterglitt. Wir sahen die Eiskristalle an Zweigen ganz nah, Bruch-

90

stücke des Bewusstseins verschwanden unter den riesigen Rädern, niemand sprach, es war kein Auto auf der Straße, es war hell geworden, wir waren von der Kälte getauft, von Stimmen geläutert und überwältigt vom Licht.

„Und so bist du nach Budapest gekommen?"

Nein. Erst fuhren wir noch mit einer rumänischen Klapperkiste und schliefen in der Nacht in der winzigen Kabine bei dem Fahrer, der mit uns Zuika getrunken hatte, und obwohl der Wagen beinahe auseinanderfiel, ließ er sich beheizen, sogar gut beheizen, und dann wieder ein Morgen, an dem die Wagenräder bereift waren und die Bärte der Männer und zuletzt nahm uns ein türkischer Lastwagen auf, dessen Fahrer große Zahnlücken hatte, süßliche Popmusik und süßliche Duftsprays und einen Fahrstil, der-

Iris lachte. „Ich kenne das. Man will die Leute in Klischees beschreiben." Iris glaubte nicht, dass ich noch ärgerlich war. Ich war nie ärgerlich gewesen. Iris entschuldigte sich. Iris fragte, warum ich so verletzt bin. Ich war nie verletzt gewesen. Und wie es dann weiterging in Budapest. „Danach kam nichts Besonderes mehr", sagte ich. Eine der Frauen berührte Iris am Arm, sie drehte sich zu ihr herum.

Ich dachte an Budapest. Ich saß mit diesem Mann, mit dem ich nach Budapest getrampt war, im Café Vörösmarty, und ein Mann, der auch deutsch sprach, setzte sich an unseren Tisch und bezahlte den Kaffee und die Süßigkeiten und redete von den günstigen Massagen, die er auf der Margaretheninsel

bekam, und wir hatten gleich gewusst, wo der hergekommen war. Als wir in der Nacht den Rosenhügel
hinaufgingen, sagte der Mann, der mit mir nach
Budapest getrampt war, dass dies seine letzte Reise
nach Ungarn sei, denn er werde einen Ausreiseantrag
stellen. (Du willst hin, wo der herkam? – Nur, wenn
man es lokal betrachtet.)

Wir schlichen in das Haus, in dem Kati, die
Freundin einer Freundin, ein Zimmer und eine Ni-
sche zum Schlafen hatte, mit eigenem Eingang, ein
stilles Haus oben am Hügel und mit Blick auf die
Sternenkuppel eines berühmten Grabes. Irgendwo
hier hatte Bartok gewohnt. Eigentlich, sagte ich, als
der Mann und ich im Haus waren, brauchte ich diese
teuren Cafés nicht, mir schmeckte der Kaffee in den
kleinen Cafés besser, aus diesen schlecht gewaschenen Gläsern, sehr bitter, sehr dunkel, in den Cafés,
die nur drei Tische haben und schmutzige Fußböden
und wo sie kein Wort Deutsch verstehen und kein
Wort Englisch, und mit Russisch darfst du hier
wirklich nicht kommen und kommst du nicht weit.
Der Mann, mit dem ich nach Budapest getrampt
war, nickte. Aber er würde trotzdem fortgehen. Ein
verzweifeltes letztes Aneinanderpressen gab es nicht,
es gab keinen Grund für Verzweiflung.

Am nächsten Morgen war ich mit Kati ins Königsbad gegangen und wir lagen nackt in einem runden Wasserbecken mit anderen nackten Frauen, alten
Frauen, und der Dampf zog durch eine Öffnung in
der Decke, in diesen hellblauen Stern aus Himmel, in
den ich starrte, eine Haube aus durchsichtigem Plas-
tik auf den Haaren, während Kati mir langsam auf

Deutsch etwas über Finnland erzählte. Kati war Finnin und hatte ein Stipendium für Budapest, ein Ostblockland, in dem sie sich nicht fremd fühlte. Das sagte sie. Ich vergaß alles, was sie sagte, und vergaß nicht die leuchtend rote Haarsträhne, die sie mit der nassen Hand immer wieder zurückstrich. „Henna", sagte sie, ich suchte im Wasser ihre Hand und in einem der kleinen dampfend heißen Becken am Rand machte eine der alten Frauen einen Kopfstand, ihre Füße ragten für einen Moment aus dem Wasser, sie kam hoch und lachte. Und die Bademeisterin wurde dann wütend, als wir in dem heißen Duschwasser standen und Kati mir die Haube vom Kopf zog, sodass dicker Schlamm zum Vorschein kam. Er löste sich langsam auf und floss in grünlichroten Streifen über meinen Körper. Kati redete ernst und ungarisch mit der Bademeisterin, ich sah, dass sie uns verzieh. Später, im Spiegel, sah ich mein zu weißes Gesicht unter den zu roten Haaren und Kati umarmte mich. Das Relief ihrer Vorderseite an meiner. Wir eilten den Hügel hinauf. Der Mann, mit dem ich nach Budapest getrampt war, traf sich mit seinen Freunden aus Westberlin, irgendwo woanders in der Stadt. Graues Licht in Katis Zimmer, noch ein Spiegel, in dem wir unsere Haarfarben verglichen. Meine waren dunkler. Die Sachen, die den feuchten Dunst im Königsbad aufgenommen hatten, lagen zwischen Fenster und Bett auf dem Boden. Ich lehnte mit nackten Schultern an der Wand, sie lehnte mit dem Rücken an meinem Bauch, durchsichtiges Grau über dem Fluss, ich sah uns beide von oben in sachter Verschränkung. „Du wirst kalt", sagte sie, jetzt hörte ich den Akzent, ich konnte ihn nicht von ungarischem Akzent unterscheiden, sie legte sich auf mein rechtes Bein, sie zog mich unter die Decke, ich zog die Decke über ihre Schultern, ich hörte auf, uns von oben zu sehen, ich behielt die Augen offen. „Es gibt nur diese Stunde", sagte sie. „Es gibt diese Stunde", sagte ich. „Hier herrscht kein Gesetz", sagte sie, und ich sagte: „Freiheit vom Gesetz herrscht nicht." Von Kati lernte ich-

„Wo bist du?"

Asche fiel von meiner heruntergebrannten Zigarette, aber Iris hielt rechtzeitig den Aschenbecher drunter. Iris hießen die Blumen, die ich damals in Budapest gekauft hatte, im Winter, in einem dieser winzigen Kioske, und dann stand die Blüte im Fenster und im Gegenlicht, und Blumen waren noch nie eine gute Metapher für Frauen gewesen.

„Ich muss um zwölf drüben sein. Ich sollte gehen."

„Soll ich dich zur Grenze bringen?"

„Wenn du so einen verbindlichen Schritt machen willst."

„Ja." Ich reagierte nicht wie auf einen Witz.

Ich stand schon auf und holte meine Jacke. Umarmungen. Iris schob die Dias in ihren Rucksack. Die Straßenbahn kam, und ich warf zwei Geldstücke in die Box und zog zwei Fahrkarten. Man konnte immer weiter drehen, auch wenn man kein Geld eingeworfen hatte. Iris hatte nur ihre großen Geldscheine. Ich sagte, dass man für eine Zigarette oder einen Straßenbahnschnipsel kein Geld nimmt. „Bei uns schon", sagte sie. "jedenfalls für die Bahn. Manchmal stehen an den Bahnhöfen Leute und bitten um Fahrscheine, die noch gültig sind. Sie gelten zwei Stunden. Wenn noch Zeit ist, kannst du den Schein verschenken."

Sie nahm den Fahrschein.

"Was macht ihr eigentlich in eurer Gruppe?"

"Eine Selbsthilfegruppe. Wir sprechen über unsere Krankheit."

"Jede Woche?"

"Über die Medikamente und die Nebenwirkungen. Ob wir die Medikamente nehmen oder nicht. Welche Tees wir trinken."

"Hast du keine Angst, jede Woche über dieses Thema zu sprechen?"

"Nein. Angst gehört dazu. So habe ich weniger. Was würdest du machen?"

"Ich würde nicht drüber sprechen wollen."

"Davon geht die Angst auch nicht weg."

Das war wahr, dachte ich. Dann mussten wir umsteigen. Der nächtliche Bahnhof Friedrichstraße mit dem erleuchteten Anbau. Dem Tränenbunker. Kein Mensch sagte Tränenpalast. Iris stieg die paar Stufen hoch in die Bahnhofshalle. Geld abliefern. Sie hatte ein Konto hier, auf das sie immer die Reste des Zwangsumtauschs einzahlte. Kurz vor zwölf musste man manchmal sogar warten, weil vor jedem der beiden Schalter Leute standen, die wiederkommen würden, aber die Mark nicht einfach in der Tasche lassen konnten. Es war verboten, das Geld mit über die Grenze zu nehmen. Alles wirkte normal und geschäftsmäßig. Ich wartete auf Iris. Hinter uns standen zwei Männer und zählten laut ihr Restgeld. Wir verabschiedeten uns auf dem dunklen Vorplatz, ein paar Schritte vor dem Bunker. Sie gab mir die Hand. Meistens umarmten Leute aus dem Westen gleich, anstatt die Hand zu geben. Ich ging langsam zur Friedrichstraße zurück. Die Männer kamen mir entgegen. Einer sprach mich an. Das hätte er nun aber wirklich gedacht, dass ich aus dem Westen wäre.

„Bin ich aber nicht", sagte ich.

„Aber ich kann die Frau verstehen, dass sie mit Ihnen zusammen ist", sagte er. Ich drehte mich brüsk weg. „Ich wollte Ihnen ein Kompliment machen. Sie wirken so frei", sagte er. Ich drehte mich nicht um.

Achtes Kapitel

Es gab noch andere Frauengruppen. Angelika erzählte es mir und nannte eine Adresse, einen Namen, einen Termin, und da ging ich hin. Alle saßen auf dem Boden. Alle hörten zu. Eine sprach. Wenn etwas störte, stand das Gespräch still. Das waren die Spielregeln. Das war eine Selbsterfahrungsgruppe. Wir hatten das aus dem Westen. Wir dachten jetzt nicht daran, was wir auch vorher schon alles selbst erfahren hatten. Das war etwas anderes. Mein Körper, mein Ich. Eine der Frauen hatte mir eine Einladung geschickt, Petra mit den Messingohrringen. Handgemalte Tränen rannen über die Karte, rote. Warum rote? Es hatte mit unserem Körper zu tun. Mit der Hand. Mit dem Mund. Mit unserer Befindlichkeit. Das war ein Fremdwort. Aus dem Westen. Anders aussehen, anders sein. Das war unsere Selbsterfahrung. Die Haare asymmetrisch schneiden. Zwei verschiedene Strümpfe tragen. Ich färbte meine Haare – immer rot. Wir lernten, dass wir Frauen waren, keine Mädchen. Lider ohne Schatten, Münder ohne Lippenstift, blasse trockene Haut, verletzlich, Gesichter, die ich nicht vergessen kann, ganz feine, weiche Falten. Von den Namen bleibt: Petra. Und draußen war finstre Nacht, in der die Betrunkenen im gelben Licht der wenigen Straßenlampen herumfielen. Ich wusste eigentlich nicht, ob ich lesbisch war oder wenigstens sein wollte und ob das überhaupt eine Bedeutung hatte. Ich würde das schon noch herausfinden. Wir taten, was vordringlich war, und machten die lesbische Politik jetzt einfach zuerst.

Die Sache war die: Petra wollte in die Gedenkstätte von R. fahren. Und wer mitfahren wollte. Gut wäre das. Wir würden einen Kranz niederlegen. Für unsere ermordeten Schwestern. Für unsere Geschichte. Vielleicht war das nicht erwünscht. Aber wir waren im Stand der Unschuld. Im antifaschistischen Staat würden wir Frauen ehren, die ebenfalls unschuldig gewesen waren. Jede musste eine kennen, auf die sie sich berufen konnte.

Angelika nannte mich naiv. Schon wenn wir die Schleife bestellen würden! Und wo wollten wir sie eigentlich bestellen, die Schleife? Welcher Mitarbeiter welcher PGH würde so eine Schrift auf so eine Schleife drucken? „Für unsere lesbischen Schwestern“. Da mussten wir doch selbst lachen.

Ich gab zu, dass die Gruppe das schon einmal versucht hatte. Die Anderen hatten davon erzählt. Damals hatten sie einen Kranz beschafft und niedergelegt. Zwei Tage später war er weg gewesen. Sie hatten einen Eintrag ins Gästebuch der Gedenkstätte gemacht. Zwei Tage später-

„Genau“, sagte Angelika, „da hatten sie ein neues Gästebuch. Das meine ich. Glaub mir, das wird nichts. Mindestens werden sie euch zuführen. Weißt du, für wie wenig die Frauen für den Frieden abgegangen sind? Bist du bereit dazu?“

„Nein. Das wird nicht nötig sein. Es ist harmlos.“

„Hast du eine Ahnung. Solange du die Füße unter meinen Tisch steckst, heißt die Devise. Nie gehört? Also. Ist dir schon mal aufgefallen, dass er Vater Staat heißt?“

„Wir haben es schon beschlossen.“

„Man muss nicht alles machen, was man beschlossen hat.“

„Es ist richtig und es ist harmlos.“

„Bist du denn sicher, dass du dazugehörst?“ Angelika fragte genau das, was ich mich selbst auch schon gefragt hatte.

„Wie viel muss ich dazugehören, um an Frauen zu denken, die umgebracht wurden?“

„Mindestens sagst du mir, wann du dorthin fährst. Mindestens rufst du an, wenn du wieder da bist.“

Einfach ein Fichtenkranz, nichts schwer zu Beschaffendes, und dann ein paar Nelken dran, rote, wie zum Frauentag. Keine mag Nelken. Die Nelken können nichts dafür. Wir müssen sie mit ihren eigenen Waffen und so weiter. Zwei Tage vor dem Termin wurde Petra zwecks Klärung eines Sachverhalts zur Polizei bestellt. „Klärung eines Sachverhalts“ war ein schlechtes Zeichen. Der Sachverhalt: Es war zur Behörde gedrungen, dass schon wieder ein Kranz niedergelegt werden sollte. (Nach zwei Jahren.) Petra sollte erklären, ob dies eine Demonstration sei. Selbstverständlich nicht.

Wer die Personen wären, die mit ihr dorthin gehen würden.

Das sei privat, natürlich, Freundinnen.

Freundinnen. Der Beamte hatte das Wort gedehnt, bis es wie etwas Erfundenes klang.

Petra machte es uns vor.

Auf der Kranzschleife habe etwas von lesbischen Schwestern stehen sollen.

Petra bestätigte das.

Das jedenfalls habe sich erledigt, habe der Beamte gesagt.

Und als Petra fragte, warum, habe er gesagt, sie wisse doch, Material sei knapp. „Da drucken wir nicht alles auf Kranzschleifen, was die Leute so wollen. Lesbische Schwestern sind keine Widerstandskämpfer." Und woher überhaupt wüsste Petra, dass es im KZ welche gegeben hätte? Petra dachte an die Verkäuferinnen im Blumenladen. Sie antwortete nicht.

Und jetzt würde er es ihr mal erklären, hatte der Mann gesagt: „Sollten wir etwas wie eine Demonstration wahrnehmen, werden wir Sie zuführen mitsamt Ihren Freundinnen. Ich kann Sie nur warnen, sich an Straftaten zu beteiligen."

Wie er das Wort Freundinnen ausgesprochen hatte, als sei es etwas Unsägliches. So sagte Petra. Es war lächerlich und ich fand es lächerlich. Jetzt würde ich erst recht nach R. fahren. Wenn die anderen noch wollten, wollte ich auch noch. Wir wollten uns im Zug treffen.

Ich rief am Morgen aus einer Telefonzelle bei Angelika an. Okay, jetzt ging ich los. Es war ein Tag mit gutem Wetter, Anfang September. Wir hatten absichtlich nicht den Weltfriedenstag genommen. Wir stiegen einzeln in den Zug, um nicht zu demonstrativ zu wirken. Wir saßen in verschiedenen Abteilen. Petra hatte den Kranz dabei. Er war schlicht und angemessen. Wir hatten uns auf dem Bahnhof Lichtenberg zugenickt. In F. stiegen wir aus. Sonst stieg niemand aus. Vor dem Bahnhof standen ein paar junge Männer, gelangweilte Männer. Einer hob den Fotoapparat und fotografierte uns ganz offen. Noch einmal, noch einmal. Und wir gingen näher beieinander. Das war wie ein Reflex. Wir gingen gemeinsam über die Straße. Die Männer gingen auch über die Straße, jetzt gingen sie neben uns, jetzt hatten sie uns am Arm. Das waren jetzt nicht nur Zivile, sondern auch Uniformierte. Jetzt zeigten sie ihre Ausweise, jetzt lächelten sie. Ich fragte den Mann mit der Kunstlederjacke, der mich am Arm hatte, wer er sei. Er hielt eine viereckige Karte in Magenhöhe. Da dachte ich nicht daran, dass ich dorthin schlagen könnte. Da war das auch besser so. Da mussten wir unsere Personalausweise zeigen. Keine hatte den Ausweis vergessen. Ein Polizist sammelte unsere Ausweise ein. Dort stand ein Lastwagen. Da wussten wir schon, wie man aufsteigt. Da wurde ein Verdeck heruntergeschlagen. Da saßen drei Bereitschaftspolizisten und beobachteten uns. Ich stellte meine Beine geschlossen parallel, um nicht zu demonstrativ zu wirken. Ich begriff, dass das sinnlos war. Wir schwiegen.

Als ich wieder auf die Uhr schaute, war eine halbe Stunde vergangen. Der Wagen hielt. Wir stiegen auf einem Innenhof aus. Die Gebäude, die den Hof umgaben, wirkten offiziell. Der Fichtenkranz blieb auf dem Wagen liegen. In einem Warteraum wurden wir wieder von den Polizisten bewacht. Sie redeten laut über unsere Frisuren und über unsere Körper. Wir schwiegen. Wir wurden einzeln in einen anderen Raum geholt, in dem nur ein Tisch mit sechs Stühlen stand. An dem Tisch saßen zwei Männer. Sie stellten sich als Kriminalpolizei vor. Einer fragte, einer schrieb. Mein Personalausweis lag auf einem kleinen Stapel von Papieren, den die Männer zwischen sich hatten.

Woher ich die Frauen kannte.

Es waren meine Freundinnen.

Woher ich sie kannte.

Durch andere Freundinnen.

Wie die hießen.

Ich sagte, dass ich nicht darüber sprechen wollte.

Warum nicht.

Es sei privat.

Der Mann sagte, sie würden glimpflich mit uns umspringen.

Ich sagte nichts.

Warum ich jetzt nicht bei der Arbeit wäre.

Weil ich freiberuflich sei.

Und da müsste ich um diese Uhrzeit nichts tun? Werktags? Ging es mir zu gut?

Ich hatte am Wochenende gearbeitet.

Was ich arbeitete.

Ich las Korrektur für Verlage.

Welche Verlage? Sie würden das prüfen.

Ich nannte die Verlage.

Sie bemerkten mein Zögern. Sie wollten mir keine Schwierigkeiten machen. Sie seien im Gegenteil sehr interessiert, dass ich einer geregelten Arbeit nachginge. Das wollte ich sicher auch.

Ich wollte das auch.

Dann würden sie mir empfehlen, in Zukunft an Werktagen auch zu arbeiten. Wenn der Staat schon so vertrauensvoll war, mir eine Steuernummer zu geben. Oder sie müssten öfter mit mir sprechen. Vielleicht konnte ich ihnen wertvolle Hinweise geben.

Ich kannte keine wertvollen Hinweise.

Für sie sei alles interessant. Sie würden sich gegebenenfalls melden. Im Übrigen könne ich mich in F. frei bewegen. In der Gedenkstätte von R. sei meine Anwesenheit jedoch heute nicht erwünscht.

Und in Zukunft?

Wenn ich allein und ohne Provokationen auftreten würde, schon. Falls das nicht möglich sei, würden sie mir raten, in Berlin zu bleiben. Ich konnte gehen. Hier war mein Personalausweis.

Ich saß auf dem zugigen Bahnsteig und rauchte. Die Sonne stand niedrig, als die letzte der Frauen auf dem Bahnsteig eintraf. In unserer Nähe standen zwei Männer mit Kunstlederjacken noch immer ganz offen und gelangweilt herum. Wir sahen sie nicht einsteigen. Trotzdem redeten wir wenig, als wir nach Berlin zurückfuhren. Ich fühlte meinen Herzschlag im Hals und mein Magen zitterte. Ich sah den Herzschlag der anderen Frauen an ihren Blicken. Wir verabredeten, uns am nächsten Abend zu treffen. Ich musste von Lichtenberg die S-Bahn nehmen. Sie war voll Menschen, die von der Arbeit nach Hause fuhren. Ich stand an einer der grauen Flächen aus Sprelacart, mit denen die Sitzplätze begrenzt waren. Auf den benachbarten vier Plätzen saßen Lehrlinge, die sich laut unterhielten. Sie wollten am Wochenende in einen der Vororte fahren, wo eine Punkband spielen sollte. Ein Mädchen hatte breite schwarze Striche um ihre Augen gemalt und die Flächen bis zu den Augenbrauen mit rosa Farbe ausgefüllt. Ihr schwarz gefärbtes Haar stand wirr in die Höhe. Ich konnte den Blick nicht abwenden. Ich empfand die fünf oder sieben Jahre, die uns trennten. Sie kamen mir unüberwindlich vor. Sie legte ihr Bein in der gestreiften Hose über das Bein des Lehrlings, der neben ihr saß. Ihr Lachen klang herausfordernd. Dann musste ich aussteigen. Ich dachte erst daran, Angelika anzurufen, als ich schon zu Hause war und Wasser aufgesetzt hatte, um mich zu waschen. Meine Haut war kalt; Haut und Kleidung rochen nach Rauch und nach den Kunstlederpolstern der Reichsbahnabteile. Ich drehte das Gas unter dem Wasserkessel ab und verließ die Wohnung. An der Telefonzelle stand eine Schlange. Während der Viertelstunde, die ich wartete, musterte ich die umliegenden Hauseingänge. Aber ich sah niemanden, der mich beobachtete. Ich litt ja wohl an Größenwahn. Dachte ich. Als ich drankam, war bei Angelika besetzt. Ich ließ die nächsten zwei Wartenden vor und versuchte es wieder. Die Leitung war frei. Angelikas Stimme klang besorgt. Es war später geworden, als ich gedacht hatte, ja. Ich sollte nichts sagen, sie wäre in einer Stunde bei mir. Ich hängte auf und ging sehr schnell in meine Wohnung. Mein Herzschlag war noch immer hart und schneller als meine Schritte. Ich merkte gar keinen Unterschied, als ich die Treppe hochging. Ich zog mich aus. Ich zitterte. Ich hatte ein Handtuch auf den Boden gelegt und die orangefarbige Plasteschüssel mit heißem Wasser in die Spüle gestellt und wusch mich schnell, ehe das Wasser abkühlte. Dann zog ich saubere Sachen an und wärmte die Gemüsesuppe auf, die auf dem Herd stand. Mein Magen pulsierte langsamer, aber ich wurde auch vom Essen nicht richtig warm. Ich kochte Tee und trug ihn ins Zimmer. Es war der richtige Moment, Angelika klingelte.

Angelika fragte als Erstes, ob ich etwas unterschrieben hatte.

Nein.

Angelika wusste Bescheid. Petra war schnell bei ihr vorbeigegangen. Warum saß ich so bedrückt da?

Weil es wie ein Traum gewesen war, unglaubhaft.

„Glaub es lieber."

Ich glaubte es ja. Ich glaubte es nicht. Ja, Angelika hatte es mir vorhergesagt.

„Was haben sie gefragt?"

„Woher ich Petra kenne."

„Und?"

„Durch Freundinnen. Ich habe keine Namen genannt."

„Was noch?"

„Wo ich arbeite."

„Schlecht. Und was hast du gesagt?"

„Die Wahrheit, können sie doch sowieso überprüfen."

„Sie können alles überprüfen. Was noch?"

„Dass der Staat so viel Vertrauen zu mir hat,
mir eine Steuernummer zu geben. Dass sie mir empfehlen, in Zukunft vormittags und in der Woche zu
arbeiten. Dann würden sie keine Schwierigkeiten
machen."

„Alles?"

„Dass sie wieder mit mir reden wollen."

„Angst?"

„Ich weiß nicht, ob sie wiederkommen."

„Das weißt du nie. Alles?"

„Ja. Was bei den anderen war, weiß ich nicht.
Sie sind uns bis auf den Bahnhof hinterhergekom-
men, vielleicht bis Berlin. Wir haben uns nicht viel
unterhalten. Aber wir treffen uns morgen."

„Und bis dahin hat sich jede überlegt, wie viel
sie den anderen erzählt und was sie lieber für sich
behält."

„Glaubst du mir nicht?"

„Doch. So machen sie es beim ersten Mal. Wie
haben sie sich eigentlich vorgestellt?"

„Kripo."

„Dir ist hoffentlich klar, dass sie nicht Kripo
sind."

„Du bist so gelassen. Ja, ist es mir klar."

„Du solltest auch gelassen sein. Solange du her-
umerzählst, dass sie was von dir wollen. Solange du
unzuverlässig bist. Solange du nichts unterschreibst."

„Ich bin doch nicht verrückt."

„Ich hoffe es", sagte Angelika.

„Ich weiß nicht, was sie von mir wollen. Wenn es dir sicherer vorkommt, sollten wir uns vielleicht eine Weile nicht sehen."

„Quatsch, Verunsicherung ist genau, was sie erzeugen wollen. Leute auseinanderbringen."

„Meinst du, ich soll nicht mehr zu der Gruppe gehen?"

„Nur, wenn du nicht mehr hingehen willst. Es ist ein Unterschied, ob du nicht hingehst, weil du nicht mehr willst, oder ob du wegbleibst, weil du Angst vor der Stasi hast, oder wegbleibst, um der Stasi einen Gefallen zu tun."

„Ich tue ihnen keinen Gefallen."

„Gut", sagte Angelika, „aber man weiß nicht immer, womit man ihnen einen Gefallen tut. Unabhängig denken", sagte sie, „wenn schon nicht unabhängig sein."

Ich könnte bei Angelika schlafen, bot sie an. Es war jetzt sehr spät, aber die letzte Straßenbahn fuhr noch. Ich lag wieder neben dem Telefon, ich erwartete keinen Schlaf, das dachte ich noch, kein Schlaf, dann süßes Fallen und nichts und nichts, kein Traum, ich wurde nicht einmal wach, als Katja zur Schule ging. Angelika weckte mich. Sie hielt mir eine Kaffeetasse hin.

„Steh auf", sagte sie, „los, fahr heim, mach hin, sonst bringt es dich aus dem Tritt."

Ich nickte. Ich umarmte sie. Ich dachte, dass diese Sache nicht so viel Pathos verdiente. Ich hatte das Gefühl, unerhört feige und unerhört tapfer gewesen zu sein. Später würde ich dieses Gefühl aus meinem Gedächtnis streichen wollen. Jetzt nicht. Ich las fünfzig Seiten an dem Tag, viel war das, und als ich am nächsten Tag auf meine Arbeit schaute, hatte ich nur wenig übersehen. Dabei war ich keine gute Korrektorin, ich las einfach zu viel, anstatt auf Druckfehler zu achten. Manchmal wunderte ich mich selbst, dass sie mir immer wieder Aufträge gaben. Es herrschte eben Personalmangel.

Als ich am Abend zu Petra ging, war unsere Zuführung ein Witz geworden, empörend, trotzdem ein Witz. Wir setzten uns im Kreis auf den Boden und erinnerten uns an jedes Wort der Bereitschaftspolizisten. (Kein Wunder. Dass ihr euch so wichtigmacht. Euch fehlt bloß der richtige Mann. Aber wer will die schon. Schau mal in den Spiegel. Wie du aussiehst. Das ist nicht normal. Sei froh, dass wir so human zu dir sind. Die Haare, meine Güte. Dabei siehst du doch ganz nett aus. Hast du das nötig. Mit solchen Weibern dich herumzutreiben. Schau dir die an. Wir helfen euch. Das sag ich dir. Wir helfen euch schon. Und so weiter.) Es war uns vielleicht nicht ganz klar, dass das normale Polizeiworte waren, unspezifisch innerhalb der Internationale politischer Polizisten. Wir hielten jedes Wort für wichtig. „Es war wichtig", sagte Petra. Der Maßstab war immer der Maßstab, den sie selbst sich gegeben hatten.

Was konnten wir tun? Jede sollte ein Gedächtnisprotokoll schreiben. Was sollte damit geschehen? Wir würden das veröffentlichen. Wo.

Wir sollten lieber schweigen und es im nächsten Jahr wieder versuchen.

Hatte eine etwas unterschrieben. Keine. Wir sollten eine Eingabe machen. An wen. Eine Staatsratseingabe.

„Alles andere ist sowieso zwecklos.“

Der Tee in den Kannen. Die Selbstfindung wurde vertagt.

„Wir schreiben eine gemeinsame Stellungnahme.“

„Wir veröffentlichen sie in den Fliegenden Blättern.“

„Darin geht es um die Umwelt, und das hat doch nichts mit Umwelt zu tun.“

„Alles hat mit Umwelt zu tun.“

„Wir machen einen Aushang.“

Welche Kirchengemeinde würde die Erklärung einer feministischen Gruppe aushängen? Wie standen die überhaupt dazu? Wir wussten zu wenig über Kirchengemeinden. War ich hier richtig?

Jede würde ein Gedächtnisprotokoll schreiben. Petra und zwei andere Frauen würden daraus eine Erklärung destillieren. Wie wir mit dieser Erklärung umgehen würden, würden wir später entscheiden. Wir könnten uns an eine Vertreterin des Komitees der ehemaligen Häftlinge von R. wenden, vielleicht. Wir könnten uns über die Bereitschaftspolizei beschweren. Wir könnten uns- Ich habe nicht darauf geachtet, welche Frau das Wort „taz“ sagte. (Ich habe nicht darauf geachtet, ich habe nicht darauf geachtet.) Wir waren an dem Punkt, an dem wir die Musik leiser drehten. Frischer Tee wurde gekocht. Eine hatte Räucherstäbchen. Ich wusste nicht, ob das

Wort „taz" ernst gemeint war. Ich wusste, was die
taz war.

Neuntes Kapitel

Zuerst stand der Text in den Fliegenden Blättern zwischen der Erklärung einer sächsischen Umweltgruppe, die am vor Chemikalien schäumenden Wasser der Pleiße Brot und Wein geteilt hatte, und einer Aufforderung an alle, sich mit den eigenen Konsumwünschen auseinanderzusetzen. Es musste kein Wartburg sein, kein Sekt. Und so weiter. Das lenkte von den wahren Widersprüchen ab. Wer die Freiheit im Westen meinte, meinte in Wahrheit schönere Autos, Autos überhaupt, besseren Schnaps, billigeren Wein, wegwerfbarere Kleidung. Das brauchten wir alles nicht, wir brauchten Brot und Wein und Flüsse, die nur schäumten, wenn sie vor Schmelzwasser schneller flossen.

Recht hatten sie. Und wie. Sie waren naiv, isoliert und hatten recht. Naiv war aber auch der isolierte Versuch einer Frauengruppe, in der Gedenkstätte von R. einen Kranz für lesbische Frauen niederzulegen. Unser isolierter Versuch.

Die Fliegenden Blätter waren von einer Hand zur nächsten gegangen, als die Frauengruppe sich in Petras Wohnung wiedertraf. Petra hatte ein oder zwei Stunden mit der Redaktion diskutieren müssen. Im Einerseits und Andererseits der redaktionellen Bemühung, solidarisch zu sein, und der befremdeten Frage der Redakteure, ob wirklich lesbische Frauen in Konzentrationslagern gewesen waren und ob ihre Zahl wirklich nennenswert war, hatte Petra selbst zu zweifeln begonnen. Sie fürchtete, man würde ihr den

Zweifel ansehen. Der wechselseitige Vorwurf der Naivität. Zuletzt hatten die Redakteure achselzuckend eingewilligt. Wurden wir sonst belogen, warum nicht über die Verfolgten des NS-Staats? Petra hatte beim Vervielfältigen, Drucken, Verteilen mitgearbeitet. Die Fliegenden Blätter lagen in keiner Kirche lange herum. Aber alle, die uns schließlich darauf ansprachen, waren schon vorher mit uns bekannt gewesen. Drei oder vier Kirchengemeinden ließen zu, dass Petra einen Durchschlag des Artikels bei ihnen aushängte, in der Kirche, nicht im Schaukasten draußen, der immer Bild und Sinnspruch enthalten musste und die Liste der nächsten Gottesdienste. Das Wort von unseren lesbischen Schwestern stieg mir die Kehle hoch. Es gab das Wort von unseren antifaschistischen Widerstandskämpfern, von unseren Volkskammerabgeordneten, es gab das von oben her ausschließlich gegen uns gewendete Wort von unseren Bürgern. So zu sprechen war ein Schritt der Anbiederung. Und warum wir den machten? Und konnte das Anbiederung sein? Aber wir waren schließlich auch, oder? Nein, wir waren nicht verfolgt genug, um von „unseren Schwestern" zu sprechen. Was war denn ein Gespräch mit der Stasi? Was war denn das Kadergespräch, das eine von uns im Betrieb gehabt hatte und das mit der Empfehlung geendet war, sich künftig mehr zurückzuhalten. Das war eine Reaktion. Reaktion war nicht Repression. Es war nichts Schlimmes geschehen. Höchstens konnte man Schlimmeres phantasieren. Wir waren ein bisschen widerständig gewesen, geringfügig unbotmäßig, wir hatten ein unschuldiges Ansinnen. So sah ich es jedenfalls.

Einerseits hätte ich recht. Das sagten die anderen. Andererseits, wer sollten denn Frauen sein, wenn nicht unsere Schwestern`?

„Frauen", sagte ich.

„Alle Frauen sind Schwestern."

„Aber wir sprechen ja wohl nicht von unseren Schwestern, den Frauen der Staats- und Parteiführung. Obwohl sie auch-"

„Manche. Ja. Manche haben gelitten. Andere waren zu jung und wurden erst später FDJ-Sekretär. Entscheidend ist, was sie jetzt tun."

Einerseits ja, und was bedeutete es schon, die Schwester einer Schwester zu sein. Andererseits auch, es bedeutete nämlich nichts. Ja, das kam darauf an. Über diesen Punkt der Tagesordnung konnten wir nun aber wirklich schweigen.

Petra schob die Ringe in ihren Ohren vor und zurück und schlug vor, wir sollten uns der Frauenfrage noch einmal von der theoretischen Seite zuwenden. Wir sollten, sagte Petra, doch gemeinsam „Kassandra" lesen. Das Wesentliche lesen. Ja, das Buch der Wölfin. Die hatte nämlich alles gelesen, was wir lesen wollten. Als ob wir jedes Zitat in einer Art umgekehrter Destillation wieder aus ihren Texten rückfiltern könnten. Im Grunde wollten wir keine Zitate mehr, sondern Bücher. Im Westen gab es Frauenbuchläden. Wir waren auf das angewiesen, was wir zufällig in die Finger bekamen, „Häutungen" und so weiter. Und wenn wir die Bücher gelesen hatten, reichten wir sie herum, mehr ernüchtert als begeistert. Wenn das der Feminismus war, wir hatten ihn uns heroischer gedacht.

Eine Vorlesung, die die Wölfin in Frankfurt am Main über die Geschichte der Königstochter Kassandra gehalten hatte, war in Sinn und Form abgedruckt worden. Die Wölfin hatte in Frankfurt am Main – dort! – gesprochen, ich bewunderte sie, und ein mächtiger alter Herr aus der Sektion Literatur und Sprachpflege hatte in Sinn und Form – hier! – bewiesen, dass die Moiren keine uralten Schicksalsgöttinnen waren. Die Wölfin sei inkompetent, schrieb er, und sowieso sei Geschichte die Geschichte von Klassenkämpfen. Eine Frauenklasse und eine Männerklasse habe es nie gegeben, sondern es habe die arbeitende Frau gestanden gegen die schmarotzende. Der arbeitende Mann gegen den schmarotzenden, und das sei die Grenze, „verwischt sie mir nicht". Und Sinn und Form hatte danach drei Beiträge gedruckt, die für die Wölfin sprachen, drei!, die hatten genau so viel Platz bekommen wie der altphilologische Altstalinist zum zweiten Mal. Also eigentlich die Hälfte. Diese Rechnung konnte nur bedeuten, dass es viele Zuschriften gegeben hatte. Dass sie nicht wagten, gar keine zu drucken. Und die Wölfin hatte etwas entgegnen dürfen. (Jetzt dachte ich auch schon „dürfen".) Sie hatte schreiben dürfen, und dann bekam der Text die Druckgenehmigung. Peinvolle Dankbarkeiten mussten das sein. Ich hatte das Kassandra-Buch nicht so dankbar in die Hände genommen, ich verfügte nur über natürliche Dankbar-

114

keit für natürliche Mangelwaren. Was wäre aber gewesen, wenn solche Bücher gar keine Mangelwaren gewesen wären?

Petra fing jetzt wirklich an, noch einmal aus der Erzählung zu lesen. Ich rauchte und lehnte mich zurück. Ja, wir saßen wieder einmal auf dem Fußboden. Ja, ich hatte alles schon gelesen.

Als sie anfing, als Petras Stimme die Stimme Kassandras werden wollte, sah ich das Bild wieder, wie Achilles Penthesilea tötete und vergewaltigte. Das Bild stak mir innen bis oben an den Hals. Er hatte sie zuerst getötet, das wenigstens. Aber gerade das war bestimmt Erfindung. Ich brachte alles durcheinander. Ein bisschen Polemik, die sich mit altgriechischen Vokabeln munitionierte, war das gewesen in Sinn und Form. Da ging es doch um etwas ganz anderes. Die Gewalt der Verhältnisse durchdrang die Geschichte, das Buch der Wölfin und wie wir das lasen.

Jaja.

Wir hatten verstanden.

Ich verlor meine Konzentration, ich hatte keine gehabt, und plötzlich kam ich zu mir und das Gespräch drehte sich doch wieder um den fehlgeschlagenen Besuch in R. Wir waren nämlich nicht befriedigt von diesem Ausgang. Ein Ende mit einem Artikel in einem praktisch unbekannten fliegenden Blatt. Und den hatte nicht mal die Szene der Blättchenleser zur Kenntnis genommen. Ich dachte an die Gewalt der Verhältnisse. Ich übertrieb.

Und eine hatte die Adresse einer Mitarbeiterin im Komitee der ehemaligen Häftlinge von R. aufgetan. Sollten wir sie nicht um ein Gespräch bitten?

Und was versprachen wir uns davon?

Aufklärung.

War das ein Witz? Ja, das war ein Witz, nicht?

Einen Rat, wie wir doch noch. Satisfaktion.

Wir waren ja noch viel naiver. Ging das überhaupt? Oder doch nicht? Warum nicht? „Die Solidari-, die Solidarität." Im Hinblick auf namenlose und wahrscheinlich verstorbene Frauen. „Getötete Frauen", sagte eine. Wer dran glaubte. Die dran geglaubt hatten. Und wer an Solidarität glaubte. Und wenn das nicht einfach nur unsere Spielwiese war. Damals, ja damals wäre alles ernst gewesen. Jetzt?

Ich hörte nur zu.

Das war keine Selbsterfahrung, das war Erfahrung. Wir wollten eine Tradition gewinnen, einen Bezug zu einer Vorvergangenheit, in der Frauen- Aus Gründen, die uns selbst nicht klar waren, dachten wir, Feminismus müsste mehr sein, als die Forderung durchzusetzen, dass eine Frau selbstständig Arbeit aufnehmen konnte. Richtig, sagte eine: Sie muss auch selbständig kündigen können. Da mussten wir lachen. Welche von uns konnte einfach so kündigen, bei dem Personalmangel. (Und welche konnte einfach gehen?)

Es könnte eine andere Sicht dazu geben. Was hätte Iris gesagt?

Ja, was? Die Freiheit, gehen zu können, hatte auch ihren Preis. So viel begriffen sogar wir.

Und ich. Fiel mir da ein. Ich brauchte nicht zu kündigen. Ich konnte einfach aufhören. Das konnte aber auch heißen, dass es für mich noch einen Schritt ernster werden konnte. Schnell. Das hatten die falschen Kripos gemeint. Der Lohnarbeiter, dachte ich, ist frei zu gehen. Aber darum ging es in diesem Augenblick nicht. Es ging darum, herauszufinden, wie eine Vertreterin des antifaschistischen Widerstands, des richtigen Widerstands, des Widerstands von damals, das sah, dass ihre Leidensgefährtinnen von uns nicht geehrt werden durften. Eine Frau, die auf unserer Seite stehen musste. Rosel S. Würde Rosel S. sich für uns einsetzen? Und so weiter. Wir waren auf nichts so scharf wie auf die Anerkennung unserer Bemühung durch Rosel S. Das stand jetzt mal im Raum.

Und wir hätten doch wissen müssen, wie das ausging. Jede von uns hätte diesen Nachmittag im Vorhinein beschreiben können, wenn sie nur einmal nachgedacht hätte. Wir hätten diesen Nachmittag in jeder Einzelheit beschreiben können, an dem drei von uns an der Tür von Rosel S. klingelten und freundlich eingelassen wurden. Doch, da gab es ein großes Bücherregal, immerhin, dachten wir. Rosel S. war eine ältere Frau, die viel gesehen haben musste, dachten wir. Und ja hatte sie viel gesehen. Jetzt bot sie uns, halben Mädchen, Kaffee an, in durchscheinenden Porzellantassen mit geometrischem Muster, die ihr ein sozialistisches Porzellanmalerkollektiv verehrt hatte. Rosel S. gehörte zu denen, die wir verehren müssten, dachten wir, zu den richtigen, alten Genossen, die damals den richtigen Klassenkampf gemacht hatten. Nicht zu den Bürokraten. Die Bürokratie hatten nämlich nicht die alten Genossen erfunden, sondern die kam von der Krenz-Generation, von diesen FDJ-Sekretären, die keinen Klassenkampf, aber die Annehmlichkeiten der Klassenherrschaft kennengelernt hatten, dachten wir. Wir hatten keine Ahnung.

Auf dem niedrigen Couchtisch von Rosel S. lag eine geklöppelte Spitzendecke.

Wenn wir gewollt hätten, hätten wir alles vorausgesehen. Wir hätten auch ihre Frage gekannt, ob wir denn nicht zufrieden wären, junge Frauen, hübsche Mädchen wie wir, alle mitten im Leben. Wir hätten die Antwort auf unsere Bitte um Unterstützung voraussehen können.

Also, wir hatten doch nur die lesbischen Opfer des Nationalsozialismus ehren wollen, die in R. gewesen-

Rosel S. unterbrach. Rosel S. wusste nichts von lesbischen Frauen im KZ von R.

Aber wir wussten, dass unter den Inhaftierten Frauen gewesen waren, die asozial genannt wurden und die in Wahrheit-

Rosel S. unterbrach. Sie und alle anderen vom Widerstand hatten nichts mit den Asozialen zu tun gehabt.

Aber einige von uns. Einige der Frauen vor uns. Und einige Männer. Erinnerte Rosel S. sich nicht an Männer, die einen rosa Winkel trugen?

So etwas hätte es nie gegeben, sagte Rosel S. Also, Männer hatte es schon gegeben in R. Aber Frauen, die mit Frauen? So etwas? Nicht in R. und nicht im Komitee der Überlebenden von R. hatte es so etwas gegeben. Und warum um alles in der Welt kümmerten wir uns denn nicht um die, die den richtigen Widerstand geleistet hatten! Da gab es doch so viel zu lernen.

Diese Antworten hatten wir vorher wissen können. Aber wir gingen hin, tranken den Kaffee von Rosel S. und holten uns die Abfuhr, die uns zustand. Aus reinem Erkenntnisinteresse. „Mehr nachdenken", sagte später Angelika. Eine These wurde bestätigt, die wir lieber widerlegt bekommen hätten.

Was würde Rosel S. uns raten, da die Polizei verhindert hatte, dass wir unseren Kranz niederlegen konnten? Da Polizisten uns auf einem Lastwagen weggebracht und beschimpft hatten? Verstand Rosel S. denn nicht, da waren Polizisten und da waren Staatsorgane, die leugneten, dass Frauen verfolgt worden waren. Genauer: Sie wollten nicht, dass dies überhaupt ausgesprochen wurde.

„In R.", sagte Rosel S., „hat es so etwas keinesfalls gegeben, so etwas Lesbisches."

Sie sagte wirklich so. Wir hätten das wissen müssen. Jetzt kosteten wir die Peinlichkeit voll aus. Rosel S., eine Frau, die gelitten hatte und zu Recht geehrt wurde, war engherzig und ein bisschen dumm.

Die Genossen von der Volkspolizei hätten nicht gewollt, dass Besucher in R. sich vielleicht belästigt fühlen könnten. Rosel S. zögerte gar nicht vor dem Wort Belästigung.

„Aber finden Sie das denn richtig, die haben uns auf obszöne Weise beschimpft!"

„Ganz richtig war das vielleicht nicht", sagte Rosel S., „was habt ihr denn bloß getan, dass die Genossen sich so provoziert gefühlt haben?" Und alles müsse schließlich seine Ordnung haben. Wir irrten uns einfach, wenn wir glaubten, unter den Internierten von R. wären Asoziale gewesen, oder wenn wir glaubten, unter den Asozialen wären welche gewesen, die gar nicht asozial waren, sondern lesbisch. Und schließlich: Uns hatte niemand etwas getan. Hatten wir es etwa nicht? Gut?

Doch, hatten wir.

Oder kümmerte sich etwa an unseren Arbeitsplätzen jemand um unser Privatleben?

Darum ging es doch jetzt nicht.

Aber ich dachte, dass es doch darum gehen sollte. Denn man interessierte sich durchaus für unser Privatleben. So viel hatte ich inzwischen begriffen. Weil es politisch war, und weil es politisch war, ein privates Leben überhaupt zu haben.

Und vor fünfzig Jahren wären sie ganz anders mit uns verfahren, sagte Rosel S. Wussten wir die Wirtschafts- und Sozialpolitik unseres Staates überhaupt zu schätzen? (Nein.)

Nein, dachten wir. So billig kann sie uns nicht kommen.

Und wie sie das konnte. „In der Arbeiterbewegung sind alle sauber geblieben. Ihr werdet eines Tages einen guten Mann finden, einen Genossen."

Es ging uns doch gar nicht um unser Intimleben.

Rosel S. lachte, hübsche Mädchen wie wir, wir würden schon zurechtkommen, mit etwas Disziplin. Mit ein wenig gutem Willen. In uns waltete ein

120

eklatanter Mangel an Disziplin und gutem Willen. Also, was wollten wir von Rosel S.?

Wir hatten wissen können, dass das Gespräch so verlaufen würde. Im Grunde hatten wir es gewusst. Und wir hatten uns das nicht geschenkt. Und das hatte auch seinen guten Grund. Denn wenn eine alles glaubte, was sie voraussehen konnte, versuchte sie nichts mehr. Und so weit musste eine auch erst einmal sein. „Werden wir schon bald dahin kommen?“, fragte Petra. „Und geht es dann wirklich nur noch darum, wer zuletzt geht?“ Denn es war schon immer jemand zuerst gegangen. Über die Grenze, das war gemeint. Aber so weit waren wir hier doch noch lange nicht, dass wir das Licht ausmachen würden! So sagte man doch: Der Letzte macht das Licht aus. Und ich verstand diese Redensart nicht. Das Licht auszumachen konnte kein Ziel sein, dachte ich, schwieg aber. Es sollte aufklaren, hell werden, transparent. Das war sicher naiv. Hatten wir bis eben Illusionen gehabt, hatten wir sie noch, und wie verbanden wir nun den Verlust der Illusionen mit der Beibehaltung der Naivität? Unser Kunststück.

Zehntes Kapitel

Sie hatten gesagt, sie wären interessiert daran, dass ich einer geregelten Arbeit nachginge. Ich war auch interessiert daran. Ganz ohne Geld ging es nicht mal in Berlin-HauptstadtderDDR. Immer lagen Korrekturbögen auf meinem Schreibtisch. Ich arbeitete viel. Ich las. Ich setzte die Zeichen. Der Text ging durch mich. Ich vergaß ihn sofort. Ich war so wach und mein Herzschlag aus Stein, elf Uhr abends, und wie still dann alles war. Der Pflaumenbaum bewegte seine Blätter kaum, eine Ratte lief mit lautlosen Schritten zu den Mülltonnen. Der Hinterhof war ein Gefäß, das sich mit Melancholie füllte, mein Fenster stand offen. Ich arbeitete doch nicht, weil sie es mir geraten hatten: Ich arbeitete gern.

Ich stand auf, ging in die Küche, füllte Wasser in den Kessel und stellte ihn auf den Herd. Der Gasanzünder klickte. Ich schüttete den Rest aus einer Rondo-Tüte in eine Tasse, reichlich. Als das kochende Wasser auf den Kaffee traf, entstand Schaum, stiegen Luftblasen durch den Schaum, platzten eine nach der anderen an der Oberfläche. Ich rührte um, setzte an und trug nach dem ersten Schluck, mit dem ich mir Lippen und Kehle verbrühte, die Tasse ins Zimmer. Ich stellte sie auf den Schreibtisch und rückte die Druckfahnen zurecht. Es war die Arbeitszeit der Schichtarbeiter und der Schlaflosen. Kaffeedampf, scharf und bitter, und ich sah auf die Fahnen, die ich für einen Kinderbuchverlag zu lesen hatte, Tiermärchen. Wer möchte nicht

gern Direktor eines Tierparks sein, liebe Kinder, ich
las, die meisten Geschichten werden neu für euch
sein, Kinder. Etwas antwortete darauf, war das nicht
lächerlich, waren die Geschichten mir neu, eigentlich
nein, liebe Kinder. Ich schaute auf das Impressum,
das Copyright war von 1965.

Ich war jede Woche einmal in die Bibliothek gegangen, seit ich lesen konnte, in Thüringen. Ich las
jedes Buch in der Gemeindebibliothek, mindestens
jedes Kinderbuch. Dann ging ich zur Kulturhausbib-
liothek des Werks in H. Diese Tiermärchen konnte
ich, wenn überhaupt, nur aus der Gemeindebibliothek geliehen haben. Jetzt, Ende der achtziger Jahre,
erschienen sie in der neunten Auflage. Ich sah mich
mit einer Tasche durch den Ort gehen, mit der etwas
muffig riechenden Kunstledertasche meiner Mutter.
Ich war das Kind, das aus dem schmalen Haus kam,
über die zerbrochenen Steinplatten im Hof ging, die
Gasse hinunter, in der Rinnsale flossen, die nach
Urin rochen. In einem der Höfe hielt jemand noch
Ziegen. Ich wusste nicht, dass der Geruch der Ziegen
eigentlich ein Geruch der Armut war. Die Leute im
Ort waren nicht richtig arm. Die Eltern wohnten im
Oberdorf, in einem der älteren Häuser in der Nähe
des Friedhofs. Die Gasse mündete auf den Markt-
platz, wo der Maibaum stand, der Pfingsten gesetzt
wurde, ein Kiefernstamm von zwanzig Metern oder
mehr, gekrönt mit einer Fichte, die sie „Gipfel"
nannten. Auf dem Gipfel hingen Bänder. Zu Win-
terbeginn waren sie nur noch Fetzen, in jedem Jahr.
Und das Kind ging an dem vorjährigen Maibaum
vorbei, an einem kühlen Tag. Die Beine in den Knie-

strümpfen (sonntags weiße, in der Woche graue) hatten Gänsehaut. Weiter unten im Dorf gab es größere Häuser. Einige hatten Schieferfassaden, wie es sie in keinem der Nachbardörfer gab, sondern die eigentlich nach Südthüringen gehörten, und die Kinder liebten diese Schieferfassaden, nicht, weil sie das Dorf von anderen unterschieden, sondern weil sich die Platten manchmal von den Fassaden lösten und zu Boden fielen, und wer so eine Platte hatte, brauchte nur noch einen kleinen Schieferbrocken, um darauf schreiben zu können. Das Kind ging vorbei an der Milchhalle und am Lichtspieltheater. Dann kam schon der Ortsrand und kamen einige Villen, von deren früheren Besitzern das Kind nichts wusste. In einer dieser Villen war die Gemeindebibliothek untergebracht. Das Kind ging durch das Tor, dessen weißer Anstrich einen Schatten von Algen hatte. Rhododendrendunkelheit neben den Trittsteinen und den feuchten Stufen. Schwarze Büsche teilten den Weg, eine Insel, die man auf der rechten oder linken Seite umgehen musste. Das Kind verlor sich bei den Rhododendren, las die Schrift der Staubgefäße und kostete die Enttäuschung des Lichts, seine Sachlichkeit, wenn es aus dem Schatten trat. Dann erreichte das Kind das Haus, das keinen Flur hatte, sondern einen Vorbau und dann eine Art Vestibül, durch das man die Bibliothek betrat.

Das war der höchste Raum, den ich kannte, in der Kirche war ich noch nie gewesen. Ich nahm die Bücher aus der Tasche, legte sie auf den Schreibtisch der Bibliothekarin, und die legte sie hinter sich, um sie später in die Regale zu räumen. Ich zog den Vorgang des Bücheraussuchens in die Länge. Vier auf einmal waren erlaubt. Ich legte sie hin, damit die Bibliothekarin den Leihzettel mit dem Datum stempeln konnte. Vier Wochen hatte ich Zeit zum Lesen. Ich brauchte eine.

Viele Märchen, liebe Kinder, sind finsteren Zeiten abgelauscht, die Mächtigen waren bös, Kinder. Doch, es kam mir bekannt vor. Dann war mir wieder so, als hätte ich das noch nie gelesen. Wenn ich die Bilder hätte sehen können. In Druckfahnen waren keine Bilder enthalten. Was hatte ich nur damals gelesen?, fragte ich mich, in diesen Jahren, ich erinnerte mich nur an die Schatten zwischen den Rhododendren, ich habe es verloren, dachte ich, aber das macht doch nichts, all mein Glück ist dahin, pflegt euren Märchentierpark und haltet ihn sauber. Es stand etwas hinter mir, ich drehte mich abrupt um, meine Hand streifte die Tasse, der Kaffeerest schwappte, mein Inneres erstarrte, ich sah den leeren Raum hinter mir, ich stand auf, mein hartes Herz, was stand im Raum? Alle Lichter an. Ich sah nach, ob die Wohnungstür abgeschlossen war. Ich sah hinter den Vorhang, der die Tür des halben Zimmers ersetzte. Ich ging in die Küche, nahm das scharfe Messer aus dem Kasten, ich achtete auf die Bedrohung, die ich im Nacken fühlte, ich ging mit dem Messer in der Hand zum Kleiderschrank und nahm einen Pullover mit Kapuze heraus, ich sah mich genau um, schob die Zimmertür weiter auf, sah dahinter, schaltete das Licht im Flur ab, behielt die Türklinke dabei in der anderen Hand, schloss die

Tür und ging zum Schreibtisch zurück. Ich legte das Messer auf den Schreibtisch, drehte den Rücken zum Fenster, sah ins Zimmer, zog den Pullover an, schob die Kapuze über den Kopf, drehte mich herum, setzte mich. Ich stand auf, ging zum runden Tisch, da lagen meine Zigaretten, ich nahm sie. Ich setzte mich schnell wieder. Der Aschenbecher stand wo? Im Regal rechts, ich langte hin und streifte die querliegenden Bücher, sie fielen nicht herunter, ich nahm eine Zigarette aus der Schachtel, rauchte sie an und zog den Rauch tief in die Lunge. Mir wurde schwindlig. Jemand hatte gesagt, sie würden glimpflich mit uns umspringen. Katze und Maus lebten in Gesellschaft. Ich hatte alle Bücher vergessen, die ich gelesen hatte, bevor ich zwölf war. Es war etwas im Zimmer. Es war nur Verunsicherung. Das wollten sie doch erreichen. Sie wollten mir keine Schwierigkeiten machen. Sie hatten gesagt, sie wären interessiert, dass ich einer geregelten Arbeit nachginge. Wenn schon. Dagegen konnte ich nichts haben. Mehr war das doch nicht, es war zu viel der Ehre, ein Messer bereitzulegen. Das würde ich niemandem erzählen. Ich starrte auf die Fahnen. Hautab! Halbaus! „Es sind so kuriose Namen", sprach die Maus, „die machen mich so nachdenksam." Ich sah im Manuskript nach. Nachdenksam. Manche Wörter merkte ich mir einfach. Die Brüder Grimm. Bloß, dass ich mir dieses Wort hätte merken müssen, wenn ich es schon einmal gelesen hätte. Ganzaus, sagte die Maus, da hatte die Katze sie verschluckt. Ich erinnerte mich nicht. Mein Hals wurde nicht warm. Es war ein Uhr, ich hatte zu tun, ich war nicht müde. Sie wollten uns nur verunsichern. Noch hatte niemand mit Haft gedroht, und es wäre zu albern gewesen, mit Haft zu drohen. Es waren nur meine Gedanken, es war nur eine Erinnerung, die fehlte, aber nicht aus der Märchenzeit. Das letzte Licht auf dem Hof ging aus. Ich schaltete das Radio ein und suchte das ARD-Nachtkonzert. Chi mai dell'Erebo, die Stimmen rasender Schatten und Furien, ich fühlte, wie brüchig die Mauersteine in den Wänden waren. Orpheus' Anblick störte die Furien auf, die Eumeniden, die Schatten, ihr Rufen und Drohen füllte den Raum, es machte keine Angst, es nahm die panische Stille fort, mein Herz nahm den Rhythmus der Musik auf, ich konzentrierte mich und hörte nicht länger meinem Herzschlag zu. Und er war auch nicht mehr aus Stein. Unter den Rufen der Eumeniden erlosch die Frage, was das Fehlen von ein paar Kindermärchen in meinem Gedächtnis bedeutete. Es war einfach am besten, nachts zu arbeiten.

Elftes Kapitel

Angelika zögerte, es zu sagen. Die Marxisten im Friedenskreis fanden eine Selbsthilfegruppe nicht zuverlässig genug für Zusammenarbeit. Aktiv wären wir wohl. Aber dann.

„Ja, und dann?"

Wir hielten uns an Nebenwidersprüchen auf.

Das Wort zerging auf der Zunge.

„Die Geschichte ist Geschichte von Klassenkämpfen, haben sie gesagt."

„Nein, nicht?"

„Doch, sie haben das gesagt."

Was hatte ich denn gedacht. Geschichte war die Geschichte von Klassenkämpfen. Vielleicht nahm ich das ja nicht ernst genug. Aber dass die Männer im Friedenskreis praktisch das sagten, was ein Altstalinist über die Wölfin gesagt hatte, war stark. Ich hielt trotzdem meinen Mund. Ich hatte nicht so viel Erfahrung in Opposition.

„Hör mal, Inge. Du nimmst das zu tragisch. Komm wenigstens du ab und zu zum Friedenskreis."

„Wenn das schon so anfängt. Wenn schon die Widersprüche in Hierarchien eingeordnet werden. Da liegt die Spaltung im Anfang."

„Hast du eigentlich schlechte Erfahrungen mit Männern?"

Ich sah sie an.

Sie wolle nicht in mich dringen, sagte sie. „Trotzdem", sagte sie.

„Was stellst du dir vor?"

Sie zuckte die Achseln. Aussprechen wollte sie es dann nicht.

„Ich bin nicht deswegen Feministin."

„Warum dann?"

„Es ist so ein schönes Wort. Als ich es zum ersten Mal hörte, dachte ich, das möchte ich sein."

„Das ist kein Programm."

„Ein Wort, in dem ich mich nicht verstecke."

„Du meinst, ein Wort von einer, die mit offenem Visier kämpft."

„Kämpfen ist zu viel gesagt. Was mich angeht."

„Was meinst du dann, Inge?"

„Ich meine, dass das Land zu klein ist, sich zu verstecken. Es kennen dich doch sowieso immer alle."

„Na schön. Werner meint, dass ihr nicht so offensiv seid, wie es scheint."

„Klingt nicht wie eine Vertrauensbekundung."

„Ist es auch nicht. Wie politisch bist du und wie politisch sind die anderen?"

„Ich bin politisch genug. Ich gebe nicht alles gleich zu und nichts freiwillig auf, was ich behalten will."

„Dann komm mit mir zum Friedenskreis."

„Meinst, es lohnt?"

„Warum nicht?"

„Glaubst du, dass eine richtige Bewegung entsteht?"

„Sie ist denkbar."

Erika hatte gesagt: Da sind so viele Grenzen. Ich sagte das nicht, ich sagte nur: „Ich überlege es mir."

Am folgenden Tag räumten wir Angelikas Wohnung um. Sie machte eine Fete. Wir brachten alles Entbehrliche aus dem großen Durchgangszimmer heraus und kochten Essen. Ich hatte den Wein in die Wohnung hochgebracht, weil Angelika das nicht gut konnte mit ihrem immer schmerzenden rechten Arm. Katja stand in der Küche und schnitt Salat. Leute kamen. Selbstgemachte Sachen in selbstgetöpferten Töpfen, Durcheinander auf dem langen Tisch, die Kissen am Boden, Zigarettenrauch, das offenstehende Fenster, immer wurde erst einmal geredet und gegessen. Ich sah Klimow im Gegenlicht stehen und über sein Weinglas hinweg sprechen. „Denn in einer Welt, in der der Staat die alleinige Macht ausübte und absolute Anpassung forderte, durfte es Impulse, die nach eignen Erkenntnissen drängten, nicht länger geben, allein die Erinnerung an andre Lebensformen musste zur Verurteilung führen.“ Erinnerung an andere Lebensformen. Es sagte mir etwas, ich hatte das gelesen, es fiel mir ein, es stand in Weiss' „Ästhetik des Widerstands“. Klimow war ein bekannter Oppositioneller, solche wie er schauten über solche wie mich weg. Ich hörte zu, einmal dachte ich an Ehrling. Sich nicht mit Ersatzbefriedigungen zufriedengeben. Feminismus war kein Ersatz, aber eine Selbsterfahrungsgruppe war noch lange keine andere Lebensform. Die wollte ich aber sein. Oder haben. Es ging nicht um Nebenwidersprüche und Hauptwidersprüche. Es ging darum, dass mir „unsere Schwestern“ nicht reichte, das war nicht der eigene Sinn, dagegen zu sein, war das eine. Das andere war, in Bewegung zu kommen,

mindestens in Bewegung zu geraten. Denn solange
die Verhältnisse stabil blieben, waren wir unterlegen.
Wir sollten wie das Wasser sein. Auch versteinerte
Verhältnisse hatten Risse, Sprünge, in die Wasser
eindringen konnte, gefror und sich ausdehnte und
ausdehnte. Ich sah Klimow redend in ein anderes
Zimmer gehen.

Jemand drehte die Musik lauter, ein Wippen
ging von einer Hüfte aus und griff um sich. Jemand
stieß mich an, ich drehte mich um, ein Strudel eilte
zwischen den Leuten hindurch, jemand lachte, jemand schob einen Stuhl beiseite, mehrere fingen an
zu tanzen, jemand öffnete ein Fenster, der Luftzug
hob die Gardine, jemand schenkte Wein nach, ich
tanzte, ziemlich schnell, und trank, ziemlich viel.
Gegen zehn kam Werner. Er brachte mehr Bänder
mit, er hatte Zappa-Bänder, Doors-Bänder, er hatte
Blues-Bänder mit den Stimmen alter Männer, deren
Namen ich nicht kannte. Ärger mit den Nachbarn
zeichnete sich ab, bald nach zehn, jemand drehte die
Musik leiser, niemand wollte sich den Abend mit
einem Besuch der Volkspolizei verderben. Werner
lachte. Für den Fall hatte er auch was, ein Band aus
dem Westen, das Blasorchester hieß linksradikal und
hatte keine Gnade mit den Arbeiterliedern, deren
Rhythmus im Osten längst der Schrittweite der
alternden Funktionäre angepasst war. Aber tanzen
konnte man danach trotzdem nicht. Ich sah mir
Werners Bänder an. Ich war beeindruckt. Er hatte
ein Band, auf dem Arno Schmidt James Joyce las.
Das hätte ich gern mal gehört. Arno Schmidt, sagte

Werner, den hassen sie im Osten und im Westen. Werner hatte eine wirklich gute Sammlung, und er hatte alles mitgebracht, auch was man bei einer Party nicht gebrauchen konnte. Werner hatte was mit Angelika. Angelika kam und lehnte sich bei ihm an. Dass sie sich derart an einen Mann lehnen konnte. Werner hatte was mit Angelika und Werner hatte eine Frau, Loni. Loni kam nie zu Parties, Loni kam selten zu Veranstaltungen, ich zum Beispiel hatte Loni noch nie gesehen, auch nicht auf Fotos. Und es machte immer jemand Fotos, auch hier. Der stand neben mir, mit seiner Kamera. Ich hielt ihm mein Glas hin. „Schön rot", sagte ich. „Sinnlos", sagte er, „schwarz-weiß." Er fotografierte weiter. Später legte er einen Arm um meine Schulter. „Machst du auch Opposition?"

„Nein."

„Und wie kommst du hierher?"

„Ich bin mit Angelika befreundet."

„Du machst in einer dieser Gruppen mit. Oder? Bist du Künstlerin, glaub ich nicht."

„Bin ich auch nicht. Ich gehe manchmal in die Frauengruppe."

„Welche Frauengruppe?"

Aber ich hatte keine Lust, es zu erklären.

„Die Frauen, die neulich in R. einen Kranz ablegen wollten?"

Ich gab es zu.

„Sie nehmen euch nicht ernst."

„Der Staat, meinst du?"

„Die Dissidenten, meine ich."

„Klingt, als ob du nicht dazugehörst."

Er zuckte die Achseln.

„Macht's dir was aus?"

Ich zuckte die Achseln.

Ich sah Iris hereinkommen. Wahrscheinlich hatte sie ein Visum für zwei Tage, sonst wäre sie nicht erst so spät gekommen. Ich sah sie, sie sah mich nicht, ich dachte das jedenfalls. Ich ließ es so.

„Meinst du, Angelika ist es recht, wenn du hier fotografierst?"

„Ja."

Ich sah ihn an.

„Ich mache eine Serie mit Fotos von Alternativen. Mit Ost-Alternativen. Und eine Serie mit Ausreisern. Unter den Dissidenten hier ist es natürlich verpönt auszureisen."

„Fotos könnten auch verpönt sein", sagte ich.

„Hör mal, ich zeige keine Bilder ohne die Zustimmung der Leute. Was denkst du denn."

Ich dachte nichts.

Leute, die professionell fotografierten, waren perfekt darin, Vertrauen zu bekommen. Aber wahrscheinlich war er in Ordnung. Die Stasi fotografierte ganz anders. Jedenfalls die Stasis, die sich dabei sehen ließen. Soviel ich bisher beobachtet hatte.

„Wo willst du das ausstellen?"

„Kirchliche Räume gibt's immer noch." Er nannte Namen.

Petra kam herein. Ich ging hin. Sie hatte die brutalen Messingohrringe an. Wir tanzten. Jemand sah mich an. Der Fotograf machte seine Bilder. Petra erzählte, dass sie ihr ein Visum gegeben hatten, damit sie ihre Tante in Westberlin besuchen konnte.

75. Geburtstag. Sie freute sich nicht richtig, sondern fragte sich, ob sie ihr das Visum mit Absicht gegeben hatten, damit sie drübenblieb. Ich glaubte nicht daran. So wichtig waren wir noch lange nicht, dass sie uns Telefone und Visa mit Absicht und Voraussicht gaben. Oder. Telefone vielleicht. Angelika vielleicht.

Gegen drei gingen viele. Werner legte ein Band ein, auf dem Therese Giehse Brecht sang. Wir rauchten schweigend. Werner wollte in seine Wohnung fahren und zum Frühstück wiederkommen. Angelika war es nicht recht. Schließlich ging er einfach. Ich half, schmutziges Geschirr in die Küche zu tragen. Wir öffneten alle Fenster. Iris hatte einen Schlafsack und legte sich in die vordere Kammer. Katja verschwand auf ihr Hochbett. Angelika reichte mir eine Decke. Ich musste nicht in dem großen, verrauchten Zimmer schlafen. Der Fotograf war immer noch da. „Wo schläfst du“, fragte er. „In Angelikas Zimmer.“ Es gab dort mehrere Schaumstoffmatratzen, die nebeneinander lagen, Platz für drei oder vier. Er legte sich neben mich, ohne Angelika zu fragen. Eine Hand. Ein Mund. Nicht sprechen. Ich vergaß die Anwesenheit von Angelika keinen Augenblick. In diesem Zimmer, in dem wir nicht allein waren, wurde das Verlangen rasch unerbittlich. Stumme Verschlingungen. Nach einer Zeit, die mir lang vorkam, fing der Fotograf zu flüstern an. „Wer hatte die Idee, sich in dieses Zimmer zu legen?“

„Ich.“

„Und, was machen wir da?“

In das Durchgangszimmer gehen, in dem das Sofa steht. Dann würde Angelika schlafen können.

Ich schloss das Fenster im Durchgangszimmer. Es war kalt. Es war noch dunkel, als Iris einmal an uns vorbei ins Bad stolperte. Sie sah mich, sie sah mich nicht. Die Müdigkeit tat weh und war süß, ich ließ mich immer wieder anfassen, die Nacht setzte sich fort und setzte sich fort. Alles war verschwollen, rau und feucht, ich konnte eine Haut nicht mehr von der anderen unterscheiden, ich konnte die Körperteile nicht mehr identifizieren und nicht, welche mir gehörten, ich strich die Haare nicht mehr zurück, die über den Brauen auf der feuchten Stirn klebten, stille Gewaltsamkeit, hätte mir wer Erlösung angeboten, ich hätte ja gesagt. Die Erregung war ein großes heiseres Flüstern im Gitterwerk aus Knochen und Gelenken. Und wir hatten nicht geschlafen, ich bekam die Uhr in den Blick, da war es acht, Erlösung gab es nicht, Begehren musste genügen für diese Nacht, nur zu tun und zu tun war entscheidend. Dann Helle, Angelika kam schon aus ihrem Zimmer und ging in die Küche, und ich schob mich unter der Decke vor und stand auf. Der Körper! Der Fotograf beobachtete mich, er bewegte sich nicht, er hatte die Kamera noch nicht zur Hand, und das Zimmer drehte, alles drehte, ich sah Sterne, ich riss mich zusammen, ging rasch ins Bad, ich wollte hier nicht ohne Sachen herumstehen, wenn Katja oder Angelika oder Iris, jetzt, gleich, kaltes Wasser, gut, gut.

Angelika rauchte schon und hatte eine Thermoskanne voll Kaffee gemacht. Es stand noch Wasser auf dem Herd, es kochte, und sie schüttete es auf das Kaffeepulver in drei großen Tassen, für gleich.

Wir tranken, ich war verlegen. „Wolltest du nicht mehr kuscheln", fragte Angelika.

„Nein. Kuscheln war auch nicht das richtige Wort."

„Ich wollte euch nicht stören, ich konnte nicht mehr liegen."

Es machte mir nichts aus.

Wir trugen Frühstück ins Zimmer.

„Die anderen können jetzt aufstehen."

Der Fotograf schlief jetzt doch, wachte auf und ging ins Bad. Iris kam aus der vorderen Kammer und hatte ihr Zeug in der Hand und setzte sich in Unterwäsche an den Tisch, um zu warten, dass das Bad frei wurde. Angelika schob ihr die dritte Tasse mit Kaffee hin, sie trank schnell und merkte zu spät, dass Satz in der Tasse war. „Euer Kaffee immer, immer mit Prütt drin."

Wir lachten über das Wort.

„Das sagen sie in Hamburg."

Aber Iris war aus Süddeutschland. Sie kannte eben alle Gegenden.

„Und dass ihr immer so früh aufsteht."

Der Fotograf stand in der Tür, Wasser tropfte aus seinen Haaren, er betrachtete uns wie Besitz, er fand mit den Augen die Stelle, wo er in der Nacht die Kamera abgelegt hatte, er nahm sie in die Hand. Iris stand auf, sich waschen zu gehen. Er fotografierte, wie sie an ihm vorbeiglitt. Ich überlegte, was das Bild zeigen würde, ihre feste Haut, ihre bewegliche Hüfte, die Linie, wo der Oberschenkel ansetzte, die Falten in der Hose, die sich in der Bewegung bildeten. Als Angelika ihn fragte, ob er Kaffee wollte,

136

hörte ich seinen Namen. B. Er setzte sich neben mich. Ich sah, wie der Kaffee ihm den Mund verbrühte. Er strich mit den Fingern über die Lippen, um sie zu kühlen.

„Und, wann verlasst ihr dieses Jammertal?"

Angelika sagte, sie würde bleiben. Ich schwieg.

Er fragte mir ins Gesicht: „Hast du keinen Ausreiseantrag?"

„Nein."

„Schön", sagte er. „Ich auch nicht."

Das war sicher gelogen. Angelika wechselte einen Blick mit mir.

Er legte mir die Hand unter das Kinn und streichelte meinen Hals. Er strich mit zwei Fingern über meine Kehle, ich hatte das Wort Angstlust schon mal gehört. Das musste diese Empfindung sein. Er schüttete sich Kaffee aus der Thermoskanne in eine Tasse und fragte Angelika beinahe grob nach Zucker, und ich riss ein Stück Pappe von einer Zigarettenschachtel und schrieb meine Adresse auf und reichte sie ihm und er lächelte mich offen an und sagte: „Aber sei keine Klette." Vielleicht würde er zweimal oder dreimal in meiner Wohnung erscheinen, die Druckfahnen auf meinem Schreibtisch studieren und sich über meine sauberen Bleistiftstriche lustig machen, ehe wir miteinander ins Bett gehen würden, er würde wieder wegbleiben. Und so weiter und so weiter. Ich nahm ihm das Pappstück wieder weg, zerriss es und-

„Was bist du so radikal", sagte B.

- und warf die Schnipsel in den Aschenbecher. Dabei fühlte ich einen Blick auf meinen Händen. Iris kam aus dem Bad. Sie war angezogen. Sie griff das Brot vom Tisch und stand am Tisch und schnitt vor der Brust eine Scheibe vom Brot, setzte sich, strich Butter drauf, streute Salz darüber und teilte die Schnitte in zwei Hälften. Eine hielt sie mir hin. Ich nahm sie und biss hinein und kaute langsam, bis in meinem Mund alles süß und salzig wurde. Iris aß ihre Hälfte. Dann schnitt sie mehr Brot und ich starrte auf ihre linke Hand, die das Brot hielt, und auf die rechte, eine Schnitte wie die andere, sie teilte sie von dem Brot ab, gekonnt, in einer fließenden Bewegung. Sie hielt das Brot in der Mitte ihres Oberkörpers, und wenn ihre Rechte das Messer durchzog, kippte der Brotlaib da hin, wo ihre rechte Brust sich befinden musste. Oder befunden hatte. Es war zu still an diesem Frühstückstisch. Ich wollte zusehen, wie Iris das Brot schnitt, stundenlang. B. brach bald auf. Angelika wollte sich wieder hinlegen, bis Werner kommen würde, Katja schlief sowieso noch. „Wollen wir laufen?", fragte Iris. Ich wollte. Ich nahm meine Sachen, Angelika gab Iris einen Wohnungsschlüssel.

Es war eigentlich früh an diesem Sonntag. Angelika wohnte mehr im Norden, schon nach Pankow zu, ich in Friedrichshain. In Friedrichshain gab es viel Grün, Orte zum Rumlaufen. Aber wir wollten nicht erst in die Straßenbahn steigen. Ich ging die Langhans runter bis zum Antonplatz, dann ein Stück die Klement-Gottwald, Iris fragte nichts, wir bogen in die Herbert-Baum-Straße. Sie mündet auf den jüdischen Friedhof. Das Tor stand schon offen. Es gab einen großen freien Platz am Eingang des Friedhofs, den wir schnell überquerten. Auf den Wegen lagen die hellen Morgenschatten, die Luft war feucht, grün, ich fror vor realer Kälte und vor Übermüdung. Wir gingen rasch, Grabsteine in geordneten Reihen, Efeu, dicht wie eine einzige Pflanze. Iris fragte, ob ich oft herging.

„Manchmal.“

„Tut es dir nicht weh?“

„Doch“, sagte ich, „aber ich weiß zu wenig darüber.“

„Wieso weißt du zu wenig?“

„Wieso sollte ich viel wissen?“

„Weil ihr das doch alles in der Schule gelernt habt.“

Wie sie darauf kam.

Sie hatte es sich gedacht.

Aber wir hatten zu wenig gelernt.

„Wir“, sagte Iris, „haben gar nichts gelernt. Hier sieht es aus wie im neunzehnten Jahrhundert“, sagte Iris.

„Hier ist das neunzehnte Jahrhundert.“

„In Prag“, sagte Iris, „ist alles wie im Märchen.“ Sie war also auch dort gewesen.

Aber mich hatte der jüdische Friedhof in Prag nicht verzaubert. Ich war zuerst im Museum gewesen, und auf dem Friedhof dachte ich pausenlos an die Zeichnungen aus Theresienstadt, ohne etwas zu verstehen. Ich war nie so stumpf gewesen wie auf dem jüdischen Friedhof in Prag.

„Wo bist du? Du bist immer so abwesend“, sagte Iris.

„Findest du?“

„Ja. Was war nun mit Prag?“

„Ich fand es schrecklich in Prag. Erst bringen wir die Menschen um. Dann bewundern wir ihre Grabsteine.“

„He“, sagte Iris, „du hast sie nicht umgebracht.“

„Nicht eigenhändig“, sagte ich.

„Gar nicht. Prag, das hier und Auschwitz, das ist doch nicht das Gleiche.“

„Mir kommt es so vor.“

„Historisch gesehen“, sagte Iris.

„Wieso historisch?“

„Ich dachte, ihr seid hier so weit.“

„Wie weit?“

„Ihr habt diesen Staat, der das überwunden hat.“

„Was, den Faschismus?“

„Ja.“

„Wo haben wir uns kennengelernt?“

„Bei Angelika.“

„Gut. Hast du bei Angelika den Eindruck gehabt, wir mögen diesen Staat?“

„Nein. Aber den Antifaschismus stellt ihr ja wohl nicht in Frage.“

„Nein. Wir fragen uns höchstens, wo er geblieben ist.“

„Aber der Faschismus!“, sagte Iris.

„Der Faschismus ist die offen terroristische Diktatur der reaktionärsten, am meisten chauvinistischen, am meisten imperialistischen Elemente des Finanzkapitals.“

„Was ist das?“

„Georgi Dimitroff. Das können wir auswendig. Weißt du was, nur weil du einen Satz auswendig kannst?“

„Immerhin etwas. Wir hatten nur unsere Naziväter.“

„Denkst du, wir nicht? War dein Vater Nazi? Meiner ja. War er in Frankreich, sollte er nach Nordafrika, war er in Russland? Meiner ja. Also. Gehörte er zum Finanzkapital?“

„Vermutlich nicht.“

„Genau. Er kam aus einer Arbeiterfamilie, alles Sozialdemokraten. Als ich noch studierte, habe ich ein Praktikum in einer Schule gemacht. Die Parteisekretärin war nach 1945 direkt vom BDM in die FDJ übergetreten. Das war ihre Jugend. Jetzt ist sie Parteisekretärin.“

„Menschen ändern sich ja auch.“

„Die Richtung änderst du schnell.“

„Aber nicht die Gangart, meinst du.“

„Hat dir Angelika die Geschichte mit der Kranzniederlegung erzählt?“

„Muss bitter gewesen sein.“

„So bitter nicht. Aber danach waren wir bei einer alten Antifaschistin, das war bitter. Alle denken, die alten Genossen wollten es ganz anders und sind jetzt bloß machtlos gegen die Funktionäre. Das ist der Irrtum. Sie hat einfach die Tatsachen bestritten. In R. gab es Antifaschisten, sagt sie, von allen anderen weiß sie nichts. Will sie auch nichts wissen. Sie tun, als hätte es keine anderen gegeben. Sie tun, als wäre es immer nur um das Finanzkapital gegangen.

Wenn hier nicht die Herbert-Baum-Straße auf den Friedhof zuliefe, ich wäre nie darauf gekommen, dass Herbert Baum jüdisch war.“

„Du meinst, das wird extra verschwiegen.“

„Jedenfalls scheint es nicht wichtig zu sein. Das macht dich so ratlos.“ Ich hörte meiner Stimme hinterher.

„Und meinst du, hier gibt es eine Antwort?“

„Nein. Ich gehe bloß gern hier herum und sehe mir die Gräber und den Efeu an. Eines Tages so liegen und Efeu wächst aus dem Bauch, schöner Gedanke.“

Wir waren noch keinem Menschen begegnet. Der Weg ging auf eine hohe Mauer zu, wo er endete. Dahinter mussten Kleingärten liegen. Man hörte die Vögel, es waren Vögel vom Friedhof und Vögel aus den Gärten, und ihre Stimmen waren nicht zu unterscheiden. Entfernt hörten wir die Straßenbahn, kaum Autos, es war Sonntag, und es kamen auch kaum Menschen her.

Hörte ich freitags am frühen Abend den Kammerchor und den Oberkantor der Jüdischen Gemeinde in Westberlin im Rias? Ja. Und wer hörte das noch in Berlin-HauptstadtderDDR? Und wenn schon, da war es Musik. In Westberlin schien es Leute zu geben, für die das nicht nur Musik war. Ich kannte keine, ich fragte nie jemanden. Aber ich hörte mir alles an.

„Ich kenne Angelika mehr von den Amazonen“, sagte Iris. „Da reden wir nicht so viel über eure Opposition. Ich bin immer gereist. Erst als ich krank wurde, habe ich gemerkt, dass ich auch mal mit

Frauen in meiner Nähe sprechen könnte. Dass welche hinter der Mauer sitzen. Da ergab es sich mit den Amazonen.“

„Fühlst du dich noch krank?“

„Kommt drauf an. Ich nehme jedenfalls keine Medikamente. Meistens ist es okay.“

„Aber du gehst in die Gruppe.“

„Ist dir das fremd? Du bist so eine. Du willst mit allem allein fertigwerden. Vielleicht geht das. Ich habe zuerst allein ein Ritual gemacht. Später war ich froh, dass ich die Amazonen hatte.“

„Was für ein Ritual?“

Iris sah mich ernst an, dann griff sie unter ihren Pullover und zog ihn über den Kopf. Das Unterhemd ging mit. Wo ihre rechte Brust gewesen war, verlief eine Narbe. Und über das glänzende, rötliche Narbengewebe weg war eine Figur tätowiert, eine Frau, die in einem Schritt auf mich zukam, tief in den Knien, geschmeidig und zugleich bestimmt, erschreckend und anziehend. Mit den Händen führte sie einen sehr langen Stock, eindeutig eine Waffe.

„Meine Göttin“, sagte Iris, „meine Retterin.“

Ich versuchte, sie nicht zu sehr anzustarren.

Sie bemerkte es. „Wenn du nicht hinschauen solltest, würde ich den Pullover nicht ausziehen. Sei nicht so schüchtern. Ich kann für mich sorgen.“

Sie zog den Pullover wieder an.

Ich glaubte auch, dass sie selbst für sich sorgen konnte.

„Besser als du“, sagte sie.

„Was meinst du damit?“

„Du tust, als wenn nichts wäre. Dabei ist sehr viel.“

Ich fand das zu metaphysisch. Zu unkonkret.

„Warum zum Beispiel lässt du dich mit solchen Männern ein? Dir liegt nichts an ihnen.“

„Nicht besonders viel, stimmt.“

„Was hast du davon?“

Ich zuckte die Achseln. Ich fand, man sollte die Männerfrage nicht so ernst nehmen.

„Ich habe auch keinen Mann gefragt, sondern dich. Aber gut, ich will mich nicht einmischen. Du scheinst keine Langschläferin zu sein.“

„Nicht besonders“, sagte ich.

„Kannst du vielleicht nicht schlafen?“

„Ich bin nachts gerne wach.“

„Willst du vielleicht nicht ins Bett?“

„Nein. Ich bin einfach nur nicht müde.“

Zwölftes Kapitel

(Zurückdenken, noch einmal.)

Um vier war ich nach Weimar gefahren, vier Uhr morgens, jetzt war später Vormittag, es war Weimar, ich stand vor einem Studentenclub, drin war es interessant, es war kein Reinkommen. Die Luft roch nach Hundepisse und Kohlenrauch, nach dem kalten, sandigen Putz der Häuser, nach den alten Gefachen, die unter dem Putz unsichtbar lagen, und nach einer Beimischung, die ich nicht kannte. Dann ereignete sich etwas. Es roch nach frisch geschlagenem Holz, einer nahm mich beim Arm, eine Stimme sagte: „Lass mich nicht los, mit dem nächsten Schwung sind wir drin." Ich drehte meinen Arm, sein Handgelenk zu umgreifen, und die fremde Hand löste sich für einen Moment, sie fasste meine, ich ließ es geschehen, ich hatte keine Frage, ich war keine Frage, die Tür ging auf, die Hand zog mich hinein, die Verbindung riss nicht. Der halbdunkle Raum war erfüllt von Dunst aus Rauch, Bieratem und Jazz. Ich sah hoch, der Mann, der nach Holz roch, hätte mich loslassen können, mir war schwindlig, er hielt mich fester. Ich wollte sein Gesicht sehen. Er hatte eisgraue Augen, er lächelte nicht, er drehte sich weg, Bier holen, sagte er. Mit ihm verschwand der Holzgeruch, sein Rücken ging im Gedränge unter, ich verlor mich, ich sah Täler, überwucherte Holzeinschläge, auf denen der Fingerhut brannte, eine Pionierpflanze. Digitalis purpurea, ich hatte es als Kind gelernt. Er stand wieder neben mir, der

Mann, ich nahm das Bier. Er lachte über meine Versunkenheit, oder es schien mir bloß so, ich dachte mir das aus, ich sah ihn trinken und trank selbst, der Weg unter der Teufelstalsbrücke erschien noch einmal. Dann sank das weg in Nähe und Gegenwart dieses Menschen, der über eine Frau hinter dem Tresen sprach, deren rotes Haar er geliebt hatte, es war Jahre her, sagte er. Ich war blond, ich war stumm, ich war kein Kind mehr, der Gedanke füllte mich und stak mir bis oben im Hals. In seinem Gesicht hatte etwas gewütet oder jemand, ich hatte keinen Begriff dafür, er war nicht jung, sah ich, er war kein Student, er war nicht fremd hier, er gehörte auch nicht dazu, sah ich, er hatte etwas an sich, das mich unruhig machte, er war jemand, der mich anzog, ich wusste nicht, was er war.

„In der Nacht haben sie die Parkanlagen gesprengt.“

„Was?“ Ich schreckte auf.

Er lachte über mein bestürztes Missverstehen. Er hatte mich aus meiner konzentrierten Zerstreuung geweckt.

„Ja. Sie sind den ganzen Abend mit Wassertanks herumgefahren, um die Rasenflächen zu durchnässen.“

Ich verstand jetzt. Ich lachte nicht.

Er, er lachte.

„Warum?“

Weil es die Nacht vor dem Zwiebelmarkt war, weil Tramper und Blueskunden mit ihren Schlafsäcken in die Stadt gekommen waren, gestern schon. Sie hätten vielleicht und auch bei der Kälte in den

Parks der Stadt Weimar nächtigen wollen. Die Behörde wollte das nicht, dass Leute draußen schliefen, wo doch Herbst war, die Stadt war besorgt, er lachte. Ich sah die Bitterkeit in seinem Lachen, ich wusste noch nicht, woher sie kam, aber ich verstand sie schon. Es war der zweite Sonnabend im Oktober, und der Mensch, sagte der Mann, der mich in diesen Club reinbekommen hatte, stand im Mittelpunkt. Ich kannte den Satz. Das zu zitieren: selten ohne Bitterkeit. Wer nicht bitter war, zitierte nicht diesen Satz. So viel wusste selbst ich. Und ich war noch nie beim Zwiebelmarkt gewesen, meine Mutter hatte nicht gewollt, dass ich herfuhr, was wollte ich mit Zwiebeln? Nichts, natürlich. Sie war nicht blöd, ob ich das etwa dachte, dass sie blöd wäre. Nein. Wo also sollte das hinführen, an diesem zweiten Sonnabend, Oktober, Weimar? Es hatte sich nämlich ergeben, in den letzten Jahren, dass das kein Bauernmarkt war, im Grunde, sondern dass es zwei Bühnen gab und dass auf diesen Bühnen Blues gespielt wurde und dass Leute aus dem Umland kamen, aus dem ganzen Süden des Landes, um genau zu sein, und dieser Süden begann in Leipzig, in Halle womöglich, in Dresden gewiss, in Göschwitz sicher, und wenn ein Bus ging, sicher auch in Rudolstadt, und das hatte sich herumgesprochen, auch auf den Dörfern, selbst meine Mutter wusste davon.

„Schließlich", sagte der Mann, „hat ein Pastor sein Gemeindehaus geöffnet, niemand musste draußen schlafen und vielleicht haben die meisten sowieso darauf vertraut."

Die Luft roch nach einer Konfrontation, die ich noch nicht aus der Nähe kannte. Und dagegen half kein Bier und nichts. Kälte kroch mir die Beine herauf, Erregung sickerte von der Kehle nach unten, nichts hinderte die Begegnung von Politik und Sexualität in meinem düsteren Körper, das wusste und das wollte ich. Ich flog nicht mit Fahnen, aber doch fort aus der abenteuerlosen Stille.

Er nahm das Glas aus meiner Hand und legte meine Tasche auf eine Holzbank und nahm mir die Jacke ab und legte sie drüber, seinen Mantel auch. Wir tanzten. Es gab keinen Grund zur Sorge. Alles würde irgendwo hinführen.

Und ein Junge hatte draußen Biermann gespielt, er hatte auf der Betonumrandung eines Hochbeets gestanden, in dem die Astern vergingen, und ich hatte dabeigestanden, unter Menschen, erzählte ich, unter vielen. Polizei war gekommen, sie hatten Ausweise sehen und die Gitarre beschlagnahmen wollen. Leute hatten sie weitergegeben, von einer Hand in die nächste, wo war sie da, der Junge selbst sah sich um, sie war weg, und als sie ihn fragten, ob er verbotene Lieder gesungen hätte, und er überlegte, was er antworten sollte, das sah ich, mischte eine Frau sich ein, Lieder aus dem Dreißigjährigen Krieg, sagte sie, „Es geht eine dunkle Wolk herein", sie sang wirklich, die Polizisten waren gebannt. Das musste dieser Mann mir jetzt glauben, mir lag viel daran, sie waren in Bezauberung erstarrt gewesen und der Junge war weggeschlüpft. Er würde die Gitarre schon wiederfinden und die Leute, bei denen sie geblieben war.

148

„In solchen Ansammlungen darf ich mich nicht blicken lassen", sagte der Mann, „ich habe einen PM 12."

Ich wusste, was ein PM 12 war. Man durfte den Ort nicht ohne Erlaubnis verlassen, man musste sich alle zwei Wochen bei der Polizei melden. Manche mussten sich auch wöchentlich melden.

Er hieß Hennes.

Die Party endete mittags um eins. Wir hätten uns verabschieden können, wir verabschiedeten uns nicht, sondern gingen durch die Stadt, es nieselte, der Mann legte den Arm um mich und ich griff nach oben mit der Hand, nach seiner, unsere Hände lagen übereinander, ich sah hin, ich sah überdeutlich einen Leberfleck auf meiner linken Hand. Er berührte ihn, er sprach von Goethes Gartenhaus drüben im Ilmpark, wo ein Paar eines Nachts eingebrochen war, um in Christianes Bett miteinander zu schlafen.

Ich spürte Müdigkeit und Hunger, alles war geschlossen, der Markt war vorbei, alle waren zu Hause, ich fror und dachte, dass ich zum Bahnhof hätte gehen sollen, jetzt sollte ich gehen oder bald sollte ich gehen, ich hatte keine Ahnung, wann der nächste Zug fuhr und wann der letzte, und ich wollte nicht zum Bahnhof gehen und ging nicht zum Bahnhof, sondern landete mit Hennes in einem zu vornehmen Keller. Es wurde dunkel. Ich trug ein chinesisches Arbeitshemd und meine abgeschabten Hosen. Dass man mich hier überhaupt hereingelassen hatte. Oder uns. Wir saßen an einem Tisch für vier Personen, da saß auch ein fremdes Paar, überhaupt ein Paar und

Hennes flirtete mit der Frau und goss ihr Wein nach, wie aufmerksam er war, wie fremd ich, flüchtig dachte ich noch einmal, wann wohl der letzte Zug fuhr, und es war mir gleich. Oder ich wollte das jedenfalls. Dann war Hennes schon im Mantel, in einem Nachkriegsmantel, sagte er, den er auf einem Dachboden gefunden hatte, und ich dachte, dass er sicher noch im Krieg geboren war. Er hatte rötliche Barthaare zwischen den blonden, seine Nägel waren hart, die Fingerkuppen verfärbt vom Rauchen. Draußen, wo es nun vollends dunkel geworden war, erzählte er mir, dass er nichts von den letzten beiden Jahren wusste, diese Jahre hatte es nie gegeben, er hatte sie im Gefängnis verbracht, er hatte gesessen wegen R-Flucht, R wie Republik und Flucht wie Flucht. Wir gingen wieder durch den Ilmpark, und die Ilm rauschte, als wäre sie ein richtiger Fluss.

In seiner Wohnung oberhalb der Ilm standen Ausgaben von „Sinn und Form" in einer Reihe auf dem Schreibtisch.

„Wie alt bist du, Inge?"

Ich war siebzehn, und mir war klar, dass er doppelt so alt war, eher älter.

Als ich vom Wasserhahn zurückkam, spürte ich die Kälte in seiner ungeheizten Wohnung und zog mein Hemd über die Hüften und vorn zusammen.

Doch, es ging schnell.

Er zog mir das Hemd von den Schultern, er schob mich vor den Spiegel, er stand hinter mir.

„Du hast einen schönen Hals. Du sollst das Haar kürzer tragen, wie ein Fell." Er nahm die Schere, die auf seinem Schreibtisch lag, er schnitt geschickt und rasch, er wischte die Haare von meinen Schultern, um meine Füße bildete sich ein See von Haaren, ich fröstelte, ich lief zum Wasserhahn, ich hielt das Gesicht unter das Wasser, bis die Haut rot wurde und brannte. Die Wangenknochen traten deutlicher hervor jetzt. Er lachte. Er hatte von einem Mädchen geträumt diese vierundzwanzig Monate und sein Freund war auch ein politischer Häftling gewesen, manchmal hatten sie zusammen ferngesehen, es gab einen Fernsehraum, sagte er, dort, in der toten Zeit, die untot blieb und nicht begraben wurde.

Hatte er nicht eher von einer Frau geträumt?

Er fuhr mit der Hand über meinen Kopf, gegen den Strich. „Das ist so geil, meine Kleine, da gehe ich die Wände hoch, mit dir würde ich auch schlafen, wenn du fünfzehn wärst.“

Das Ziel eines Verlangens sein.

„Etwas Besseres als R-Flucht“, sagte er, „um dafür ins Gefängnis zu gehen.“

„Aber ich bin nicht fünfzehn.“

„Der Unterschied ist für das Gesetz. Für mich nicht.“ Er sagte so. Die Dauer seiner zwei Jahre verdichtete sich in einem engen Augenblick, der jeden anderen Wunsch verschlang. Und das ging schnell, ich schloss die Augen nicht und Hennes glaubte nicht an meine Lust, ich sah ihm zu und beobachtete ihn, deshalb also, ich sollte ihm von meiner Lust sagen, ich sagte ihm davon, aber es war kein Begehren, das das Bewusstsein löscht, es war ein Aufruhr, der den Ort einschloss, die Uhrzeit und die Übertretung, die Übertretung überhaupt. Später drehte er mich mit dem Gesicht zur Wand und umfasste mich so, die Leimfarbe färbte auf meine Haut ab, ich versuchte, die Decke vor die Brust zu ziehen und dann vergaß ich es und vergaß die eiskalte Wand und der Körper blieb unter mir zurück. Und Hennes wusste nicht, dass sie Biermann ausgebürgert hatten und dass Kunert und die Kirsch jetzt auch im Westen waren. „Sie haben es billiger bekommen", sagte er, aber es war ihm gleich, jetzt war es ihm gleich, sagte er und ich war stumm von den Monaten zwischen ihm und der Welt und den Jahren zwischen ihm und mir und was war das, diese Sache, der ich mich hier hingab, wenn Liebe, würde ich schweigen, ich wollte ein schweres und unheimliches Geheimnis sein, er atmete in meinen Nacken, er wollte, dass ich ihm mehr sagte, die Nacht ging hin, es war nicht nur, dass ich seine zwei Jahre wegnehmen sollte, die ihm niemand nehmen konnte, und ich konnte das auch nicht, es war, dass ich wirklich fortgegangen war, dass ich über eine Grenze kam, das war unvermeidlich.

Als Hennes mich zum Bahnhof gebracht hatte und als der Zug durch die Täler gefahren war, aus denen der Nebel hochging, als ich in H. aus dem Zug gestiegen war und durch den Wald gegangen nach Görschdorf, kam ich die Straße lang, da stand die Frau Steingrüber im Vorgarten mit ihrem Mann, die sah mich an. „Na, die warten schon", sagte sie zu ihm, laut, und sah mich wieder an. „Die sollte meine sein", sagte sie, und ich wusste, dass meine Eltern sich einig sein würden, ein letztes Mal, wahrschein-

152

lich hatte meine Mutter ihren Mann herbeigerufen, um mich zur Räson zu bringen. „Wenn du dich rumtreibst", hieß der Satz, „ich schlag dich windelweich, du Stücke", hieß der Satz, er zählte aber nicht, er war nur ein Durchgang, den ich passierte. Ich heizte den Badeofen und den Ofen in meinem Zimmer, ich verschlief den Sonntag, am Montag sprach ich nicht, an den anderen Tagen schien alles wie immer. Danach hatte ich eine Woche Kartoffelferien, während der ich in der Ernte arbeitete. Von dem Geld kaufte ich mir eine neue Niethose und eine Rückfahrkarte nach Weimar. Meine Mutter stellte sich nun einen Jungen vor, bei dessen Eltern ich mit übernachten durfte. Es war besser, das nicht richtigzustellen. „Wenn du das Abitur nicht bestehst, gehst du in die Fawerike." Ich konnte keine Rücksicht auf sie nehmen, ich wusste, dass ich rücksichtslos war, aber ich berücksichtigte es nicht. Und als ich in Weimar ankam, war Hennes unverändert, die „Sinn und Form" standen und lagen, wie sie gestanden und gelegen hatten. Ihm war eine Arbeit im Weimarwerk zugewiesen worden. Er sagte nicht, was er vorhatte, aber ich hing mich an ihn und lieferte mich aus. Danach schickte er mir Briefe postlagernd nach H., wo ich zur Schule ging. Ich versteckte sie, aber ich versteckte sie schlecht und meine Mutter las die Briefe, in denen Hennes über das Gefängnis schrieb und über meinen Körper, und in einem Brief stand der fatale Satz, mit dem er sich entfernte. „Du wirst Männern begegnen und dich an ihnen prägen."

In der Phantasie kann jeder Satz tödlich sein.

Im Winter fuhr ich noch einmal nach Weimar, wo die Ilm zugefroren war und Hennes nicht öffnete. Es schneite. Ich lief sinnlos herum, ich wartete ohne Besinnung, ich fühlte, dass ein oder zwei Leute in Hennes' Straße mich beobachteten. Es wurde Abend, es war Nacht. Dann verpasste ich den letzten Zug, bekam aber gerade noch mit, dass gegenüber, vom Busbahnhof, ein Bus nach Jena fuhr. Ich rannte und rutschte auf dem Schnee und griff die Tür des Busses. Der Fahrer öffnete sie noch einmal, ehe er sich Richtung Jena in Bewegung setzte. Er fuhr zum Paradiesbahnhof und ich lief durch die Stadt, die unter dem Schnee vollkommen still dalag, nach Jena West, um den ersten Zug Richtung Osten zu nehmen. Es war so kalt, dass ich lieber weiter durch Straßen in Bahnhofsnähe lief, anstatt auf dem eisigen Bahnsteig zu warten, ich stellte mir vor, wie es wäre, wenn ich den Bahnhof nicht wiederfände, aber ich wusste auch, dass man nicht starb davon. Eine halbe Stunde vor Abfahrt saß ich in der eisigen Wartehalle und las noch einmal Hennes' Briefe. Mein Magen zitterte gegen die Bauchdecke, das Innere meiner Knochen war ganz kalt.

Mir fiel ein, dass ich nun nicht mehr mit Ehrling schlafen musste, weil ich mit Hennes geschlafen hatte und das die größere Übertretung war. Mir fiel ein, dass meine Mutter gesagt hatte, sie würde mir zum Abitur Geld schenken. Ich würde das Abitur bestehen, egal mit wem ich schlief. Sie würde auch nicht noch einmal meinen Vater holen. Und nach dem Abitur würde ich mir eine Reiseschreibmaschine kaufen. Ich wärmte mich an meinem heroischen

Ernst. Männer waren nicht genug, dachte ich, und das hätte ich mir gleich denken können.

Dreizehntes Kapitel

Ein Artikel in der taz erschien, als Petra zwei Wochen aus dem Westen zurück war. Wir erfuhren es, weil zwei Männer bei Angelika auftauchten, um sie über Petra auszufragen. Angelika erzählte es mir am Telefon. In dem Gespräch war das Wort „unerlaubte Verbindungsaufnahme" gefallen. Ich hatte Angst. Es kam niemand zu mir. Petra wurde einbestellt. Zur Polizei. Klärung eines Sachverhalts. Sie wusste nichts von einem Artikel. Jedenfalls sagte sie das. Sie bekam nicht heraus, ob man sich Mühe geben würde, es zu beweisen. Beweise zu konstruieren. Dann hatte Angelika eine Kopie des Artikels. Sie erzählte nicht, woher sie die hatte. Merkwürdiges Papier. Der Artikel las sich wie der, der in den Fliegenden Blättern erschienen war. Die Verfasserin kannten wir nicht. Natürlich nicht. Keine fragte Petra, ob sie damit zu tun hatte, als wir zu dritt in Angelikas Wohnung saßen. So fragte man nicht. Petra betrachtete die Kopie und schob ihre Ohrringe hin und her. Sie fände den Artikel gut. Vielleicht hatte jemand eins von den Blättchen in den Westen mitgenommen. Nicht sie: Das wissen die Behörden doch besser als ich, sagte sie. Denn an der Grenze war sie genau kontrolliert worden. Dermaßen genau. Petra hatte plötzlich Tränen in den Augen. Angelika legte ihr den Arm um. Petra rutschte zusammen. Zeit verging. Dann setzte sie sich wieder zurecht, gab Angelika ihren Arm zurück und brannte sich eine Zigarette an. „Ich weiß nicht", sagte sie. „So schlimm war es auch wieder nicht. Aber ich habe es nicht vertragen." Sie nahm eine neue Zigarette und zündete sie an der Kippe an. „Aber jetzt bin ich wütend", sagte sie, „richtig wütend."

Die Frauengruppe schlief ein, erst mal. Wir waren verschreckt. Petra setzte keine neuen Termine an. Zwei Frauen schafften es, in einer Wohnung zusammenzuziehen. Und in ihrer Wohnung war es schön, sie fingen an, Möbel vom Sperrmüll mit Sandpapier und Wachs zu bearbeiten. Privat ging vor Katastrophe. Ja, es war ihr Recht, privat zu sein. Trotzdem schien mir die Umgestaltung von Möbeln mehr Ersatz als Befriedigung. Die Zahl der Ausreiseanträge wuchs, hörte man. Allerdings hörte man das eigentlich immer, oft verbunden mit der Frage, ob man selbst schon einen hatte. Dann war die Rede von einem Skinheadüberfall auf eine Kirche. Es passierte eine Menge. Leute hielten Mahnwachen. Es drang zu mir. Es drang nicht durch.

Petra fühlte sich von der Stasi verfolgt. Niemand wusste genau, was das nun für Leute waren, die sie vor ihrem Haus immer wieder zu erkennen glaubte. Was für Leute sollten es schon sein. Wahrscheinlich fühlte sie sich nicht nur so. Wahrscheinlich waren es genau die Leute, die sie in ihnen zu erkennen glaubte.

Ich nahm jeden Korrekturauftrag, den ich bekommen konnte. Eine Zeitlang verdiente ich so gut, dass ich jedes Mal Wein und Zigaretten mitbrachte, wenn ich zu Angelika ging. In einem teuren Geschäft

in der Karl-Marx-Allee kaufte ich mir französische
Schuhe. Sie waren aus weichem Leder und hatten
flache Sohlen, sie fühlten sich an wie Handschuhe.
Ich zog sie an, als ich zum Friedenskreis ging. An
dem Tag entstand die Idee einer eigenen Zeitschrift.
Wir nannten sie Rauchmelder, denn wo Rauch war,
musste es Feuer geben. Ich machte meistens nichts
weiter als ein paar Manuskripte abzutippen. Was mir
entgangen war, während ich Korrektur las, erfuhr ich,
wenn ich Texte für den Rauchmelder tippte. Ich fing
an, am Tag immer ein bisschen zu schlafen. Wenn
abends im Friedenskreis die Artikel besprochen
wurden, führte Werner das Wort. Angelikas Texte
kritisierte er immer. „Sonst", hatte er ihr gesagt,
„sonst könnten die anderen denken, er bevorzuge
ihre Arbeit, weil er mit ihr schlief." Das erzählte
Angelika. Seine eigenen seitenlangen Darlegungen
über Ökonomie kritisierte niemand. Es machte keinen Spaß, sie zu tippen.

Weihnachten lud Angelika mich ein. Ich färbte
meine Haare nach. Ich legte ein feuchtes Tuch auf
die schwarze Hose mit den hellen Streifen und bü-
gelte eine scharfe Falte ein. Ich hatte ein neues weißes Hemd. Und die feinen Schuhe. Als ich an Angelikas Tür klingelte, öffnete Iris. Angelika hatte Brot
gebacken. Der Geruch im Flur. Ich hatte nicht gedacht, dass wir singen würden, aber wir sangen. Auch
Katja sang und ihr Freund sang. Und hatte der kein
Zuhause? Er konnte nicht viel älter sein als Katja.
Katjas beim Singen gehobene Brauen. Das private
Leben. Maria durch ein Dornwald ging. Werner war

158

nicht gekommen, dabei verbrachte Werner Weihnachten nicht mal bei seiner Frau. Er verbrachte es bei seiner Mutter. Katja bekam die meisten Geschenke, auch von mir. Sie gab mir eine Frauenfigur aus Ton, die auf der Seite lag und eine Hand vor ihren Schoß hielt. Ihre Brüste, auf denen man einen Fingerabdruck Katjas erkennen konnte, neigten sich ein wenig zur Erde. Später stießen wir mit Rotwein an, noch später mit einem Schnaps, den Iris von Ibiza mitgebracht hatte. Sie trank selten, sagte sie, aber das hier sei so gut wie Medizin. Es sah grünlich aus und schmeckte bitter und nach Anis. Ich hatte kein Geschenk für Iris. Schließlich zog ich einen meiner Ohrringe mit den tropfenförmigen roten Steinen heraus. Ich nahm das Häkchen in den Mund und desinfizierte es mit Spucke. Dann legte ich den Ohrring auf die flache Hand und hielt ihn Iris hin. Sie nahm ihn, lächelte nicht, zog ihn auch zwischen den Lippen durch und dann in das linke Ohrläppchen. Später verschwanden Katja und der Junge in Katjas Zimmer.

Wir redeten über unsere Verwandtschaft. Iris sagte, dass sie selten nach Süddeutschland führe. Lieber war sie hier, bei Angelika, wo es immer warm und freundlich war. So sagte sie.

„Du meinst die menschliche Wärme bei uns im Osten." Ich lachte. Angelika lachte auch.

„Aber es stimmt doch", sagte Iris, „stimmt es nicht?"

Ich wollte Iris nicht auslachen. Ich konnte mir vorstellen, dass es im Westen nicht ganz so warm war. Nur dass mir Wärme nicht so viel bedeutete, ich hätte es vielleicht sogar gern etwas kühler gehabt. Aber ich sagte das nicht. Wahrscheinlich wusste ich nicht, wovon die Rede war. Wahrscheinlich meinte ich auch gar nicht Kühle oder Kälte, sondern einfach Luft, Wind, farbige Transparenz, eine Landschaft, die sich nicht ständig an der nächsten Grenze blutig stieß.

Dann fragte Iris, ob meine Eltern tot wären.

Nein. Ich ging einfach nur gern auf Friedhöfe.

Der Augenblick ging vorbei, ohne dass ein Flügelschlag uns streifte. Wir sprachen über Fühmann. Fühmann war tot. Wir erzählten Iris, wessen Anwesenheit bei seiner Beerdigung er sich verbeten hatte. Was das bedeutete. Es war wie ein Lauffeuer durch die Szene gegangen. Fühmanns Testament war in mehreren Kirchenschaukästen ausgehängt gewesen. Und in diesem Herbst war Angelika an Fühmanns Grab gewesen. Auf dem Stein stand „Ich grüße alle jungen Kollegen, die sich der Wahrheit und nichts als der Wahrheit verschrieben haben“, und neben dem Stein stand ein Engel mit zerbrochenen Flügeln. Ja, es war zu viel Symbolik darin. Aber wir weideten uns daran.

„Du gehst also auch gern auf Friedhöfe.“ Iris lächelte Angelika an. „Scheint ein Brauch zu sein, hier.“

„Ja.“ Angelika ging auch hin. Fühmann sollte geschrieben haben, dass er durchaus die Wahl hätte, nicht mehr in diesem Land zu leben. Und dass man dabei den Akzent nicht unbedingt auf „in diesem Land“ legen könnte, sondern auch auf „leben“. Er hatte das geschrieben, was nicht hieß, dass es gedruckt worden war, und trotzdem war die Nachricht von diesen Worten in die Szene gelangt. Gestorben war er dann an einer chronischen Krankheit.

„Redet doch nicht immer über Ausreise", sagte Iris.

„Wir reden doch gar nicht immer darüber."

„Ihr merkt es schon nicht mehr."

Ich schüttelte den Kopf. Im gleichen Augenblick sagte Angelika aber: „Du hast recht. Wir reden über Ausreise, über Suizid und über Negation im Allgemeinen."

Dann war Nacht. Iris und ich lagen in dem großen Durchgangszimmer nebeneinander auf Angelikas Sofa. Ich schob mich tief in den Schlafsack und wünschte mir, Iris würde mir Geschichten erzählen, wie sie es damals im afghanischen Frauengefängnis getan hatte, mit Händen und Füßen und allem. Aber Iris hatte den Ohrring an das Kopfende gelegt, sich den Schlafsack bis an die Nase gezogen und schlief. Es war Morgen, als ich einschlief, und weil Winter war, war es finster.

Vierzehntes Kapitel

Im neuen Jahr kam Petra zum Friedenskreis. Petra hatte etwas vor. Sie wollte zur Demonstration für Karl Liebknecht und Rosa Luxemburg gehen. Die Sache war, dass diejenigen, die überhaupt noch zu den staatlichen Demonstrationen gingen, zu dieser Demonstration gingen. Am ehesten zu dieser. Das war wie mit unserer Zuneigung für die alten Genossen, es lag eine Erwartung von Klarheit darin. An einem Sonntag im Januar. Und Petra hatte eine Pappe A2 weiß gestrichen, sagte sie, und mit schwarzen Buchstaben beschriftet. „Freiheit ist immer Freiheit der Andersdenkenden. Rosa Luxemburg".

„Die Ausreiser wollen auch da hingehen", sagte Werner.

Petra wollte davon nichts wissen.

Aber Werner wusste davon. Die Ausreiser sollten auf einem ihrer letzten Treffen beschlossen haben hinzugehen. Sie hatten Losungen verabredet, verbindlich, und eine der Losungen war eben die mit der Freiheit, mit der Freiheit, der Freiheit und den Andersdenkenden. Und sie hatten uns andere aus den Gruppen aufgefordert, ebenfalls zu kommen, wegen des Rechts der Andersdenkenden, wegen der Demonstrationsfreiheit, wegen der Gelegenheit, eine gemeinsame Aktion zu machen. Aber die Gruppen wollten bekanntlich nichts mit ihnen zu tun haben, sich nicht fürs Punktesammeln der Ausreiser hergeben und keine abgesprochenen Losungen, egal wie gut sie klangen. Gerüchte lagen über der Stadt wie der Smog, der von der schwefelhaltigen Kohle in den Öfen kam. Ich hatte gehört, dass einige Ausreiser schon bald nach ihrem Beschluss ausreisen konnten, eigentlich direkt nach dem Beschluss, zur Liebknecht-Luxemburg-Demo zu gehen. Dass sie also jetzt schon ausgereist waren. Dass sich das als Weg der Beschleunigung erwies. Dass die Ausreisergruppe jetzt massenhaften Zulauf hatte. Denn wenn es schon Wege gab, die Sache zu beschleunigen, warum dann die Sache nicht beschleunigen. Sogar in den politischen Gruppen wurde jetzt darüber diskutiert, ob die freie Wahl des Wohnorts ein Menschenrecht, ein Bürgerrecht oder das gute Recht aller einzelnen war, ein nicht frei gewähltes Thema, wie Werner sagte. Das konnte Petra doch nicht entgangen sein, sagte er. „Wer da hingeht und wenn zehnmal mit einem eigenen Schild, geht vor dem Karren der Ausreiser. So blöd kannst du nicht sein." Alle redeten darüber. Die Stasi und die Westpresse. Ob Petra glaubte, dass da einer an der falschen Stelle filmen würde. Oder die Losungen der Ausreiser verpassen. Und wenn sie es wirklich nicht gewusst haben sollte, dann wusste sie es jetzt. Und wer sein Bild in der Tagesschau gesehen hätte, würde keine weiteren Punkte mehr sammeln müssen. Wenn Petra keine Punktesammlerin war, sollte sie es jetzt sagen. „Wenn du da hingehst, kannst du gleich Ausreisefreiheit auf dein Schild schreiben."

Petra sagte, dass sie nicht ausreisen wollte.

Aber benahm sie sich so?

Sie benahm sich wirklich so. Dann ging sie. So war eben Freiheit. Niemand hatte ihr was zu sagen.

Wenn sie fest in der Gruppe gewesen wäre, nein, auch dann nicht, dachte ich. Weil Werner hier was zu sagen hatte, hielt ich mich zurück. Denn allmählich klang, was Werner sagte, als ob es von ganz oben käme.

Am 17. Januar war ich zu Hause, am Sonntag, dem 17. Januar. Zwischen den Häusern hing die Atmosphäre so dicht, dass man Nebel nicht von Regen unterscheiden konnte. Sie quoll durch die schlecht schließenden Fenster. Ich räumte die Korrekturbögen vom Schreibtisch auf den runden Tisch, der neben dem Ofen stand. Ich hatte den Ofen im Herbst ausgeputzt, aber unter der Glocke aus feuchtem Dunst zog er trotzdem schlecht und es dauerte Stunden, bis die Kacheln sich so weit erwärmten, dass man die Hand nicht mehr darauf liegen lassen konnte. Ich rauchte nicht, weil ich dann irgendwann hätte lüften müssen. Was ich zu korrigieren hatte, war ein Sachbuch für Kinder, das von den Pyramiden handelte, von Assuan, von den Gottkönigen und Mumien. Es war auch ein Bilderbuch, aber die Bilder bekam man im Korrektorat nicht zu sehen. Ich setzte die Kommas beinahe mechanisch, träumerisch. Statt der Wörter erschienen immer wieder schmale Figuren mit zu großen Füßen und starren Frisuren vor mir, die Schalen auf den Armen trugen und ihre Knie in einer abstrakten Bewegung beugten wie in einem Trickfilm. Die Bilder waren ohne Tiefe, aber standen auf tiefem blauen Grund. Ich dachte, dass auch Iris eine zweidimensionale Projektion wäre, die sich für wenige Stunden in unseren Raum hineindehnte und

164

dreidimensional wurde. Und dann verschwand sie wieder in dem Teil Berlins, der auf dem Stadtplan grau schraffiert war, ein Niemandsland ohne Vierecke, die Häuser symbolisiert hätten, ein Niemandsland ohne Menschen, wenn man dem Stadtplan glaubte. Einmal hatte ich mir Iris' Stadtplan angesehen, auf dem es gar keine grauen Flächen gab. Berlin-HauptstadtderDDR war auf Iris kompliziert gefaltetem Stadtplan kein Land ohne Häuser und Menschen, und es gab einen Verlag in Westberlin, der alle Berliner Straßen kannte. Unsere Stadtpläne taten so, als wäre der Westen ein grauer Fleck auf der Landkarte, in dem weder Straßen noch Gebäude, Parks, U-Bahnhöfe existierten und keinesfalls Menschen. Dabei musste man nur mal mit der S-Bahn über Schönhauser Allee hinaus nach Norden fahren. Und auch sonst wussten es alle. Als ich zum ersten Mal durch die Oranienburger gegangen war, an der Synagoge vorbei, die damals noch nicht umzäunt war, weil kein Anschlag drohte oder die Behörden sich keinen Anschlag vorstellen konnten, hatte ich die Treppenabgänge gesehen, die vor einer Wand endeten, statt in Eingänge zu münden. Sie waren wie Kunstobjekte, sie hatten keine Funktion, sondern standen symbolhaft für etwas Geheimnisvolles, und damit niemand sich den Kopf einrannte an diesen Kunstwerken, waren die Treppen schon oben durch Gitter verschlossen. Wer schon immer in Berlin wohnte, hatte sich daran gewöhnt, wer neu war, verstand solche Dinge allmählich von selbst. Ich hatte den Sinn dieser Abgänge begriffen, als Iris mir ihren Stadtplan zeigte. Es waren S-Bahnhöfe. Und solche Abgänge gab es in anderen Straßen auch. Iris erzählte mir von den Fahrten durch diese Bahnhöfe, die sie Geisterbahnhöfe nannte. Man sah nicht mehr als ein Huschen, wenn die Bahn dort durchfuhr. Der Westen war im Westen, aber auch im Untergrund, und vom Westen aus gesehen musste in jeder Himmelsrichtung Osten sein.

Ich las die Korrekturen noch einmal. Als ich fertig war, wurde es dunkel. Ich ging in die Küche und setzte Wasser auf und schaltete das Radio ein und hörte in den Nachrichten, dass am Morgen weit über hundert Menschen auf der Liebknecht-Luxemburg-Demonstration festgenommen worden sein sollten. Die meisten hatten die Demonstration gar nicht erreicht, sondern waren mit Transparenten und Losungen schon vorher aufgegriffen worden, vor Hauseingängen, in U-Bahnhöfen, in Seitenstraßen der Frankfurter und der Karl-Marx-Allee. Ich hatte den Tag verträumt, an dem Petra den entscheidenden Punkt gesetzt hatte. Ob Petra das gewusst und gewollt hatte. Es sah so aus. Ich saß mit dem Rücken gegen den Ofen gelehnt und hörte die Kommentare im Rias. Ich hatte den Tag verträumt.

In einer überfüllten Kirche kam ich zu mir, überall standen Menschen, in den Reihen, Gängen, im Raum neben und hinter dem Altar. Zuerst sprach immer der Anwalt. Jeden Abend. Außer Petra waren noch sieben andere verhaftet worden, die mit eigenen Losungen hatten demonstrieren wollen, außerdem eine unbekannte Zahl von Ausreisern. Es war zwei

Wochen her. Der Anwalt war berühmt, und bevor er spärliche Informationen weitergab, betete er. Angeblich konnte er jede Art von Familienangelegenheit regeln, Ehen mit Partnern aus exotischen Ländern wie Rumänien und Kuba, Ausreisen zu Eltern im Westen, alles. Er war glatt und glattrasiert, und es sollte ein Zeichen sein, dass er die Vertretung der Verhafteten übernommen hatte. Mir gefiel er nicht. Manche hielten diesen Anwalt für besser als den berühmten Anwalt Adler, dessen Erscheinen in irgendeiner Angelegenheit irgendeiner Person deren besiegelte Ausreise bedeuten sollte. Hier sollte angeblich alles noch offen sein. Und die Kirchen waren voll, jeden Abend. Die erste Euphorie über die Zahl der Anwesenden war geschwunden. Was machte ich hier? Gerüchte kamen auf, dass immer mehr Ausreiser aus der Haft direkt in den Westen entlassen worden waren, und Gerüchte, dass die Ausreiser Aussagen gemacht hatten, belastende Aussagen. Belastend auch für die Gruppen. War noch mit irgendeinem anderen Ausgang als der Ausreise aller zu rechnen? Man stellte sich auch die rhetorischen Fragen nur noch selbst. Es schien nur eine Frage der Zeit, mit oder ohne den Adleranwalt. Der Adleranwalt, der bisher nicht in Kirchen erschienen war, war ein Gerücht. Einen Beweis, dass dieser Anwalt hier besser wäre, gab es nicht. Ich misstraute ihm. Wie er hier betete, obwohl er doch wissen musste, dass wir alle zwar in die Kirchen gingen, weil sie Orte waren, an denen man sich treffen konnte, aber dass doch viele – die meisten von uns – ungläubig waren. Und dann gab es hier auch noch Rechtgläubige, die einem ganz anderen Glauben angehörten, manche erkannte man an ihren Anzügen und den kurzen Schirmen, manche sahen aus wie wir. Der Adleranwalt wäre nie persönlich erschienen und hätte nie öffentlich bei einer solchen Veranstaltung gebetet. Nicht mal, wenn er einen Glauben hatte, aber ob er einen hatte, wusste niemand. Ob. Zwei Wochen lang waren jeden Tag mehr Menschen in die Kirchen gekommen, nun nahm der Zulauf wieder ab. Man konnte die Mobilisierung nicht ins Unendliche dehnen. Einige hielten die Zusammenkünfte für das eigentliche Ereignis, weil es endlich mal eine offene Konfrontation wäre, sagten sie. Sehr offen, dachte ich, in einer Kirche, in der hinter dem letzten die Tür zugemacht wurde. Eine Demonstration in geschlossenen Räumen sollte man ja wohl eher Depression nennen. Wir standen dicht und gedrängt, und dazwischen standen Männer in Anzügen mit offenen Jacketts, die fotografierten. Neu war: Es machte mir nichts aus.

Als sich nach dem letzten Fürbittgebet alles auflöste und alle nach draußen geschoben wurden, sah ich auf einer Bank eine Frau sitzen, die auch bei Angelikas Fete gewesen war. Ging es ihr nicht gut, oder warum war sie so versunken? Ich berührte sie an der Schulter.

„Weißt du", fragte sie, „was mir eben passiert ist?"

Etwas, was sie jetzt jedem sagen würde, dachte ich, und sah sie an.

„Eben habe ich einen Mann gesehen, der mit mir in die Schule gegangen ist. Ich habe mich gefreut. Ich hätte ihm nicht zugetraut, dass er in die Kirche kommt. Hallo Thomas, habe ich gesagt. Und er hat gesagt: Gehen Sie weiter. Gehen Sie weiter. Verstehst du?"

„Ja."

„Gehen Sie weiter."

Nein, die Verhaftungen hatten uns nicht fassungslos gemacht.

„Gehen Sie weiter. Und dann?"

„Und dann bin ich weitergegangen. Der war in meiner Klasse", sagte sie. „Verstehst du das?"

„Warum denn nicht."

Es war leicht zu verstehen. Aber die Ader, die sichtbar auf ihrer Stirn pochte, sah nicht nach Verstehen aus.

Zwei Wochen später erreichte die Unruhe auch Kleinstädte in den Randzonen des Staats, was die Proteste in den großen Städten auffrischte. Nach drei Wochen war alles vorbei, Petra war im Westen, und nicht bloß Petra. Vier Wochen danach gab es die ersten Zusammenfassungen im Rias. Nach fünf Wochen waren aus den Zusammenfassungen historische Analysen geworden. Ich lag auf meiner Matratze und starrte an dem Laken vorbei, das vor dem Fenster hing, in den Depressionshimmel. Guten Abend, Selbstmitleid. Auf dem Plattenspieler lief Jacques Brel. (Verlass mich nicht, geh nicht fort von mir.) Alles war so übertrieben, ich hatte Petra ja nicht geliebt. Es lohnte nicht, sich in Schmerz hineinzusteigern. Aber lohnte es zu bleiben? Petra hatte schon eine Karte geschickt. Das Bild zeigte ein bunt bemaltes Haus und auf der Rückseite schrieb sie, dass sie in Marienfelde wohnte, für kurze Zeit. Aufnahmelager, dann Umzug in eine WG. Sie hatte Kontakt zu einem ehemals besetzten Haus, Kreuzberg. In dem Haus gab es eine Frauenetage. Und das Haus sähe ungefähr aus wie das auf der Karte. Die Frauen wären etwas misstrauisch, weil- Satz nicht beendet. Ehemals besetztes Haus. Ehemals besetztes Haus, das war so eine Redeweise aus dem Westen. Manchmal hörte ich Radio Hundert. Gruppen. Hausbesetzungen. Richtige Demonstrationen. Nicht in Innenräumen, auf der Straße. Vor den polizeilichen Räumungen riefen die Besetzer auf, in die Häuser zu kommen. In die Häuser, das war keine allgemeine Aufforderung, die Häuser, das war nicht jedes Haus.

Auf Radio Hundert wurden die Ausreisen kritisiert. Sie im Westen wollten den Kapitalismus abschaffen. Wir im Osten hatten nichts zu tun, als dem Kapitalismus nachzulaufen, wir, die Bewohner und Bewohnerinnen der real existierenden Alternative. Es klang, als hätte Werner es geschrieben. Nur die Bewohnerinnen hätte er nicht eigens erwähnt. Und auf Radio Hundert sprachen Stimmen, die jung klangen und gar nicht kühl. Die Ausreiser liefen der Alternative davon, ein Zeitalter zurück. Petras Ausreise war freiwillig gewesen. Sie hatte auf ihrer Karte nicht geschrieben, womit man ihr gedroht hatte. Natürlich nicht, auf offener Karte. Obwohl Briefe und offene Karten nicht so deutlich zu unterscheiden waren. Und immer so weiter. Und vielleicht hatte man ihr gar nicht gedroht. Einige Prominente hatten im Radio davon gesprochen, man hätte ihnen gedroht. Sie sagten, wie viele Jahre ihnen angedroht worden waren, und wohin man die Kinder hatte bringen wollen. Es war nicht schön, und doch, ich glaubte es. Über hundert Ausreiser waren ausgereist, sie hatten das Licht ausgemacht, waren über den Jordan gegangen, über den hier. Handwerker, denen es zu gut ging, Leute, die sich langweilten, unpolitische Leute. So war Petra nicht gewesen, aber schon war sie affiziert von diesem anderen Leben auf den grau schraffierten Zonen des Stadtplans, schon hatte sie Aussicht auf ein Zimmer, schon war sie involviert. Musste sie gleich so involviert sein? Konnte ihr Tonfall nicht ein bisschen trauriger sein? Vor ihrer Abreise hatte sie Angelika als diejenige eingesetzt, die ihren Haushalt auflösen und die Sachen nach dem Westen transferieren sollte. Am Tag der Entlassung aus der Staatsbürgerschaft musste man gehen, bis 24 Uhr desselben Tages. Der Nachlass der Abgehauenen kam hinterher, auf eine Weise, die bis ins letzte geregelt war. Angelika hatte Petras Nachlass am Hals. Die Besitztümer in eine Liste schreiben, die Taschentücher zählen, Genehmigungen einholen, den Zoll aufsuchen, irgendwo weit draußen in Marzahn, und die Bücher. Ja, die Bücher. Angelika hatte mich gebeten, beim Auflisten der Bücher zu helfen. Destruktive Arbeit. Hatte sie gesagt. Katja hatte sich an den Kopf gefasst. Reclamhefte mit ein paar Happen Kafka, wo sie im Westen Gesamtausgaben hatten. Überhaupt war es symptomatisch, dass wir grad auf Kafka kamen, fand Katja. Das waren eingebildete

Prozesse, sich vor Schmerz wälzen, aber eine Schaumstoffmatratze darunter. Ich sah an mir vorbei. Ja, eine Schaumstoffmatratze.

Schließlich hatte Petra angerufen und Angelika erlöst. Die persönlichsten Sachen hatte sie im Rucksack gehabt, die beste Kleidung im Koffer. Und jetzt hatte sie Zugriff auf alle Bücher. Was es für Bibliotheken gab. Was für Buchläden. Linke Buchläden. Frauenbuchläden. Und Petra würde reisen, das gerade gelesene Buch weitergeben, tauschen gegen eines, das eine andere gelesen hatte. Hausrat brauchte sie eigentlich nicht, nicht gerade jetzt: „Teilt die Sachen auf, nehmt, was ihr möchtet." Drei Mieten hatte Petra noch bezahlt, ehe sie abreiste, nur dass die Abreise etwas zu schnell gegangen war. Ein Ende mit Schrecken war besser als Schrecken ohne Ende. Das hörte ich in letzter Zeit öfter. Ärgerlich war höchstens, dass sich nun niemand mehr in der Wohnung anmelden konnte, um sie zu übernehmen. Wohnungen wurden immer gebraucht, aber Leerstand gab es auch immer mehr. Vorbei.

Wir machten eine Ausreisefete ohne die Ausreiserin. Auch das kam öfter vor in letzter Zeit. Immer wieder hörte man von diesen Feten. Und von den Tricks, mit denen Wohnungen für die Szene gesichert wurden. Nur bei Petra würde das jetzt nicht mehr klappen. Ich war sicher, zum Schluss hatte sie einfach weggewollt. Sie hatte richtig kalkuliert, eventuell hatte sie nicht mal aussagen müssen, sondern war einfach auf der Welle mitgeschwommen, als sie über die Grenze schwappte, und Punkte hatte sie

genug. Als die Wohnung leer war, war noch Wein
da. Drei Bücher hatte Angelika genommen und in
ihre Tasche gesteckt. Franziska Linkerhand, Aman-
da, Christa T. Wir sollten sie nicht schicken. Iris
oder wer würde sie mit nach dem Westen nehmen.
Und ich hatte den Plattenspieler genommen. Ich
musste nicht mehr aufspringen und den Tonarm
abheben, wenn die Platte zu Ende war. Der Tonarm
fuhr von allein auf den Halter zurück und legte sich
dort zurecht. Jetzt. Es knackte. Ich ging und drehte
die Platte um.

Die Prominenten hatten ein befristetes Visum
bekommen und die Zusage, nach einem halben Jahr
wieder einreisen zu dürfen. Viele hatten spekuliert,
ob sie Anfang August tatsächlich wieder einreisen
dürften. Wollten. Würden. Schriftsteller waren früher schon für befristete Zeiträume ausgereist. Sogar
von denen hätten nur die ganz Prominenten für
immer pendeln können. Schließlich und schlussend-
lich war noch jeder drübengeblieben. Petra war nicht
prominent. Petra hatte von sich aus abgeschlossen,
kein Zweifel. Denn ganz zuletzt waren zwei der
Verhafteten, die sogar schon verurteilt worden waren, in die DDR entlassen worden. Sie hatten sich
geweigert auszureisen. Zwei Wochen, nachdem Aus-
reisewillige und Ausreiseunwillige in den Westen
entlassen wurden und nachdem die Wogen verebbt
waren, waren der verurteilte Bernd und der verurteilte André sang- und klanglos aus dem Gefängnis ins
Inland entlassen worden, hatte man ihnen plötzlich
Bewährung gewährt. Ein Schachzug, der noch genug

Zwietracht säen würde. Denn es hatte schon Auseinandersetzungen gegeben. Viele waren wütend. Dass Ausreiser egoistisch sein sollten, war sowieso klar, das wussten alle und bemängelte niemand. Die anderen aber. Und waren die jetzt zu Ausreisern geworden? Und es ging die Rede davon, dass auffällig viele Neue in den Gruppen aufgetaucht waren und dass vor einigen Häusern neuerdings die hellen Wartburgs sich nur so ablösten. Dass immer welche dastanden. Dass das eben nur zeigte, wie viel Angst man bekommen hatte. Und Bernds und Andrés Entlassung war ein schönes Argument. Wer früher gesessen, aber nicht kapituliert hatte, für den war ihre Entlassung in die DDR der Beweis: Es war möglich durchzuhalten, es war möglich, dass es sich lohnte zu bleiben. Wer durchhielt, wurde Legende. Wer ausreiste, über den würde die Geschichte richten. Oder sonst wer. Ich betrachtete die Karte mit dem bunten Haus in Kreuzberg. Ich war einmal bei einem Diaabend gewesen, bei dem Bilder aus Westberlin gezeigt wurden. Die ausgereiste Schwester des Mannes, der einen Diaprojektor besaß, hatte sie gemacht, ein Westberliner hatte sie über die Grenze gebracht, Sightseeing auf der anderen Seite.

Petras Karte war gar nicht offen gekommen, fiel mir ein. Sie hatte in einem Umschlag gesteckt, an dessen vorderer unterer Kante eine orangefarbige Markierung verlief. Sie konnte postalischen Zwecken dienen. Oder nicht. Wir vermuteten überall Absicht. Der Himmel vor dem Fenster war grau. Ost-Wetter, dachte ich und gleich, dass es nicht stimmte. Aus

174

dem Osten kam im Sommer die kontinentale Hitze und im Winter sternklarer Frost. Jetzt nieselte es. Westwetterlage. Man konnte sogar das Wetter politisch deuten. Die Geschichte würde über mich richten, so oder so. Heute zog ich mir die Decke über das Gesicht, aber wenn ich gehen würde, entschied ich in diesem Augenblick, wäre auch ich schnell involviert, anderswo.

Fünfzehntes Kapitel

Das Hemd klebte mir auf der Haut, als ich vom Klingeln an der Wohnungstür aufwachte. Als hätte ich tagelang bekleidet unter der Decke gelegen. Ich schwitzte und fror. Vor der Tür stand B. Ich trat zur Seite, um ihn einzulassen, und schloss die Tür. Zu viel Nähe im schmalen Flur.

Ich murmelte etwas von Geschlafenhaben.

„Ich sehe es", sagte er.

Das große Zimmer war am anderen Ende des Flurs. Seine Schritte, mindestens zehn durch den Flur. Er ging ins Zimmer und fasste sofort an den Ofen. Er war kalt. B. öffnete die Ofentür und begann die Asche durchzurühren.

„Die Kohlen stehen vorn im Flur", sagte ich. „Ich geh mich waschen."

„Schade", sagte er. „Du riechst nach Schlaf."

Ich zuckte die Achseln, griff im Vorbeigehen ein sauberes Hemd aus dem Schrank und ging in die Küche. Es war kalt, ich wusch mich schnell. Als ich wieder ins Zimmer kam, roch es schwach und brandig nach der ersten Glut. B. hatte eine Flasche Cabernet. Ich reichte ihm den Korkenzieher, der auf den Büchern lag. Ich holte Wassergläser. In ihren oberen Rand war eine kleine Blattranke eingeschliffen, alte schöne Gläser. Ich hatte auch einen Glaskrug und ließ Leitungswasser reinlaufen.

„Wir öffnen kurz das Fenster."

B. nickte. Er stand jetzt am Regal und sah die Platten durch, er fragte, ob ich was von Satie hätte, nein, da nahm er Strawinsky, Le sacre du printemps. Damals hatten wir alle die gleichen Platten. Aber ich mochte das Frühlingsopfer eigentlich nicht. Ich schloss das Fenster und ging zum Ofen. Es war fünf oder sechs Uhr nachmittags. Es war dunkel.

„Hast du jetzt einen Ausreiseantrag?", fragte B.

„Nein. Aber du."

„Ja, aber das wusstest du doch."

„Stimmt, das wusste ich."

„Ich hab schon bald den Laufzettel. Sieht jedenfalls so aus."

Ich schwieg.

„Angelika hat mir deine Adresse gegeben. Ich dachte, ich fange rechtzeitig an, meine Freundinnen aufzusuchen, damit nachher keine sagen kann, ich wäre nicht dagewesen."

„Ich bin keine deiner Freundinnen."

„Darauf trinken wir", sagte er gutgelaunt. Wir tranken aus den Wassergläsern.

Es war klar, wohin der Abend sich entwickeln sollte. Wir hatten Zeit, dachte ich. Ich trank sehr langsam. Sein Gesicht über dem muskulösen Hals wirkte fast zu weich, man sah, dass er seine Haare so kurzgeschnitten hatte, damit er härter wirkte. Und deshalb auch drehte er die Zigarette auf die Innenseite der Hand, als wäre er ein Prolet. Oder im Knast gewesen. Er bemerkte mein Zögern.

Ich fragte, ob ich die Fotos von Angelikas Fete sehen könnte.

„Bist du eitel?"

„Ja. Außerdem verstehe ich was davon." Ich behauptete das einfach.

„Du hast gesagt, du bist keine Künstlerin."

„Bin ich auch nicht. Ich verstehe etwas von Bildern."

Aber er hatte die Fotos nicht mehr, weil er schon dabei war, seine Arbeiten in den Westen rüberzubringen, und da fragte man nicht, wie. Er stand auf und ging zu meinem Schreibtisch. Er nahm einen der Korrekturbögen in die Hand und sah ihn sich an. Ich stellte mich neben ihn, achtete aber auf Abstand.

„Machst du das?"

„Ja."

Er drehte sich so, dass er mir von vorn und seitlich in die Augen sehen konnte. Es war zu bewusst, wie er das machte, es ließ mich kalt, und der Wein bewirkte nichts, ich war zu kalt, um hier auf den Fußboden zu fallen, die Musik war zu kalt, vielleicht konnte ich jetzt mit ihm machen, was ich wollte, so lange ich wollte, wie ich wollte, aber ich hatte keine Lust. Es war eine Erlösung, als es klingelte. Vor der Tür stand Iris. Als wir ins Zimmer kamen und ich das dritte Glas auf den Tisch stellte, erschien gleich die Lust, die zuvor gefehlt hatte. Iris überblickte alles. Iris kam von der Selbsthilfegruppe, die irgendwo in der Nähe stattfand, bei der Frau irgendeines Pfarrers, und sie war nicht wie sonst nach dem Gruppentermin mit zu Angelika gefahren. (Habt ihr euch gestritten? Nein.)

B. rauchte und sprach nicht.

„Ich wollte dich sehen." (B. schaute hoch.) „Störe ich euch?"

„B. inszeniert gerade seine Ausreise."

Er hob die Flasche, deutete eine Verbeugung an und neigte die Flasche in Richtung von Iris' Glas. Sie nickte.

„Sekt trinken wir beim Wiedersehen", sagte B. „In Westberlin."

„Ja", sagte Iris, „der Sekt ist im Westen tatsächlich besser. Und du, Inge?"

„Ich trinke nicht gern Sekt. Ich reise nicht aus. Wenn du das meinst." Das sagte ich schon wider besseres Wissen.

B. ging zum Schreibtisch, nahm ein Blatt Papier und kam zurück. Er schrieb eine Adresse darauf, eine Wohnung im Prenzlauer Berg, in der er mit seinem besten Freund wohnte. Dort wäre er zu erreichen, und nach der Ausreise sein Freund. Auf einmal lag ihm daran, mir seine Adresse zu geben, wo er jetzt ging. So gut war es mit ihm auch wieder nicht gewesen.

Als ich B. zur Tür brachte, nahm ich sein Glas gleich mit, weil die Küche vorn im Flur war.

Iris lachte darüber und winkte B. zu.

Als ich ins Zimmer zurückkam, wollte sie mir etwas erzählen. Ich schaute in die Glut. Die Kohlen waren durchgebrannt, ich schraubte den Ofen zu. Wir nahmen unsere Sachen und gingen auf die Straße.

„Wie leer eure Straßen immer sind."

Feuchtigkeit stäubte dicht aus Wolken. Nicht mal die Betrunkenen waren unterwegs.

„Ich soll dich von Petra grüßen."

„Deshalb sind wir jetzt auf die Straße gegangen?“

„Nicht direkt. Ich kenne das Haus, in dem Petra jetzt wohnt, auf einer Frauenetage. Sie haben auch Ladenräume und machen Selbstverteidigungskurse, für Lesben und Frauen.“ So sagte sie. Das war Westberliner Art, Frauen und Lesben getrennt zu erwähnen.

„Ja“, sagte ich, „gut. Weißt du, dass ich hier in der Gegend schon mal überfallen wurde? So leer sind die Straßen nämlich doch nicht.“

„Wie bist du weggekommen?“

Ich zuckte die Achseln. „Ein Betrunkener, der mich mit seiner betrunkenen Kraft über die Straße gezerrt hat. Es war auch Winter, glatt. Ich habe ihm ins Gesicht geschrien, seinem Suffatem entgegen. Er hat mich angehoben, geschüttelt und fallen lassen.“ Ich zeigte wie. „Verstehst du, wie eine Puppe. Ich habe gebrüllt. Er hat mich fallen lassen. Abgewinkt, weggeschwankt.“

Ich lachte.

Iris nicht.

„Es war Glück.“

„Oder Stimme“, sagte Iris.

„Es hätte auch sein können, dass es ihn nur reizt. Ich weiß nicht.“

Iris glaubte das nicht. Iris glaubte, meine Stimme wäre es gewesen, die ihn abgebracht hätte. Gut. Petra lernte jetzt kämpfen. Ich sollte es auch lernen.

Auf der ersten Seite von Angelikas Tagebuch stand: Das Leben ist Kampf. Sie hatte es mir einmal gezeigt, das Tagebuch.

Und warum jetzt Iris von Selbstverteidigung anfing.

Warum ich eine Geschichte dazu hatte.

Warum wir vor die Tür gegangen waren. Und
jetzt einige Straßen weiter waren.

Weil Petra Iris geschickt hatte. Weil ihre Trai-
nerin Frauen im Osten trainieren wollte.

„Warum?"

„Frauensolidarität." (Ein Westwort.)

„Gut, und wie soll das gehen?"

Sie würden uns besuchen, wenn wir wollten, und
sie fragten, was wir brauchten.

„Wie, was wir brauchen? Wir brauchen nichts."

„Selbstverteidigung kann eine immer brauchen",
sagte Iris.

Sie wollten am Sonnabend in zwei Wochen
kommen. Und ob ich die Frauengruppe auf den Tag
organisieren würde. Und wohin. Und hier konnte ich
anrufen. Dieser Zettel. (Verbindungsaufnahme.)

Telefonzellen wurden abgehört.

Angelikas Telefon wurde noch viel mehr abgehört. Wo sie jetzt auch Werner beschatteten. Das
sagte jedenfalls Angelika. Sie gingen hinter ihm ins
Haus und ein Stockwerk höher. Da war nur der
Dachboden. Dann blieben sie auf dem Dachboden,
und wenn Werner morgens wegging, kamen sie die
Treppe herunter und gingen wieder hinterher. Vielleicht hatte Angelika Iris das auch erzählt, ich erzählte es Iris nicht. Es war ja nicht mein Leiden. Ich
zweifelte auch, dass es Werners Leiden wäre. Es
klang so gestellt.

Jetzt wieder Iris. Ihre Stimme, nah. „Macht das, dieses Training, das wird euch aus der Lethargie reißen."

Ich bestritt, lethargisch zu sein.

„Gut, du bist nicht lethargisch, aber du lässt dich von diesen Männern-"

„Ja", sagte ich, „na und? Wir sind uns schon einmal nicht darüber einig geworden."

„Mir ist das fremd", sagte Iris, „wie ihr damit umgeht."

„Damit umgeht. Mir ist diese Ausdrucksweise fremd. Was heißt umgehen?"

„Dass ihr mit jedem ins Bett geht. Macht ihr doch."

„Manchmal."

„Du jedenfalls. Du machst das."

„Hier kennst du eben jeden."

„Deshalb musst du nicht mit jedem ins Bett."

„Iris", sagte ich, „das ist doch nur der Körper."

Und dann kamen sie zu zweit. Die Selbstverteidigungstrainerinnen aus dem Westen standen in diesem Gemeindezimmerchen hinter der S.-Kirche, in dem die Frauengruppe tagte. Wir waren sieben. Oder acht. Wir saßen schon im Kreis, als sie kamen, große kräftige Frauen in zerschlissenen, schwarzen Hosen. Zwei. Ich hatte nicht gedacht, dass Selbstverteidigungstrainerinnen Punks waren. Sie standen zu fremd und mit zu bunten Haaren in dem Zimmer, und der Kreis öffnete sich nur etwas. Ein Stuhl wurde nicht angeboten, eine Frau aus der Gruppe stand auf und wir anderen schauten zu.

„Was wollt ihr denn, warum denn?"

Die Punkfrauen sagten ihr Sprüchlein. Sie wollten Kontakt mit Frauen aus dem Osten. Sie kannten ein Selbstverteidigungskonzept für Frauen. Sie sagten Konzept. Ihre Iros schwankten.

„Was meint ihr, das wir davon haben sollen."

„Vielleicht wollt ihr das lernen."

„Warum?"

„Um euch wehren zu können."

„Gegen wen wehren?"

„Petra hat etwas von einer Konfrontation mit den Bullen erzählt."

„Früher hat Petra nicht getratscht."

Das ignorierten sie.

„Und ihr meint, wir hauen nächstes Mal der deutschen Volkspolizei eine rein? Macht ihr das so, im Westen, mit eurer Polizei?"

Okay, sagten sie, Bullen wären ein gesondertes Problem. Da könnte Gewaltfreiheit manchmal sinnvoll sein. Es ging um normale Alltagskonfrontationen, mit normalen Männern.

„Vielleicht kommt ihr lieber nächste Woche."

„Wir haben jetzt jede fünfundzwanzig Mark abgedrückt. Da könnten wir wenigstens reden."

„Können wir. Was denkt ihr zum Beispiel, was ihr davon habt?"

„Wir haben Lust, euch kennenzulernen. Wir kennen Lesben in Spanien und weißderkuckuckwo. Ihr seid nebenan, ihr seid vielleicht charmant und wir kennen euch nicht."

„Wir sind nicht nebenan. Wir sind nicht charmant. Es gibt die Grenze."

„Das haben wir bemerkt. Es hat beinahe eine Stunde gedauert, ehe sie uns reingelassen haben.“

„Wie ihr ausseht, kein Wunder.“

„Wie sehen wir denn aus?“ Aber das wenigstens sahen sie dann ein. Sie hatten keine anderen Punkfrauen auf der Straße gesehen. Solche Zufälle gab es nicht. Natürlich nicht.

„Hier ist eine Grenze, was ist, wenn wir uns verlieben?“

Plötzlich hatten die Punkfrauen Oberwasser.

„Verliebt ihr euch in jede? Das kann auch passieren, wenn ihr stillsitzt und Kaffee trinkt. Oder wisst ihr gleich, wenn ihr eine seht, ob sie aus dem Osten oder aus dem Westen ist?“

„Bei euch haben wir es gewusst.“

„Okay. Andere könnt ihr treffen, bei denen ihr es nicht wisst.“

„Ja, aber jetzt, wo wir es wissen, können wir Weiterungen vermeiden.“

„Ihr kennt uns noch gar nicht, da redet ihr schon von Weiterungen und vermeiden und was passieren soll. Wenn wir uns verlieben, verlieben wir uns halt. Wenn uns nichts Schlimmeres zustößt.“

„Manchen ist es schon zugestoßen und war schlimm genug.“

„Okay. Dann finden wir einen Typen für solidarische Heirat. Einen Typen für die, die sich verliebt, und eine von uns, die den Verliebten des Typen rausheiratet.“

„Ja, wenn es so einfach ist.“ (Aber ich wusste, dass mehrere sowieso schon einen Ausreiseantrag hatten. Nämlich in den letzten Wochen gestellt hatten sie den.)

„Schön. Entweder ihr vermeidet alles, was ins Unglück führen könnte. Oder ihr stürzt euch offenen Auges rein. Aber das vermeidet eine doch nicht, indem sie den Kontakt meidet." So redeten die Punkfrauen aus Westberlin.

„Erst mal können wir reden und ein bisschen trainieren. Ich verliebe mich doch nicht in jede, mit der ich ein paar Faustschläge übe."

Plötzlich würde das keine hier tun. Plötzlich wollten doch alle Selbstverteidigung lernen. Plötzlich kannte jede eine Frau, der etwas geschehen war. Oder zum Beispiel ich hatte Verlagsgerede gehört, dass in Manuskripten Hinweise auf Vergewaltigungen getilgt wurden. Natürlich nicht von Korrektorinnen. Aber in einem Korrektorat wussten sie davon. Keine sagte deutlich, dass die Punkfrauen doch etwas zu geben hatten.

Sich selbst verteidigen. Das wäre es schon immer gewesen. Aber nicht ganz, dachte ich und dachte, die Punkfrauen machten sicher noch anderes, Sachen, die sie uns nicht erzählten. Politische Sachen. Jedenfalls waren jetzt Stühle da, nicht nebeneinander. Sie saßen zwischen uns, und wir fragten, was für das Training gebraucht würde. Wenig. Hier war Parkett, gut. Wir konnten barfuß üben. Wir konnten Sachen mitbringen, die wir im Alltag sowieso dabeihatten. Sie fragten, ob wir den Raum immer haben könnten. Wahrscheinlich. Andere Gemeindekirchenräte hatten auch schon Räume für Frauenselbsthilfe gegeben. Von Selbstverteidigung in kirchlichen Gruppen hatten wir zwar noch nie gehört, sondern nur von Schwertern, die zu Pflugscharen umgeschmiedet werden sollten. Selbstverteidigung stellten wir uns als das Gegenteil von Schwertern zu Pflugscharen vor. Also würden wir es eben für uns behalten. Selbstverteidigung, sagte die eine der Punkfrauen, sei gar nicht das Gegenteil von Schwerter zu Pflugscharen. Sondern Selbstverteidigung sei stehen und atmen. Zum Beispiel. Sie hieß Claudia. Die andere hieß Andorra. Schwerter zu Pflugscharen sei nicht so ihr Ding, sagten sie, und vor allem war das in diesem Zusammenhang nun wirklich egal, denn Selbstverteidigung, sagten sie, war politisch.

Mir gefielen sie, Claudia und Andorra. Beim zweiten Mal kamen sie mit Zeitungen, die sie in großen Einkaufstüten hatten, Zeitungen. Die brachten sie nicht, damit wir etwas zum Lesen haben sollten, sondern zum Durchschlagen. Ich glaubte es nicht. Sie waren so naiv, so dreist, sie hatten Pelze über ihren Lederjacken und Perücken über ihren Iros, Karnickelpelze vom Flohmarkt, die bei uns auch Mode waren, was Grenzbeamte aber nicht wissen konnten, weil die nicht hingingen, wo alte Karnickelpelze vorkamen. Die Grenzbeamten hielten sie höchstwahrscheinlich für reich oder ausgeflippt, aus dem Westen eben. Die Zeitungen, nachdem wir gelernt hatten, sie mit der Faust zu durchschlagen, hoben wir auf und stückten sie am nächsten Tag wieder zusammen. Sie waren eine Enttäuschung. Um genau zu sein, war es Boulevardpresse, und ich hätte sie für eine Parodie gehalten, wenn ich es nicht von

Claudia und Andorra besser gewusst hätte. Ich hätte gern eine richtige Zeitung gehabt. Nicht einmal Iris brachte mir je eine richtige Zeitung mit, richtige Zeitungen kosteten richtiges Geld, und nur um sie sich an der Grenze wegnehmen zu lassen, kaufte niemand eine. Aber im Lauf der Zeit hatte ich eine Sehnsucht entwickelt nach Zeitungen, in denen abweichende Erklärungen standen, nach Büchern, die von der allgemeinen Lehre abwichen, nach Abweichung überhaupt. Und Claudia und Andorra waren die Abweichung in Person, denn wenn es auch Punks gab in Berlin-HauptstadtderDDR, waren sie niemals Feministinnen und niemals Selbstverteidigungstrainerinnen und sowieso meistens keine Frauen, nicht einmal Männer, sondern Jungs.

Einmal, später, ich hatte schon den Ausreiseantrag, kam Iris mit einem Auto, einem geborgten Ding, und wir fuhren weit raus, grade noch innerhalb der Berliner Stadtgrenze. Auch die Berliner Grenze zum Rest der DDR musste man kennen, nicht nur die zum Rest der Welt. Und da draußen also fuhr Iris auf einen Waldweg und schraubte die Tür auf und holte Bücher für mich raus, die ich gern haben wollte. Vielleicht wären sie gar nicht verboten gewesen, wer wusste schon genau, was verboten war, was nicht? Wer konnte sich schon merken, was gestern noch verboten war und heute erlaubt, denn das konnte sich ändern. Ich war scharf drauf, auf Westbücher und alles, auf Westbücher, „Amazonen Odyssee", oder „Das Geschlecht, das nicht eins ist". Iris' Mund war fest und glatt, ein Fischmund, und als wir in der kalten Krummen Lake schwammen, bewegte sie sich wie ein Fisch, mit einer Kraft, die keine Muskeln zu brauchen schien. Mir war schwindlig vor Scham, weil ich in der Asymmetrie ihres Oberkörpers nichts vermisste. Weil zu spät in mein Bewusstsein kam, dass es wehgetan haben musste, als sie sich auf die Narben hatte tätowieren lassen. Weil ich irgendetwas vergleichen wollte, was doch unsinnig war. Weil ich dachte, ich müsste mein Hirn tätowieren lassen, meine Narben im Gehirn. Aber die hatten alle. Schmerz war das verzögerte Tasten auf einer Klaviatur, die zu gut gestimmt war, zu genau, alles zu klar, zu scharf, das Licht, die Krumme Lake, das Naturschutzgebiet, wo niemand hinging, wo Schwimmen verboten war, weil man vielleicht das Wasser verschmutzte mit der eigenen ungewaschenen Haut und so weiter. Ich sah die Bücher verliebt an und Iris sagte: „Sei nicht so verliebt, es sind nur Bücher." Aber es waren nicht nur Bücher und auch Bücher verstanden sich nicht von selbst. Denn zum Beispiel in Afghanistan, wo Iris doch gereist war, hatten sie doch auch nicht alle Bücher. Und Iris sagte: „Das stimmt. Und meistens können die Frauen nicht lesen." Sie war überrascht, dass ich ihr damit gekommen war, und ich war überrascht, dass sie mir gleich zustimmte. Es gab eben mehr zwischen Himmel und Erde als die beiden Berlins. Die Welt war auch für mich nicht nur ein Reiseziel, in dem die Sonne schien oder nicht. Sondern sie setzte sich aus Gegenden zusammen, in denen Frauen lesen konnten oder nicht, und wenn sie lesen konnten, hatten sie Zugriff auf Bücher oder nicht. Was hatte Iris denn gedacht, was uns dazu

188

einfiel? Und dann unsere Hände, die abwechselnd nach der Zigarette griffen, die Iris gedreht hatte, und dann das Grün, bewegliches Licht zwischen Zweigen, Schattenflecken auf den Körpern, Rausch. Ein Rausch wie Haschisch, das ich erst viel später probierte, da erkannte ich den Rausch dann an der Intensität der Farben. An diesem Tag konnten wir es so. Iris hätte nie Haschisch über die Grenze gebracht. Oder das mit mir gegessen oder geraucht. Für Haschisch hätte sie nie eine Autotür aufgeschraubt. Und das Chaos, das von der Grenze kam, vermischte sich trotzdem mit dem Chaos meiner Ordnung. Über die Kopfhaut lief ein Prickeln bis in den Nacken, Luft zog über die nassen Haare am Hinterkopf und Iris zog ihre Hosen wieder über die Beine und verdeckte mit dem Pullover die Tätowierung. Sich einfach selbst retten. Sie sagte: „Das ist nur der Körper, Inge."

Alle zwei oder drei Wochen kamen Claudia und Andorra. Sie wären öfter gekommen, nur war es nicht einfach für sie, das Geld zusammenzubringen. Sie sagten Kohle dazu. Fünfundzwanzig Mark für die Einreise und Geld für Fahrscheine. Sie konnten nicht mit dem Fahrrad einreisen und brauchten Fahrscheine nach Friedrichstraße und zurück. Das war fremd, dass welche aus dem Westen kamen und das Geld für den Fahrschein nur mühsam zusammenbekamen. Das kannten wir nicht. Und dass sie mit Männern gar nichts mehr zu tun hatten. Dass über Techniken nicht mit Männern gesprochen wurde, war uns ganz fremd. Techniken, damit meinten sie Körpertechniken. Und dass sie sich wunderten, dass hier alle Gruppen gemischt waren. Gemischt bedeutete jetzt: aus Männern und Frauen. Das hatte ich schon mal so verstanden, bei Angelika, bei der bedeutete gemischt aber: Berlin-Hauptstadt und Westberlin. Dass es in unseren Zusammenhängen Männer gab, und Zusammenhänge war ein Westwort, politische Zusammenhänge war das Wort für Gruppen. Und Gruppen von Gruppen. Politische Zusammenhänge war ein Wort, das war unwiderstehlich, und unwiderstehlich war, wie sie des Abends mit uns vor der S.-Kirche auf der leeren Straße Ball spielten. Volkspolizei kam, sah uns spielen auf offener Straße, keiner Spielstraße. Ein Polizist schlenderte herbei und fragte, was wir da machen. „Wir spielen Ball", sagte Andorra, und der Satz flog auf einer flachen Schicht durch die Atmosphäre, es waren Frisbees in der Luft, sagte Andorra danach, ich hielt den Atem an, und Claudia grinste und sagte leise zu mir: „Atmen", und ich atmete. Der Polizist sagte „aha" und schlenderte weiter. Dass sie die Straße besetzen konnten, die wir nie besessen oder besetzt hatten, war unwiderstehlich. Und dann hatten sie auch Kassetten dabei, von Konzerten, die ihnen was waren, eine Handvoll Punk, darüber eine ausgeschriene Mädchenstimme, und die hießen Bauknecht, ich wusste, „was Frauen wünschen", und solche Witze verstanden wir auch, „Also was, wollt ihr ne Pause?" und nein, weiter mit Musik, rascher Musik und schnellen, blitzenden Worten, die ich eigentlich nicht vermutet hatte, nicht in der Mädchenstimme in einem dumpfen Raum, der zu groß

190

war für Band und Publikum oder zu klein oder einfach nicht recht und jedenfalls eine sumpfige Akustik hatte, der Klang beinahe so schlecht wie auf den illegal aufgenommenen Bändern nur beinahe legaler Bands, die hier kursierten, die wir dann auch mal mitbrachten, und das war fremd und wieder nicht fremd und ich hatte so ein Band auch nicht. Aber ich kannte Leute, die solche Bänder besaßen, Sandow zum Beispiel, das verbotene Album, und das war so ostzonal, ein Tonband „Das verbotene Album" zu nennen. Immer eine Nummer zu groß. Ich glaube, das haben sie verstanden, Claudia und Andorra. Bauknecht klang auch eine Nummer zu groß für die süßen Wortspiele und politischen Witze. Und dass Musik ein Frauending sein konnte. Ein Frauending, genau. Claudia und Andorra ging es um Frauendinge. Ja.

Sechzehntes Kapitel

Dann hörte ich, dass B.s Ausreise bevorstand. Ich rannte zu seinem Atelier. Die Tür war zu, ich musste klingeln. Sein Freund öffnete. B. hatte sein Atelier mit einem Freund zusammen. Irgendwie hatten sie dem Wohnungsamt beigebracht, dass sie zu zweit drei Zimmer brauchten. Oder sie hatten erst die Wohnung gehabt und waren eingezogen. Oder die Wohnung war verwahrlost gewesen. Ich hatte die Details vergessen.

„B. ist nicht da. Willst du warten?"

Die Frage hatte belustigt geklungen. Ich nickte. Warten worauf? Ich wartete.

Der Freund ging an seinen Arbeitsplatz zurück. Ich ging hinterher und ließ die Tür zum Flur offen. Der Boden war mit Packpapier ausgelegt und der Freund stand vor einem großformatigen Bild. Ich wusste, dass er morgens bei der Volkssolidarität arbeitete. Gegen zwei kam er nach Hause, schlief eine Stunde und begann den Tag noch einmal. Es war jetzt fünf. Er sprach nicht. Es gab nichts zu sagen. Scharfe Frauenstimmen aus dem Lautsprecher schnitten die Luft. „Die Musen Siziliens", sagte B.s Freund. Mehr gab es nicht zu sagen.

Ich mochte mich nicht setzen, sondern lehnte mich gegen die Wand und sah zu. Nach einer halben Stunde legte er den Pinsel weg und ging in die Küche. Er brachte zwei geschliffene Gläser und Cabernet. Er stellte die Flasche auf den Boden. Er zündete sich eine Zigarette an.

B. kommt nicht mehr, sagte er. Er stand so dicht vor mir, dass ich seinen Körper fühlte wie einen elektrischen Schlag. Sein Mund war befremdlich fleischig, auf den braunen Händen traten die Adern hervor, als er die Zigarette an den Mund hielt.

„B. ist ausgereist.“

„Wann?“

„Gestern.“

„Leg die Platte noch mal auf.“ Ich fragte nicht, warum er das nicht gleich gesagt hatte.

B.s Freund zeigte auf das andere Zimmer. Die angelehnte Tür jenseits des Flurs. „Der Rest vom Schützenfest.“ Ich ging hin. Es war das dunklere Zimmer, neben der Küche. Links stand der Schreibtisch, darüber ein Hochbett. Rechts war ein Stück Zimmer als Dunkelkammer abgeteilt, mit einem Vorhang aus schwarzem Filz, der auf dem Boden schleifte. Ich schob ihn ein Stück beiseite. B. hatte die Wand zur Küche durchbrochen und Becken mit Wasseranschluss eingebaut. Leine und Klammern waren noch da, aber keine Bilder hingen mehr an der Leine, diesmal war die Inszenierung gelungen, aber er war nicht für die Inszenierung ausgereist. Ich drehte mich um. B.s Freund stand in der Tür, zuckte die Achseln und ging zurück in das andere Zimmer.

Ich nahm eine eigene Zigarette, ich starrte auf die Hand und das Feuerzeug, mit dem er mir Feuer gab, auf den befremdlichen Mund.

„Leg die Platte noch einmal auf.“

„Nein“, sagte er, „jetzt passt es nicht mehr.“ Aber ich wollte die Stimmen noch einmal hören. Ich sah mir von außen zu, wie ich zu der Liege ging, vor der die Weinflasche stand, wie ich mich setzte und das Taschenmesser nahm, mit dem er eben die Flasche geöffnet hatte. Ich war nie in B. verliebt gewesen, trotzdem tat es weh. Menschen gingen. Man selbst blieb auch nicht ewig. Aber man musste sich doch entschließen. Ich klappte die große Klinge auf, schob den Ärmel hoch, zog die Klinge über die Innenseite meines Oberarms. Blut quoll aus dem Schnitt, erst nur ein Strich, fein.

„Hör auf", sagte B.s Freund.

Ich legte das Messer weg. Das Blut floss den Arm runter, und unterm Brustbein baute sich ein schwebendes Gefühl auf, das man ausatmen und ausatmen konnte, das sich sofort neu aufbaute und durch alle Bahnen rauschte.

„Spinnst du? Da drunter ist eine große Vene." Er nahm mich an der Schulter. Aber ich sah auch, dass er auf Ersatzhandlungen aus war. Er nahm meinen Arm und begann, von der Beuge aufwärts zu küssen. Er fand alte Narben, er sagte nichts, er sah mir nicht in die Augen.

„Der Körper ist eine Spielwiese", sagte B.s Freund.

„Der Körper ist ein Schlachtfeld", sagte ich.

„Nein. Nur Gewalt gegen Sachen ist in Ordnung", sagte B.s Freund, nahm das Messer, griff den Saum meines Hemds und schnitt es von unten nach oben durch. Ich fröstelte nicht, obwohl der kühle Messerrücken meine Haut berührte, obwohl er sogar kalt war. Etwas würde sich ergeben und ergab sich.

Nachher fragte er, ob ich mit Iris zusammen gewesen wäre.

Berlin schwirrte wirklich vor Tratsch. Warum er das wissen wollte.

„Stell einen Ausreiseantrag", sagte er, „einen Antrag auf Eheschließung. Du heiratest B."

Ich richtete mich auf, um eine Zigarette zu nehmen. „Bleib so", sagte er und nahm die Kamera, die auf dem Tisch lag, B.s Spiegelreflex.

„Er hat sie mir geschenkt", sagte B.s Freund. „Er hat sich vor der Ausreise eine neue gekauft. Ich mach ein Bild von dir und schick es ihm rüber."

Ich hielt inne, während ich nach der Zigarettenschachtel griff, den Arm über dem Tisch, den Oberkörper in einer Schwebe, die schon nach wenigen Sekunden nicht mehr locker war, weil der Rücken beinahe sofort wehzutun begann. Ich lehnte mich langsam zurück. B.s Freund fotografierte rasch, konzentriert, ohne Lächeln. Ich sah die Fotografie später wieder, da hatte B.s Freund ein Bild gemalt davon. Es hing in einer Galerie, es war teuer. Aber es war auch echtes Blut gewesen.

„Du heiratest B.", sagte sein Freund. „Du reist aus zu Iris, und ihr sucht eine Freundin, die mich rausholt. Oder du fragst Iris."

Ich lachte.

„Im Ernst", sagte er, „komm, wir machen es noch einmal."

Und das dritte Zimmer war sauber, nackt, das Laken auf allen Seiten fest unter die Matratze gestopft. Außer dem Bett gab es nur die Boxen, die mit dem Plattenspieler im Atelier verbunden waren. Ich hatte mir das zerschnittene Hemd wieder angezogen, für diesen Augenblick.

Wir schalteten die Lampe nicht ein, wir hatten keine Kerze, es kam gelbes Licht von den Straßenlaternen.

„Mach dir keine Gedanken", sagte er, „morgen früh gebe ich dir einen Pullover."

Ich machte mir keine Gedanken. Ich saß ihm gegenüber, die Beine angezogen. Wir waren ein schönes Paar.

„Manche wollen lieber sterben", sagte B.s Freund. „Ich werde ausreisen. Dieser Staat ist zu billig für meinen teuren Tod."

Ich schloss die Augen und legte zwei Finger auf seinen breiten Mund. Er lächelte. Er ging noch einmal und legte nebenan eine neue Platte auf. Geräusche, monoton, eine Art Trommeln. Ich wusste nicht, was es war, ein kaum veränderlicher Rhythmus ohne Melodie, und immerhin war es nicht Keith Jarrett.

Später ging B.s Freund mir voran in die Küche. Wir aßen salzigen, weißen Käse und angetrocknetes Brot, tranken noch mehr Wein und rauchten eine Menge Zigaretten.

„Es ist perfekt", sagte er. „B. ist ausgereist. Das heißt, er wird keine Besuchsgenehmigung kriegen. Ihr müsst noch nicht einmal für die Stasi das verliebte Paar spielen, weil er sowieso nicht reindarf. Ihr seht euch erst bei der Hochzeit wieder."

„Willst du die ganze Szene transferieren?"

„Warum nicht?"

„Ich sehe nicht den Sinn. Und weißt du, sie wollen wissen, wie man zusammengekommen ist. Und so weiter.“

„Natürlich. Genug Leute können bestätigen, dass du mit B. zusammen warst. Jedenfalls würde es niemanden wundern.“

„Ich will gar nicht weg.“

„Du weißt es bloß noch nicht.“

(Aber ich wusste es.)

„Natürlich musst du dich jetzt ein bisschen zurückhalten“, sagte B.s Freund. „Wir werden alle hier abhauen.“

Der Gedanke löste etwas aus, das unter meiner Brust schwebte und beim Ausatmen drinblieb. Mir gefiel daran bloß das viele Heiraten nicht, all diese Verstrickungen und Loyalitäten.

Ich war schon länger nicht mehr beim Friedenskreis gewesen. Er hatte recht, B.s Freund, alle gingen. Die Frauengruppe löste sich langsam auf. Löste sich langsam aus dem Land. 1976 hatte ich in Ehrlings Zimmer gesessen, in einem Vorort von Jena. Das graue, klassenbuchgroße Heft steckte nicht mehr hinterm Schrank meines Kinderzimmers, sondern stand offen im Regal. So illegal war es nämlich auch wieder nicht. Es hatte inzwischen Partys gegeben, auf denen ich die Biermann-Bänder nicht mehr hatte hören wollen, da war eine Art Überdruss gewesen. Womöglich war selbst Biermann inzwischen raus aus der Pubertät. Womöglich war es zynisch zu bleiben. Und es ritt sowieso niemand morgen davon. Morgen konntest du sagen, dass du gehen wirst. Nach drei Wochen hättest du den ersten Termin beim Ministerium des Inneren. Das innere Amt war in Wahrheit Staatssicherheit. Und dann würde es sich zeigen, ob du schon Punkte hattest. Ob sie zählten und wofür. Es gab Punkte, die zählten für Knast, irgendwann, und Punkte, die zählten für Ausreise, gleich oder später. Niemand wusste genau, welcher Punkt zählte und wofür. Knast allerdings zählte immer für Ausreise. Aber wer wollte das schon? Die Antwort lautete: Genug nahmen das in Kauf, wollten das, kalkulierten damit. B.s Freund war eingeschlafen. Er hatte zwei Bettdecken. Ich zog eine fester um mich. Wenn man mit allen schon mal geschlafen hatte, war es leichter wegzugehen. Dachte ich. Dafür war es gut.

Siebzehntes Kapitel

Als ich zu Angelika kam, hatten Katjas Freundinnen Ärger in der Schule, echten, lächerlichen, ernsten, wegen einer Wandzeitung im Schulflur. Die Schule war nach Carl von Ossietzky benannt, da hatten sie eine Wandzeitung über Pazifismus gemacht. Was lag näher? Ein Sohn hatte es seinem Vater gepetzt und alle Namen genannt, ein Prominentensohn. Staatsprominenz, nicht Oppositionsprominenz. Seinem Vater. Was lag näher? Katja war aus dem Spiel, weil sie nicht mehr an der Schule war, sondern in der Berufsausbildung. Und ihre Freundinnen sollten von der Schule gewiesen werden und ein Jahr in einem Werk arbeiten. Sie würden wieder an der Schule aufgenommen, falls sie sich bewährten. Wie sie das beweisen sollten, wusste Katja nicht. Angelikas Freundinnen schrieben Eingaben an den Schulrat. Ich könnte das auch tun, ich machte mir Notizen, mir fielen schon Formulierungen ein. Und ich sah, dass da schon Routine war in meiner Empörung. Es betraf mich nicht selbst, aber es war unmöglich, keine Eingabe zu schreiben.

Angelika fingerte eine Zigarette nach der anderen aus der Schachtel. Ich müsste das nicht machen, meinte Angelika. Aber ich wollte es, voll Überdruss. Das Maß konnte nicht voll genug sein. Jetzt wiesen sie schon die Kinder von den Schulen, weil sie sie für oppositionell hielten, eines Tages würden wir uns noch selbst für Opposition halten, so viel Ehre. Konnte sein, sie irrten sich mit diesen Maßnahmen, konnte sein, damit zogen sie die Opposition erst richtig heran, konnte sein, das würde sich eines Tages herausstellen. Sollte ich das abwarten? Es konnte auch sein, wir wären eines Tages mit all unserer Kompetenz in der Mehrheit. Aber ich rechnete nicht damit. In Opposition war man nur, wenn man in der Minderheit war.

„Nein", sagte Angelika, „die Mehrheit weiß bloß nicht, dass sie in Opposition ist. Was lachst du?"

„Vor ein paar Tagen hat mir jemand gesagt, dass ich ausreisen will. Identische Formulierung: Ich wüsste es nur noch nicht."

„Das ist es also. Und weißt du es jetzt?"

„Ich weiß nicht."

„Das heißt, du wirst ausreisen."

„Heißt es nicht."

„Alle, die nicht wissen, gehen am Ende. Was tust du als Nächstes?"

„Ich schreibe eine Eingabe wegen Katja."

„Du musst das nicht. Da steht dein Name drauf."

„Ich will aber. Es ist nicht wegen Punkten."

„Aber dir fallen dabei Punkte ein."

„Ja. Es ist auch ohne Punkte richtig."

„Bist du sicher?"

„Ja."

Das war der Augenblick, in dem Iris kam. Sie öffnete sofort das Fenster. „Ihr seid die reinste Rauchfabrik", sagte sie. „Ich dachte immer, der Smog kommt von euren Kohlen. Dabei kommt er von euren Zigaretten."

200

„Dann lass das Fenster zu. Sonst fliegt der Dreck raus und bringt die Bäume um.“

Sie lachte nur.

„Weißt du schon? Inge wird ausreisen.“

Iris hob die Brauen. Ich wedelte ab. So wurden Dinge in die Welt gebracht. Ich hatte keinen Ausreiseantrag.

„Bald.“ Sagte Angelika. Fragte sie sich schon, wie viel Punkte mir eine Eingabe brachte? Ich konnte es mir nicht vorstellen, ich schob den Gedanken weg. So würde Angelika nicht denken. Oder nur kurz. Obwohl es nicht völlig abwegig war. Es war sogar verständlich. Und ich musste mich darauf einlassen. Und sie sagte auch nichts. Sie erklärte mir, an welche Schulrätin ich schreiben musste. Pankow. Klar. Pankow. In Niederschönhausen lebten die von der oberen Etage, wie Angelika die nannte, und die hatten ja auch Kinder, und weil Niederschönhausen zu Pankow gehörte, waren diese Kinder dann eben auf der gleichen EOS wie anderer Leute Kinder. Da passierte so etwas eben. Ich machte mir nichts vor. So etwas passierte überall. Es war nur natürlich, dass Kinder mit ihren Eltern sprachen.

Ich sagte: „Angelika, wir sind eben in der Minderheit. Du weißt ganz genau, was die Mehrheit wählt. Und dass die Mehrheit wählt.“

„Sie wählen so, sie denken anders.“

„Und was haben wir davon? Sie denken anders, sie wählen so. Sie denken nicht so weit, die Kandidaten der Nationalen Front durchzustreichen. Jeden einzeln.“

So musste es nämlich gemacht werden, sonst war es ungültig. Wer würde hinter uns stehen, dem es schon zu viel war, jeden Namen auf dem Wahlzettel einzeln zu streichen.

„Die Wahlen sind gefälscht."

„Nicht so sehr", sagte ich. „Vielleicht stimmen nur fünfundachtzig Prozent dafür statt neunundneunzig. Na und? Fünfundachtzig Prozent sind eine großartige Mehrheit."

„Es ist ihnen nicht wichtig."

„Das glaube ich auch."

„So reden alle, die weggehen."

Der Gedanke ans Weggehen hatte sich festgesetzt. Ich bemerkte es jetzt. Und an diesem Tag gab ich Iris B.s Adresse, widerwillig oder mit Zweifeln, aber ich gab sie ihr. Wenn sie zum nächsten Mal käme, wäre sie schon bei ihm gewesen.

Und wenn sie zum nächsten Mal kam, wäre ich bei der Schulrätin von Pankow gewesen. Mein Brief, dass man so mit jungen Menschen. Nicht. Und so weiter. War nämlich dort eingegangen. Einen Tag später kam am Nachmittag ein Herr und überbrachte mir persönlich eine Einladung zur Schulrätin von Pankow. Sie machten sich richtig Arbeit. Und da saß dann die Schulrätin, und es war klar, dass ich hier noch einmal alles darlegen konnte, was ich bereits geschrieben hatte, und eine Sekretärin saß dabei und protokollierte jedes Wort. Wir waren eine Minderheit, so verschwindend, dass sie bei solchen Kleinigkeiten jedes Mal eine Sekretärin hinsetzen konnten und protokollieren lassen. Das sagte alles, dachte ich. Da waren keine Fragen offen, da wurde nichts entschieden, da wurde protokolliert, diese Jugendlichen waren doch nun wirklich, auf dem falschen Pfad waren sie. Und dass die Schulrätin, falls sie eine Schulrätin war, nichts unterlassen wollte und mir die richtigen Argumente mit auf meinen falschen Weg gab. „Denn wer nicht für uns ist, ist gegen uns." Das genügte. Das zählte. Es wurde nichts unterlassen, uns zu lehren und zu retten und vom falschen Pfad wegzubringen. Und wir schätzten es gering.

Ich nahm dann die U-Bahn von Pankow. Im Kasten lag ein Brief von Iris. Auf dem gefütterten Umschlag lief unter meiner Anschrift wieder diese Zeile neonfarbener Striche. Man wusste nie. In dem Brief lag ein dünnes Buch mit Gedichten. Der Titel war: „Auf der Milchstraße wieder kein Licht". Die Gedichte hatte ein Deutscher aus Rumänien verfasst. Im Vorwort las ich, dass der Deutsche aus Rumänien sich in Frankfurt am Main aus dem Fenster gestürzt hatte, bald nach seiner Ausreise. Ich wusste, was Iris mir damit sagen wollte. Doch der Mann hatte sich nicht wegen Frankfurt am Main aus dem Fenster geworfen, sondern wegen Rumänien. Weil eine Hand ihn geschoben hatte, eine sichtbare, eine unsichtbare, wer wusste das schon. Die DDR war nicht Rumänien. Keine Hand würde mich aus dem Fenster, aber vielleicht würde ja ich mich aus dem Fenster werfen, wenn ich noch länger blieb nämlich, nämlich aus Überdruss. Es war nämlich nicht die Fortbewegung, die zerstörte, sondern der Stillstand.

Ich fing zu weinen an und setzte ich mich an den Schreibtisch und schrieb einen Antrag auf ständige Ausreise aus der DDR. Als wäre die Ausreise ein Prozess, der niemals enden würde. Das dachte ich dabei. Das konnte sogar sein. Denn zuerst hatte ich nur aus dem Dorf fortgewollt, aus dem Hinterland, den Bezirken Erfurt, Gera und Suhl, und dann hatte ich aus den Verhältnissen fortgewollt. Jede Bemühung, die wir unternahmen, war ein Versuch, mehr Luft zu kriegen, ein Ringen. Aber Luft, aber Atem gab es nie genug, nicht im Dorf und nicht in Berlin-HauptstadtderDDR. Der Wunsch hatte sich generalisiert wie ein Symptom, das in ständigem Voranreisen den ganzen Körper erfasst. Später, wenn ich das Visum in Händen halten würde, würde ich sehen, dass es einmalige Ausreise hieß, „Einmalige Ausreise. Keine Wiedereinreise“. Als der Brief fertig war, brachte ich ihn nicht zum Kasten. Sondern ich ging und rief Iris an und tatsächlich kam ich durch und sie war gleich am Telefon. Ich sagte, dass ich das Buch bekommen und gelesen hatte. Und sie brauchte unseren Freund nicht zu besuchen. Ich sagte nichts weiter und wusste, dass sie mich missverstehen musste. Ich würde das schon noch aufklären. Ich würde ausreisen, aber B. nicht reinziehen, am besten niemanden reinziehen. Sicher, irgendwen zog man immer rein. Aber keine fingierte Eheschließung, nicht so viel Verbindlichkeit und nur die allernötigsten Verpflichtungen. Die würden leider meine Freundinnen treffen. Freundinnen waren immer die nächsten. Freundinnen waren die allernötigsten Verbindungen.

Das Rathaus Friedrichshain stand etwas nördlich vom Frankfurter Tor, und ich musste an der langen, blauen Neubaufassade den Eingang erst suchen. Ich sagte, dass ich das Amt für Staatsbürgerschaftsangelegenheiten suchte. Sagen Sie doch gleich, dass Sie einen Ausreiseantrag stellen wollen. Der Pförtner sah spöttisch aus und wies mich ans MdI. Ministerium des Inneren, natürlich nicht das Ministerium, sondern ein Amt des Ministeriums. Das innere Amt. Zimmer 301, dritter Stock. Im dritten Stock hatten die Büros vierstellige Nummern. Aber ich klopfte nicht an Zimmertür 3001, sondern ging zuerst durch den langen Flur. Je weiter ich mich vom Treppenaufgang entfernte, desto dunkler wurde es. Fast schien es, als schließe sich das Dunkel hinter mir, als stünde da wer seitlich im Dunklen, ein Mann, der mich an Hennes erinnerte, aber als ich scharf hinsah, war keiner da, das war der Sinn dieser Projektion gewesen, mich an Hennes zu erinnern, falls da eine Projektion gewesen war. Es war beinahe dunkel hier, der Flur hatte keine Fenster, nicht mal an seinen beiden Enden. Aber das andere Ende war weit weg. Es konnte eigentlich nicht sein, dass hier nirgendwo ein Lichtschalter war. Schließlich sah ich auch so, dass es die Zimmer 301 bis 306 tatsächlich gab. Sie waren durch eine Glastür abgetrennt und hatten ihren eigenen kleinen Flur. Dort stand ein Stuhl. Der Stuhl war leer. Wo waren die vielen Leute, die ihre Ausreiseanträge vorantrieben? Ich klopfte an Nummer 301. Es dauerte lange, ehe die Tür geöffnet wurde, ich überlegte, ob ich erneut klopfen sollte. Da ging sie auf.

„Haben Sie einen Termin?“

„Nein, ich möchte nur etwas abgeben.“

„Sie brauchen einen Termin.“ Sie nahm aber den Umschlag. „Warten Sie.“

Sie zeigte nicht auf den Stuhl, sondern auf die Wand gegenüber. Ich stellte mich hin und wartete. Sie kam schnell wieder.

„Kommen Sie heute in zwei Wochen. 10 Uhr. Sie sind freiberuflich und können vormittags kommen.“

Das war keine Frage. Wie sie das so schnell heraus hatte. Sie konnten wirklich schnell sein, im Schulwesen wie beim inneren Amt. Ich nickte.

Zwei Wochen danach war der Flur genauso leer wie heute. Ich sagte dem Pförtner nur, ich hätte einen Termin in Zimmer 301, ich kannte jetzt den Weg. Ich begriff nachher auch ihr System, die Leute so zu bestellen, dass sie sich auf dem Gang nicht begegneten. Nicht wissen, wer und wie viele. Einmal begegnete ich einer anderen Frau auf dem Flur hinter der Glastür. Sie erzählte von ihrer Ausreise und schlug vor, in Verbindung zu bleiben. Ich sagte, ich würde keine Leute kennen, die ausreisten. Ich hätte zu wenig Zeit, mich mit Leuten zu treffen. Ich gab ihr keine Adresse, ich sagte nicht meinen Namen. Dann traf ich monatelang niemanden mehr, wenn ich einen Termin in Zimmer 301 hatte. Ich habe diesen Flur nur einmal voller Menschen gesehen: an dem Tag, als ich die Urkunde mit meiner Ausbürgerung erhielt. Aber nun, zwei Wochen, nachdem ich meinen Antrag abgegeben hatte, war der Flur leer, ich musste nicht warten und brauchte nicht zu klopfen, die Tür öffnete sich von ganz allein, meine Bearbeiterin ließ mich vorbeigehen und auf einem Holzstuhl Platz nehmen und auf dem Fensterbrett des erstaunlich großen und hellen Büros stand ein Tonbandgerät. Ich bekam während des ganzen Gesprächs nicht heraus, ob es eingeschaltet war oder nicht. Man konnte einfach nicht erkennen, ob die Bänder hinter dem Sichtfenster drehten oder nicht. Im Zimmer herrschte eine Art staubiger Helligkeit, die breiten und hohen Neubaufenster waren zerkratzt und halb blind, der Staub schluckte das Licht, und nur die Reflexe blieben.

Achtzehntes Kapitel

Von der Schulrätin in Pankow hörte ich nichts mehr. Zwei von Katjas Freundinnen waren relegiert worden, eine war geblieben. Es war Herbst und im Herbst sammelte ich Dokumente. Ich musste meine Schuldenfreiheit beweisen und es zeigte sich, dass ich Eltern hatte und eine Schwester. Ich hatte über das Wort Schwester nachgedacht, seit wir bei Rosel S. gewesen waren. Nicht genug nachgedacht, zeigte sich jetzt. Ich fuhr nach Jena und von Jena ins Dorf. Als ich die Gartentür öffnete, erwartete mich meine Mutter schon. Ein Nachbar, der mit dem Auto vorbeigekommen war, hatte mich am Ortseingang gesehen. Der Bahnhof gehörte zu H., der Nachbargemeinde. Es hatte geregnet, aber ich hatte die Kapuze nicht über den Kopf gezogen, der nasse Geruch von Wald und Pilzen stellte eine Verbindung her, einen Faden Erinnerung. Ich hätte gern den Geruch nach Wald angenommen, an der Straße war noch Wald, beinahe so dicht wie früher, nicht ganz wie früher. Und meine Mutter stand im Garten und schnitt Petersilie für die Suppe ab. Sie sah so verletzlich aus. Meine eigene Haut war ganz kalt und ganz glatt unter dem Regen.

Und wo kam ich her.

Aus Berlin.

Und warum ich kein Telegramm geschickt hatte. Hier war ein Handtuch für die Hände, hier war ein Teller. Meine Mutter ließ gewiegte Petersilie in die Suppe fallen. Sie konnte mir keinen Hausschlüssel geben, denn seit der Scheidung war das Untergeschoss vermietet und Fräulein Becker hatte den Zweitschlüssel. Sie erzählte mir von Fräulein Becker. Auch Erzählung stellt Verbindung her. Fräulein Becker wusch ihre Wäsche im Waschbecken und ließ die Strümpfe im Zimmer trocknen. Eines Tages würden ihre langen, blondierten Haare den Abfluss verstopfen, denn sie wusch auch ihre Haare im Waschbecken. Wo sonst?, dachte ich. Aber ich bekam Fräulein Becker nicht zu Gesicht.

„Was stehst du wie fremd."

Ich setzte mich.

Und ob die Suppe war wie früher.

„Ja. Genau wie früher."

Und warum ich so plötzlich gekommen war, ein Telegramm zum Beispiel hätte sich gehört.

Ein Telegramm hätte sich gehört. Ein Telegramm hätte nichts geändert. Ich nahm die Teller und wusch sie ab. Ich war gekommen, weil ich eine Unterschrift brauchte. Ich hatte ein Schreiben vorbereitet.

„Hiermit bestätige ich, Annegret Stein, geborene Grüber, geboren am 18. Februar 1925 in Görschdorf, dass meine Tochter Inge Stein, geboren am 15. Januar 1961 in Jena, bei mir nicht verschuldet ist noch dass ich ihrer Pflege bedarf. Datum Unterschrift."

Meine Mutter las das und machte eine Bewegung, an deren Ende ihre Hand auf meinem Gesicht landete. Nicht mit der Wimper zucken. Es schmeckte alles wie immer. Es hatte nie wehgetan. Ja, ich würde ausreisen. Ja, deshalb brauchte ich diese Unterschrift. Nein, es gab keinen speziellen Grund. Der Grund war: alles.

Und was Pflege hieß? Sie war gesund.

Aber so lautete die vorgegebene Formulierung.

„Du hast mich nie nach Berlin eingeladen, du wirst mich nicht in den Westen einladen.“

Das Wort dafür hieß Undankbarkeit, und ich nahm es genau wie die Backpfeife, keine Überraschung, etwas Peinlichkeit, aber kein Schmerz.

Meine Mutter begann zu weinen.

Ich lehnte am Spülstein und trocknete mir die Hände am Geschirrtuch ab.

Was sollte denn „alles“ sein?

Alles war, dass ich erstickte.

Brauchte ich Geld, war es das.

Nein.

Hatte ich einen Kerl im Westen.

Ich hatte keinen Kerl.

Hatte ich nicht gehört, wie viele Menschen keine Arbeit hatten, im Westen.

Ich hatte es gehört.

Und wo wollte ich leben.

(In einer Wohngemeinschaft.) Ich sagte nichts, ich wusste schon, wie das ausgehen würde, ich wusste nicht, ob ich die Schwächere war, und wollte nicht die Stärkere sein. Ich benötigte diese Unterschrift. Ich sagte, dass es aufgeklart hatte, der Regen aufgehört hatte, dass wir etwas laufen sollten. Dass wir zu den Sümpfen laufen sollten.

Sie sagte, dass sie zuerst frische statt der gestopften Strumpfhosen anziehen würde. Ich ging hinter ihr her ins Schlafzimmer. Sie legte die Strumpfhose

210

in den Wäschekorb, der innen mit geblümtem Stoff ausgeschlagen war, damit die Feinwäsche nicht zerriss. Man durfte Feinstrumpfhosen nicht mehrmals anziehen, denn dann würde sich das Gewebe verziehen, so dass noch leichter Laufmaschen die Waden hinunterliefen. Man musste sich die Hände eincremen, um nicht unabsichtlich mit Niednägeln Laufmaschen zu erzeugen. Meine Mutter schlüpfte in ihre Schuhe mit dem nicht zu kleinen Keilabsatz und schickte den Blick rücklings ihre Beine hinunter. Sie waren noch schön. Ein paar lange Haare ringelten sich unter dem Dederon. Ich hatte jahrelang nicht an Zuhause gedacht.

„Wer nach Berlin geht, ist schon halb im Westen.“

Das wusste ich schon. War jemand hier gewesen?

„Dass du dein Studium hingeschmissen hast, hast du auf einer Postkarte geschrieben. Wovon du lebst, hast du nicht geschrieben.“

„Ich arbeite.“

„Man rutscht leichter ab, als dass man sich hocharbeitet.“

„Es ist interessante Arbeit.“

„Interessant.“

Sie spuckte das Wort hin.

„Für Buchverlage.“

„Du hättest Lehrerin werden können!“

„Hätte ich. War jemand hier?“

„Wer soll hier gewesen sein?“

„Um nach mir zu fragen.“

„Was hast du gemacht, dass wer nach dir fragen sollte?“

„Nichts.“ Ich hätte nicht fragen sollen. Ich sagte: „Lass uns auf die Sümpfe gehen.“

Ich hatte meine Schuhe nicht ausgezogen. Sie sah es jetzt. Sie sagte nichts. Ich nahm mein Notizbuch aus dem Rucksack und steckte es ein. When the music's over. In meinem Kopf. Das Licht ausmachen. Wer zuletzt geht. Turn out the light. Im unteren Flur schloss sie die Zwischentür ab. Das hatten sie früher nie gemacht. Aber jetzt gab es Fräulein Becker. Ich würde nicht zuletzt gehen. Meine Mutter seufzte, als sie das Haus abschloss.

„Verkauf das Haus“, sagte ich. „Zieh in die Waldsiedlung, zu deiner Rente hast du schön was dazu, wenn du das Haus verkaufst. Und du hast keinen Ärger mit Handwerkern mehr.“

„Es ist mein Vaterhaus.“

„Der Opa ist lange tot.“ (Und warum brach ich das jetzt vom Zaun?)

„Deine Schwester will es nicht“, sagte sie, „dass ich verkaufe.“

„Meine Schwester“, sagte ich, „wird nie hier einziehen. Wenn sie etwas nicht will, ist es das Haus. Ob du verkaufst, bestimme ich nicht und nicht meine Schwester.“

„Und du willst es auch nicht.“

„Nein, Mutter. Nicht mal, wenn ich hierbleibe.“

„Ihr werdet mir einen Vorwurf machen, später.“

Ich würde ihr keinen Vorwurf machen.

„Weil du lieber in den Westen gehst.“

„Egal, ob im Osten oder im Westen.“

Die Straße mündete in einen nadelbestreuten Waldweg. Kiefern, am Eingang des Waldes standen Kiefern, erst nach hundert Metern fing der Mischwald an, und je mehr man sich den Sümpfen näherte, desto feuchter wurde es. Man ging auf Kies, rechts und links Gräben, viele Birken, vereinzelt Erlen zwischen den Bäumen. Sie hatten mir früher immer erzählt, dass der Arbeitsdienst diese Wege gerichtet hatte. Als ich noch nicht wusste, was der Arbeitsdienst war. Später hatte ich Spaziergänge verweigert. Ich war mit dem Fahrrad hingefahren, allein, und war stundenlang auf den Sümpfen gewesen. Sie sagten so: auf den Sümpfen. Die Sümpfe lagen voll in der Sonne, und letzte Tropfen vom Regen glänzten auf dem Gras. Die stumpfe Oberfläche der Schilfblätter war schon trocken, trocken würde sie bald wieder rascheln, bewegt von schnellen, unsichtbaren Fingern. Wir gingen den Bohlenweg bis zu einer Bank, die unter einem einzelnen Baum stand und mit der der Weg endete. Dahinter war es zu sumpfig. Ich habe nie erfahren, ob man in den Sümpfen wirklich so tief versinken konnte, dass man sich nie mehr befreien würde. Im Dorf wurde nicht über so etwas geredet. Ich kannte trockene Wege, die durchführten, ich war da oft gegangen und hatte früher da gespielt. Mit meiner Mutter würde ich nicht hingehen. Sie würde sich aufregen, nachträglich. (Und ich regte sie so genug auf.) Dabei kannte sie die trockenen Stellen mit Sicherheit auch. Sie war hier geboren, sie hatte immer hier gewohnt. Und seit es die Keramischen Werke gab, hatten die Leute hier in den Werken gearbeitet, dort, jenseits der Sümpfe. Und der Anblick der Hochspannungsprüfanlage war den Leuten vertraut, auch das Knistern und Krachen, wenn sie Versuche machten, deren Blitz und Donner sich in der trockenen Luft entlud. Ich hatte geglaubt, dass es bei uns zu viel Elektrizität in der Luft gab und wir alle aufgeladen waren durch freie Elektrizität. Ich glaubte es noch immer. Meine ganze Spannung kam von diesem Ort.

„So. Und ich muss das also unterschreiben."

„Es wäre gut. Ich wäre dir dankbar. Ja."

„Dankbarkeit." (Genau der Ton wie „interessant".)

„Ich habe doch wirklich keine Schulden bei dir."

„Wie du dir das vorstellst."

Ja, wie stellte ich mir das vor.

„Du warst meine Kleine."

Ich zögerte, dann sagte ich, dass sie Rentnerin war. Sie konnte beinahe jederzeit in den Westen kommen.

Sie wollte nicht.

Und eigentlich war es mir recht. Ich schaute über die Sümpfe. Weiter hinten liefen Schienen und endeten unter bräunlichem Wasser, dessen schwarzer Grund den Himmel schluckte. Früher hatte es hier eine Bahn gegeben. Moor war abgebaut und in ein Moorbad gebracht worden. Jetzt war alles verkommen. Und obwohl nun keine Loren mehr über die Schienen liefen und ihr Gewicht keinen Druck mehr ausübte, war die Schienenstrecke bald in den weichen Grund gesunken, als sei die Last erst zu viel geworden, als sie fehlte. (Ich bekam erst Kopfschmerzen, wenn ich die korrigierten Fahnen abgab, über denen ich Tage unbeweglich gesessen hatte.) Weiter hinten lag eine verrostete Lore schräg und halb im Wasser. Und die Bretter, aus denen diese Bank hier gezimmert war, vermorschten. Und ein Mann aus meinem Jahrgang hatte ein Buch geschrieben, das „Hineingeboren" hieß. Das musste ich ihr nicht erzählen. Und was hätte ich ihr damit auch sagen wollen.

„Bist du schon bei deinem Vater gewesen?"

„Nein." Ich war froh, dass sie von selbst darauf kam. „Ich habe seine Anschrift nicht."

„Die soll ich dir geben."

„Ja." Ich zog mein Notizbuch aus der Jackentasche.

„Du warst das Vaterkind. Er hat uns entfremdet. Und dann habe ich mich von ihm entfremdet. Ich hab dir doch gesagt", sagte meine Mutter, „ich habe mich deinetwegen scheiden lassen."

„Ihr habt mich nicht gefragt. Warum auch. Ich will nichts von ihm, nur diese Unterschrift."

„Schreib doch, dass du seine Adresse nicht weißt."

„Ich glaube, das geht nicht."

„Hast du die Erklärung vorbereitet?"

„Ja."

Mein Mutter betrachtete den glatten Wasserspiegel zwischen Polstern aus Torf, die mit Schilfgras bestanden waren, den überwachsenen Wegrand, das wie angebissene Betonfundament der Bank, in dem man einige rostige Drähte sah, ihre Schuhe. Sie seufzte nicht. „Gib mir die Erklärung. Ich fahre hin."

„Das kann ich schon selber."

„Dein Vater ist jähzornig. Gib mir die Erklärung. Ich schick sie dir dann mit der Unterschrift nach Berlin.“

„Du musst das nicht tun.“

„Jaja. Wo er wohnt, kann ich dir trotzdem sagen. Am Planetarium.“

„In Jena.“

„In Jena. Planetarium 6. Du kannst ihm dann aus dem Westen schreiben.“

„Ich werde Zeit haben, es mir zu überlegen.“

Den Geruch der Sümpfe hatte ich als Kind geliebt. Er erinnerte an Episan mit Schwefel. Die Kinder füllten die hellgelben Plasteflaschen, die es in beinahe jedem Haushalt gab, mit Wasser und rannten damit auf der Straße herum, um sich gegenseitig zu bespritzen und dann wieder wegzurennen. Ich atmete tiefer. Der Geruch der Sümpfe erinnerte auch an Henna, das es im Osten in beinahe keinem Haushalt gab.

„Du musst dein Leben leben, Inge“, sagte meine Mutter.

„Tut mir leid.“ Tat es mir leid, konnte sein, dass es mir leidtat? Ich umarmte sie ungeschickt im Sitzen. Was mussten die Sümpfe nach Henna riechen. Alles kam durcheinander. Ich hatte schon Erinnerungen an den Westen, wo ich noch nicht dagewesen war.

„Deine Generation“, sagte meine Mutter, „ihr benehmt euch, als hättet ihr keine Eltern und kein Zuhause.“

„Wir haben mehr Zuhause, als uns lieb ist.“

„Ihr wisst es nicht zu schätzen.“

„Ich kriege keine Luft mehr in diesem Staat."

„Der Staat. Ich rede von mir. Ihr redet immer vom Staat."

Auch Angelika hatte das manchmal kritisiert, nur dass sie Staatsfixiertheit dazu sagte. Ich überlegte einen Moment, ob sie das Gleiche meinen konnten. Ich sagte bloß: „Du erzählst mir nicht, dass meine Schwester auf den Staat schimpft."

„Deine ältere Schwester hat den Staat mit aufgebaut."

„Ja", sagte ich, „und ich muss gehen." Ich sagte nicht: trotzdem gehen.

„Deine Schwester wird Schwierigkeiten bekommen."

„Sie kann nichts für mich."

„Sie werden ihr Schwierigkeiten machen."

„Ich kann ihr nicht helfen. Sie kann mir nicht helfen."

„Da hast du natürlich recht", sagte meine Mutter. „Verbittert ist sie sowieso. Weil nicht alle Blütenträume reiften, so drückt sie das aus, wenn sie eure Generation meint."

„Goethe zitieren sie immer, wenn sie etwas Staatstragendes sagen wollen. Wer hat gesagt, dass wir ihre Blütenträume sein wollten? Ich hab mir den Staat nicht ausgesucht. Immer Goethe, ist dir das schon mal aufgefallen?"

„Ihr seid zu gebildet", sagte meine Mutter, „da vergesst ihr, wo wir hergekommen sind."

„Aus dem Proletariat, ja."

„Euch geht's zu gut."

„Wir sind die Kinder der Emporkömmlinge."

„Euch geht's zu gut.“

Ich ignorierte es. „Wollen wir über die Birkenlinie zurückgehen?“

Sie stand auf. Ihre Schuhe waren kaum schmutzig geworden, sie konnte sogar auf den Sümpfen so laufen, dass ihre hellen Schuhe nicht beschmutzt wurden. Der Schatten einer Wolke zog langsam über uns weg. In Berlin zogen die Wolken schneller. Hier wurde es schneller kalt, wenn der Abend kam. Ich dachte schon den ganzen Tag über das Wetter nach. So verlegen war ich. Es war ein Denkfehler, alles symbolisch zu nehmen. Es fuhr kein Zug mehr in die Bezirksstadt, ein Bus, mochte sein, doch dann käme ich nicht weiter nach Berlin, erst recht nicht, wenn ich zuvor zu meiner Schwester ging, und ich musste zu ihr gehen. Und. Das konnte ich alles nicht schriftlich machen. Und jetzt fing der lange Abend schon an. Die Birken säumten den Waldweg rechts und links der Entwässerungsgräben, in denen wie immer Nässe sich staute, und streuten ihre gelben Blätter herum. Dahinter stand kaum durchdringliches Fichtenunterholz. Nadeln bedeckten die Erde, dick wie Kissen. Es war schön hier, immer schön gewesen. Aber die Landschaft rief nichts wach, was ich nicht leicht zum Schweigen hätte bringen können. Westberlin stellte ich mir unbewaldet vor und das machte mir nichts aus, ich ging nie in den Wald, seitdem ich in Berlin war. Ich konnte hier so langsam gehen, wie ich wollte, in diesem Wald und durch diese Jenaische Straße. Trotzdem würde sich die Geschichte hier und auf alle Fälle beschleunigen.

Im Konsum kaufte meine Mutter eine Flasche
Egri Bikavér und dann liefen wir vorbei an den Häusern der Nachbarn, auch an dem dunklem Fenster,
hinter dem eine alte Frau wohnte, die man nicht zu
Gesicht bekam, schon als ich Kind war, nie. Auf ihr
Weiterleben hinter diesem Fenster deuteten nur die
großen blauen Gloxinien hin, unheimliche Blumen,
von denen meine Mutter sagte, dass sie zu schnell
verlausten. In diesem Fenster verlausten sie nie, die
konnte das eben, sagte meine Mutter, mit den Gloxinien, und ich ging ganz ruhig vorbei und jetzt hatte
ich selbst im langsamen Gehen unter der Haut ein
unheimlich lockeres Schlagzeug, einen anderen
Rhythmus, einen fremden Sound, der damals im
Rias geklungen hatte, in meinem hellblauen Kofferradio, das man hinlegen musste, damit es überhaupt
etwas empfing. Ich legte vielleicht nicht so großen
Wert auf den Westen, dachte ich, sagte ich mir, der
Westen war eben die Tür, und meine Mutter sagte
wie vor zehn Jahren, dass die Frau hinter diesem
Fenster das eben konnte mit den Gloxinien, und
meine Mutter konnte es eben nicht, ich würde es gar
nicht erst versuchen, ich würde ausreisen und zur
Tagesordnung übergehen, ich würde dieses Schlagzeug unter der Haut haben, unheimlich, locker. Und
ich konnte mich so gut verstellen und so gut und so
ruhig gehen, das war alles im Kopf. In der Wohnkü-
che meiner Mutter am Abend, „Gib mir den Wisch“,
sagte sie. Sie trank ein Glas von dem Stierblut und
ich trank den Rest der Flasche. Sie briet nicht extra
Bratkartoffeln und das blondierte Fräulein Becker
bekam ich nicht zu Gesicht, obwohl sie zu Hause

war, es gab diesen Lichtschein hinter der verschlossenen Zwischentür im unteren Flur, ich war an einem Ort, wo sie noch Fräulein sagten. Und morgen war ich in der Bezirksstadt und mit dem letzten Zug in Berlin. Morgen hatte ich keine Eile, ich würde zeitig aufstehen, obwohl ich gern auf dem Küchensofa schlief, das Einzelbett war bei der Scheidung meinem Vater zugefallen, sagte meine Mutter, so hatten sie das Ehebett nicht teilen müssen. Da war es fair zugegangen. Meine Mutter hatte mir die zweite Ehebetthälfte angeboten für die Nacht, aber ich lag lieber auf dem Küchensofa, das bei jeder Bewegung leicht schaukelte. Die ganze Nacht ihrem Atem zuzuhören wäre zu intim gewesen, zu privat. Wir hatten kein richtiges Verhältnis mehr. Anstatt zu reagieren, dachte ich über ihre Reaktionen nach und über meine. Ich lag auf dem Bauch, halb aufgestützt, sodass ich den Himmel sah. Wolken fuhren, vom Mond beleuchtet, und schließlich wurde es wieder hell, da stand ich gleich auf, ich legte einen Zettel aus meinem Notizbuch auf den Küchentisch, dass ich nur Brötchen holte, und lief eine Runde durchs Dorf. Die Jahre, die ich weggewesen war, hatten sich in Ringen aus Beton um die Mitte des Dorfs gelegt. Der Brotbäcker war einer Eisdiele gewichen. Der Kuchenbäcker buk jetzt auch das Brot und die Brötchen. Vor dem Kuchenbäcker war jetzt die Haltestelle, von der ich die Busse mit den Leuten in die Stadt abfahren sah. Die Werksbusse nach H. waren um die Zeit längst durch. Und neben dem Bäcker hing der Schaukasten des Kinos. Sie spielten „Winter adé“. Ich hatte den Film in Berlin gesehen. Darin waren Frauen bei der Arbeit zu sehen gewesen, wie sie Fisch filetierten und in Dosen packten, dann unsere Straßen im Schneematsch, graues Land, das die Regisseurin mit Pessimismus zu lieben schien. Die Vorstellungen waren immer ausverkauft gewesen, man hatte von Verbotsdrohungen gesprochen. Der Film war nicht verboten worden, sondern sogar in diese thüringische Gemeinde gekommen. Ich wertete das als Zufall, nicht als Zeichen. Ich ging in die Bäckerei und kaufte Brötchen. Als ich ins Haus meiner Mutter zurückkam, hatte sie den Tisch gedeckt und Kaffee gekocht. Ich hatte lange gebraucht, die Brötchen zu holen. Dass sie spät frühstückte, geschah meinetwegen. Dann wusch ich ab und sie stellte die Teller und Tassen in den Küchenschrank. Sie hatte mein Bett schon abgezogen, sie brachte mich zum Bus. Verlegene Minuten, in denen ich hoffte, der Bus würde zu früh kommen. Auf dem Land kam der Bus ja oft zu früh. Bevor ich in den öligen Geruch im Innern des Fahrzeugs tauchte, drückte sie mir ein Päckchen in die Hand. Während der Bus auf dem Weg in die Bezirksstadt Dörfer abklapperte, deren Namen ich schon länger vergessen hatte, öffnete ich das Päckchen. Es enthielt einen Fingerring, silbern und mit einem länglichen, gelben Bernstein. Ich schob den Ring sofort auf den Finger. Er passte. Sie hatte den Ring früher immer getragen. Wenn sie eine schmutzige Arbeit anfing, legte sie ihn im Schlafzimmer auf die glasbedeckte Platte der Spiegelkommode. Das klickte leise. Ich hatte ihn manchmal heimlich auf den Mittelfinger gesetzt. Der Stein reichte über das mittlere Fingergelenk hinaus.

Jetzt saß er auf dem Ringfinger, wie es sich gehörte, und als der Bus in die Bezirksstadt einfuhr, hatte ich mich schon an den leisen Druck gewöhnt. Auf den Küchentisch hatte ich die Bescheinigung gelegt, mit der sie zu meinem Vater fahren wollte. Ich hatte alles so vorbereitet, dass meine Verwandten einen Durchschlag behalten konnten. Das Original für das MdI, das erste dünne Durchschlagblatt für meine Verwandten, die unterzeichnen mussten, der zweite Durchschlag für mich. Um alles zu vereinfachen, hatte ich meiner Mutter Kohlepapier dagelassen, falls mein Vater keines besitzen sollte. Als sie selbst gestern Abend im Haus schnell die Bescheinigung unterschrieben hatte, wollte sie es nur hinter sich haben. Auch noch auf dem Durchschlag der von meiner Mutter unterzeichneten Bescheinigung sah man ihre Handschrift fast so kräftig wie die Letterbuchstaben der Schreibmaschine. Sie hatte eine leicht geneigte, schulmäßig saubere Schrift, die ich zu imitieren versuchte, wenn ich Korrektur las. Die Setzer konnten gemein sein und absichtlich missverstehen, was angezeichnet worden war. Solche Fehler erkannten die Chefkorrektorinnen meist und kreideten es den nachlässigen Außenkorrektorinnen an. Ich kam vom Hundertsten ins Tausendste, während ich die von meiner Mutter unterschriebene Bescheinigung betrachtete. Beim MdI könnten sie vielleicht nachsehen, ob sie eine Schriftprobe dieser Schreibmaschine hatten. Fiel mir ein. Wenn ja, hatte ich Punkte. Denn auf meiner Schreibmaschine war der Tschernobylappell geschrieben worden. So etwas stellte ich mir vor, um mir Mut zu machen. Wer weiß, ob ihre

Sammelwut überhaupt bis dahin reichte. Egal. Der Bus kurvte in den Busbahnhof. Ich stieg aus. Zum Bahnhof hinüberschlendern und gleich einen Fahrschein kaufen. Der Bahnhofseingang, in dem früher immer die algerischen Arbeiter herumgestanden hatten, war leer. Es gab keine algerischen Arbeiter mehr im Textilkombinat, in der Textilbude, wie die Leute sagten. In die Wohnheime, hatte meine Mutter erzählt, waren Männer aus Mosambik und Frauen aus Vietnam eingewiesen worden. Deren Sehnsucht…

Meine Schwester konnte 16 Uhr von der Arbeit kommen, hatte unsere Mutter gesagt. Sie wohnte nicht weit vom Textilkombinat. Jetzt war es eins. Man konnte nicht lange durch eine Industriestadt schlendern. Ich ging ein paar Straßen hinauf zu der früheren Prachtstraße. Die Stadt war eigentlich alt, schön und bürgerlich gewesen. Vom Alter waren das Rathaus und eine Apotheke geblieben, von der Schönheit der Himmel in dunstigem Blau. Die frühere Prachtstraße hieß „die Sorge". Passagen führten in die Nebenstraßen. Ich liebte das Wort. Durchfahrt. Durchgang. Überdachte Ladenstraße. Reise, besonders über das Meer. Durchgang eines Gestirns durch den Meridian. Aus melodischen Figuren zusammengesetzter Teil eines Musikwerks. Und so weiter. So hatte ich das einmal nachgeschlagen und auswendig gelernt, weil es mir so gefiel. Und jede Passage führte von der Sorge weg. Es gab keine kleinen Cafés mehr auf der Sorge, von der vormaligen Bürgerlichkeit der Stadt war nichts geblieben.

Ich hatte auch nur davon sagen gehört. Ich ging durch eine Passage zum Rathaus und fand eine HO-Gaststätte, in der die Tische weiß gedeckt für das Mittagessen waren. Es gab freie Tische, Geruch nach Bratensauce und nach den geölten Spänen, mit denen am Abend der Boden gekehrt wurde. Mein Magen war wie zugenagelt, ich bestellte Kaffee und Braunen. Der Alkohol traf meine Mitte wie eine Faust und das Brennen in der Kehle ging langsam in einen weichen Schmerz über den Augenbrauen über.

Ich trank noch einen Braunen und mehr Kaffee. Da war es erst 14.30 Uhr. Ich kritzelte in mein Notizbuch, ich versuchte mich in Plänen. Ein Mann mit einem Bart und gierigen Augen setzte sich an den Tisch, aber er hatte nicht viel zu sagen. Ich würde heute unter keinen Umständen hier bleiben, egal, ob er kostenlos Theaterkarten besorgen konnte. Und ich wollte nicht mal mit ihm sprechen, am besten gar nicht sprechen. Er schrieb schließlich seine Adresse auf einen Zettel und schob ihn mir zu. Ich zuckte die Achseln. Endlich bekam ich Richtung. Auf der Toilette putzte ich mir die Zähne und spülte den Mund immer wieder mit eiskaltem Wasser. Ich warf den Zettel in die Toilette. Brücken abbrechen, keine neuen hinstellen, vor allem keine neuen Brücken.

Trotzdem ließ ich plötzlich die Zeit vergehen, als hätte ich zu viel davon, und trieb mich durch die Straßen, noch einmal, noch einmal. Es war lange fünf vorbei, als ich in dem Hochhaus stand, in dem meine Schwester wohnte. Im Flur roch es nach Beton, nach Essen und nach Putzmittel, und darunter lag ein schwacher Geruch von Schweiß und Erbrochenem. Ich klingelte. Ich fühlte, dass sie hinter der Tür war. Meine Schwester war groß und schön, ihre Haare waren toupiert. Man hörte ihre Absatzschuhe, ehe man sie sah. Gegen sie wirkte ich undiszipliniert, verwahrlost. Sie öffnete, sie lächelte kein bisschen. Sie schaute auf die Tür gegenüber und sagte: „Geh rein."

Rein hieß: in die Küche. In der Küche saß eine ältere Frau, die ebenfalls toupiertes Haar hatte. Toupiert war schon selten. Man hätte das schön zeichnen können, auf dem Küchentisch ausgerollter Teig, auf dem Herd kochte Suppe. Als Kind hatte ich manchmal hier gesessen und meiner Schwester beim Kochen zugeschaut. Sie war die Ältere. Man hätte das als Bilderfolge zeichnen können, die griffige Figur meiner Schwester und der Ablauf, wie sie erst Teig knetete, den gehen ließ, in der Zwischenzeit Gemüse schnitt und nachher ein Brot formte und das im Ofen buk. Bilder waren immer trügerisch. Meine Schwester war keine Comicfigur. Mit meiner Schwester war nicht zu spaßen. Nach des Tages Arbeit sollst du ruhn. Sie hatte den Staat mit aufgebaut. Ich war bloß hier geboren.

„Du brauchst nichts zu sagen, ich unterschreibe nichts."

Sie wusste Bescheid. Ich hatte noch nichts gesagt. Ich sagte dann doch, dass ich lediglich eine Unterschrift benötigte, die mir bestätigte, dass ich bei ihr keine Schulden hätte.

„Sie haben im Betrieb mit mir gesprochen. Ich bin angewiesen, nichts zu unterschreiben."

„Habe ich Schulden bei dir?“

„Das interessiert mich nicht, Inge.“

„Aber ich habe keine Schulden bei dir.“

„Ich unterschreibe nichts für deine Ausreise. Ich bin mit meinen Vorgesetzten vollkommen einig, dass deine Ausreise nicht von mir unterstützt wird.“ Sie sagte leiser: „Ich habe schon genug Schwierigkeiten.“

„Du hast nicht meinetwegen Schwierigkeiten, sondern wegen der Leute, die dir Schwierigkeiten machen.“

„Lass das. Ich bin Genossin. Ich sollte im Griff haben, ob meine Schwester eine Verräterin wird oder nicht.“

„Das verlangt nur der Größenwahn deiner Genossen.“

„Meine Genossen haben deine Ironie nicht verdient.“

„Und du bist nicht für meine Ausreise verantwortlich.“

„Du sagst es. Deshalb unterschreibe ich auch nicht, dass ich damit einverstanden bin.“

„Du musst nicht einverstanden sein. Es geht nur darum, ob ich Schulden bei dir habe.“

„Ich weiß, worum es geht. Es hat keinen Sinn. Du kannst gehen.“

Gut, dass sie eine Zeugin für ihre Standfestigkeit hatte. Es gelang mir, die Tür leise zu schließen. Auf der Straße schüttelte ich den Suppengeruch ab und den Blick der anderen Frau.

Es war noch Zeit bis zum letzten Zug nach Berlin. In der Kaufhalle am Bahnhof, die bis sieben offen hatte, kaufte ich die Zeitung, zwei Brötchen, Käse, Cola und Zigaretten. Im Zug brach ich die Brötchen auseinander und zerdrückte den Käse zwischen den Hälften, so, wie wir es damals in der Schule gemacht hatten, wenn wir uns statt Essenmarken immer nur Zigaretten kauften und manchmal ein Brötchen. Ich war müde und hungrig, und während ich in das erste Brötchen biss, zitterte mein Magen. Denn ich hatte keine Ruhe mehr. Der Zug ruckte an. Ich legte das Brötchen auf die „Volkswacht". Ich riss die Zigarettenpackung auf. Das Streichholz knirschte weich, als ich es beim Anreißen knickte. Es brannte doch. Ich rauchte tief und süchtig. Ich wollte durch das Niemandsland waten, durch die Niemandszeit reisen und durch den Grenzsumpf schwimmen. Und zwischen den Schwimmzügen füllte zäher Schlamm den Raum zwischen all meinen Gliedmaßen. Bis der Antrag genehmigt wurde, stagnierte man zwischen den Ufern. Was konnte ich tun, wenn der Antrag ohne die Unterschrift nicht angenommen wurde. Ich wusste nicht, was. Etwas würde ich sicher tun. Wenn du den ersten Schritt gegangen warst, würdest du den zweiten gehen. Und immer so weiter. Es war mir bisher fremd gewesen. Leute stellten zwei, drei, vier Ausreiseanträge. Ich verstand jetzt, warum. Warum sie notfalls ins Gefängnis gingen. Ich rief die Entschlossenheit auf. Sie überraschte mich: Ich war voll davon. Es würde und es würde kein Notfall eintreten.

Neunzehntes Kapitel

Der Bahnhof Lichtenberg war menschenleer, aus dem Zug stiegen nur wenige Fahrgäste. Der Zugang zum Zwischengeschoss zwischen Bahn und U-Bahn war noch offen, aber das Gitter an der Treppe zur U-Bahn war zu. Ich stand einen Moment in dem niedrigen Tunnel, in dem mich schon tagsüber Beklemmung befiel, dann ging ich zurück auf den Bahnsteig. Der Zug war bereits ins Depot gefahren, Berlin-Hauptstadt hätte eine Endstation sein können, die erste S-Bahn fuhr in einer Dreiviertelstunde. Der Luftzug vom Treppenabgang hob mir die Kapuze vom Kopf, der Wind machte, dass mir die Tränen in die Augen schossen. Ich zog die Kapuze wieder hoch und hielt sie mit der Hand, als ich zur Schalterhalle ging. Eile war geboten, vielleicht war der letzte Nachtbus noch nicht gefahren, oder der erste Tagbus fuhr. Alle Schalter waren geschlossen. Rechts an den Schließfächern standen drei Transportpolizisten. Einer rauchte. Angelika und ich waren hier einmal mit der Zigarette in der Hand von Trapos angehalten worden. Ich hatte immer Angst vor den Trapos gehabt. Aber sie hatten uns nur fünf Mark abgenommen. Pro Person mit Zigarette. Es war viertel drei. Hinter der gläsernen Eingangsfront war der Bahnhofsvorplatz ein undeutliches Bild in Nuancen von schmutzigem Grau. Ich versuchte mehrere Türen, die Blicke der Trapos im Rücken, ehe ich die offene fand. An der Haltestelle sah ich, dass kein Bus mehr Richtung Innenstadt fuhr und noch keiner, am Taxistand eine Schlange. Der erste Wartende stieg in ein Taxi, der Fahrer drehte sich aus dem Sitz und fragte, ob noch wer nach Hohenschönhausen wollte. Keiner. Der Mond beleuchtete den Himmel weiß, jetzt, wir starrten in den Himmel, bis das nächste Taxi kam. Der nächste Wartende stieg ein und nach einem Disput mit dem Fahrer wieder aus. Der Mann schimpfte, wie er mitten in der Nacht nach Königs Wusterhausen kommen sollte. Der Fahrer schrie zurück, dass er um drei Dienstschluss hätte. Außerdem fände er in KW niemanden, der mit ihm zurück nach Berlin führe.

„Sie tun, als müssten Sie's selber bezahlen."

„Aus Berlin rausfahren muss ich jedenfalls nicht."

Zunächst in der Schlange stand eine Frau, deren Beine geschwollen waren, von einem zu langen Tag, einer zu langen Nacht, die sie sicher hier auf dem Bahnhof gearbeitet hatte, der dunkelblaue Rock konnte gut Teil einer Bahnuniform sein. Sie senkte den Kopf und zwängte sich auf den Rücksitz des Taxis. Ihr Blick huschte an den anderen vorbei. Jemand zuckte die Achseln, irgendwer würde sowieso mit diesem Taxi fahren, warum nicht sie.

Als drei Taxis später jemand nach Mitte wollte, konnte ich mitfahren, weil Friedrichshain auf halbem Weg lag. Der Mann aus KW stand immer noch da. Er wäre besser ein paar Ecken weitergegangen und hätte dort einem der langsam herumfahrenden Autos gewunken, das wäre besser gewesen. Schwarze Taxis fuhren nicht an Taxistände heran, weil es zu riskant war, Leute an einem Ort aufzunehmen, wo andere gelangweilt herumstanden und sich die Nummer merken konnten. Obwohl man nicht wusste, was jemand davon haben sollte. Schwarztaxis waren beliebt. Manche prahlten, sie hätten sich ans andere Ende der Stadt bringen lassen und dann einfach danke gesagt, was ich nie glaubte. Alle hatten bezahlt. Als das legale Taxi, in das ich gestiegen war, in meiner Straße ankam, ließ der Fahrer sich die Strecke bis hierher bezahlen, und ich sah beim Aussteigen, dass die Uhr nicht zurückgeschaltet wurde. Ich war müde, der andere Fahrgast hätte zuerst protestieren müssen, ich hätte eingestimmt, er aber schwieg. Und das war neu, dass diese Dinge mich zu stören begannen, unsere Feigheit und Wurstigkeit, die ich früher für gegeben genommen hatte. Ich raffte meine Sachen und schlug die Tür zu. Das Geräusch war zu laut für die Straße. Gelbes Licht von Straßenlaternen, das Knarren der Tür, der Flur mit seinen Fliesen, der Hof, und heute Nacht waren wirklich einmal alle Fenster dunkel, alle geschlossen, und das Atmen der Schlafenden hörte ich in meinem Kopf, Mond erhellte das Treppenhaus, Luxus, ich konnte beinahe blind hinaufsteigen und blind aufschließen. Rumdrehen, Kette vorlegen, innen an die Tür lehnen, in den Raum hinein atmen, und ob hier etwas war, was für ein Unsinn, man musste nur Licht machen, dann Schritte durch den langen Flur in das Zimmer hinein, ich legte meine Tasche auf den Tisch und nahm das Schreiben mit der Unterschrift meiner Mutter heraus. Der Ordner, in dem ich die Ausreiseunterlagen sammelte, war noch nicht dick. Und es war zu früh am Morgen, um erregt oder ängstlich zu sein. Ich musste schlafen. In der Küche ließ ich Wasser in ein Glas laufen, trank es halb aus, goss den Rest ins Becken, füllte es neu und nahm es mit ans Bett. Das Laken vorm Fenster ließ ich offen, damit ich den Himmel sah, ich sah ihn einen Moment lang, nur schlafen, leeres zuversichtliches Fallen in die Matratze hinein, ich würde hier nicht begraben werden, und im Fallen fuhr die Luft über die kalte Linie, an der entlang das Wasser durch meine Kehle geflossen war.

Nur einen Moment, nur drei Stunden, dann war ich hellwach und in Besorgnis. Es war ein Tag, an dem ich fertige Arbeit zum Verlag bringen musste. Ich sollte das bald tun, dachte ich, während ich unangezogen am Schreibtisch stand und in meinem Notizbuch nach dem Zettel mit Iris' Telefonnummer suchte. Ich schrieb die Nummer in ein neues, leeres Notizbuch und schob es von der Seite her hinter das Bücherregal, paranoid, aber trotzdem. Ich nahm frische Sachen aus dem Schrank und steckte den Zettel in eine Hosentasche. Jedes Haarewaschen ein neues Leben, jedes Anziehen ein neues Selbstbild, so wollte ich das. Der Verlag war in Stadtmitte, ich kam beinahe gleichzeitig mit der Chefkorrektorin an. Sie begann erst um neun mit der Arbeit, die anderen halb acht. Sie war groß und füllig, ihr Gesicht war aus zu vielen zu weichen Teilen zusammengesetzt.

„Sie sind es, Frau." Sie war beim Kaffeekochen und bot mir welchen an. Das hatte sie noch nie getan. Ich zeigte ihr die fertige Arbeit und dann griff sie hinter sich ins Fach, in dem die Aufträge für die Außenkorrektorinnen lagen. „Ich muss Ihnen diesmal einiges dazu erklären." Ich nickte. „Wir gehen nach nebenan. Da sitzt sonst der Vertrauensmann, er hat einen Außentermin, wir können seinen Arbeitsplatz benutzen." Ich nickte. Das Zimmer war leer und roch schwach nach Beton wie ein Raum, der von zu vielen Menschen benutzt wurde, als dass er den Geruch eines einzelnen hätte annehmen können. Es gab einen Schreibtisch am Fenster, da stand das Telefon, und einen langen Tisch und sechs Stühle, die mit hellgrün gemustertem Stoff bezogen waren. Wir setzen uns an eine Ecke. Die Stuhlbeine hatten metallene Grate und kratzten über den Teppichboden, auf dem sich davon schon Spuren gebildet hatten. Der Kaffee war bitter, stark und auf den Satz gebrüht, ich mochte ihren Kaffee, nicht ihr Gesicht, und es war nicht die Arbeit, die sie mit mir besprechen wollte.

Sie wusste, dass ich ausreisen wollte. Sagte sie. Ich würde doch nicht im Verlag darüber sprechen?

„Nein. Wieso sollte ich?"

„Wieso nicht?" Ich würde doch nur nicht darüber sprechen, wenn sie mich jetzt darum bat. Oder wenn sie mich nicht bat, dann würde ich.

Ich sprach nicht darüber.

Wie lange es dauern würde.

Ich wusste es nicht.

„Was tun Sie, wenn sie den Antrag ablehnen?"

Ich trank langsam einen Schluck. „Kann so etwas auch abgelehnt werden?"

„Ich weiß nicht", sagte die Chefkorrektorin.

„Ich weiß es auch nicht."

„Was würden Sie tun, wenn?"

Ich trank noch einmal und behielt den Kaffee lange im Mund, ehe ich ihn runterschluckte. „Meinen Sie, das kann abgelehnt werden?"

„Wenn doch? Würden Sie dann gegebenenfalls", sagte sie, „gegebenenfalls juristische Schritte einleiten?"

„Gegen den Staat? Das kommt mir unlogisch vor", sagte ich.

„Man weiß ja nicht."

Sie hat es nicht geschickt genug angefangen, dachte ich. „Verzeihung, warum fragen Sie?"

„Ach. Ich wüsste bloß gern, wie lange wir hier noch auf Sie bauen können."

„Ich vertraue darauf, dass ich frühzeitig Bescheid weiß und Ihnen frühzeitig Bescheid gebe." (Sie würde es sicher vor mir wissen. Sagte ich nicht.) „Machen Sie sich keine Gedanken, bis dahin werde ich pünktlich liefern. Sie können sich auf mich verlassen." Ich stand auf. Ich lobte den Kaffee. Sie blieb sitzen. Ich setzte mich nicht wieder. Es war nicht höflich von mir. Ich fragte, wann ich die Korrektur liefern sollte.

„Dreihundert Seiten, zehn Tage. Achten Sie auf die Namen, da liegt eine Liste bei. Im Text gibt es Unstimmigkeiten, hat man mir im Lektorat gesagt." Sie stand seufzend auf.

Ich würde auf die Namen achten. Wenn es Probleme gäbe, würde ich anrufen. Es würde sicher keine geben.

Nein, an meiner Arbeit hatte sie noch nie etwas auszusetzen. „Wirklich nicht. Ich habe noch nie etwas daran auszusetzen gehabt."

(Ich hörte es.)

Deswegen würde sie sich auch nicht dagegen aussprechen, dass ich hier weiter beschäftigt würde.

(Aha.)

Die Tasse sollte ich stehenlassen. Sie brachte mich zur Tür, hob die Hand und kehrte dann ins Zimmer zurück. Ich ging ruhig zur Treppe, wo ich außer Sicht ging, ich nahm die ersten Stufen und begann dann zu hüpfen. Ju-ri-sti-sche-Schrit-te, juristische Schritte, juristische —

Hinter der Charité hatte ich vor einiger Zeit, als ich ziellos gelaufen war, eine Anwaltskanzlei entdeckt, ein Schild mit der Aufschrift „Internationale Familienangelegenheiten". Ich hatte keine internationale Familienangelegenheit. Wer sich mit internationalen Familienangelegenheiten auskannte, wusste auch mit Ausreisen Bescheid, doch, war ich sicher. Heller Tag. Ich schob den Packen Fahnen in meine Tasche. Ich war überrumpelt worden und trotzdem unverbindlich geblieben. Und dann fand ich schnell den neutralen Neubau, an dessen Ende ich das Schild gesehen hatte. Die Kanzlei war geschlossen. Ich merkte mir die Öffnungszeiten. Ich würde nicht anrufen und keinen Termin vereinbaren. Und den nächsten Termin beim MdI hatte ich in einer Woche. Der Kaffee der Chefkorrektorin pochte in meinem Magen, ich nahm nicht die S-Bahn, sondern lief mit straffen Schritten Richtung Friedrichshain. Bis zu der Telefonzelle, von der aus ich am liebsten telefonierte, brauchte ich eine Stunde. Mein Puls beruhigte sich. Es war Tag, Arbeitszeit, als ich in der

Dirschauer ankam, wo das Telefon an einer Hauswand hing, ungeschützt, öffentlich. Ich zog die Nummer aus der Hosentasche und nahm mein Portemonnaie. Ich hatte fünf Zwanziger und drei Fünfziger. Das musste reichen. Ich warf zwei Zwanziger ein und begann Iris' Nummer zu wählen. Es war immer schon nach der Vorwahl besetzt. Ich legte den linken Zeigefinger auf die Halterung für den Hörer, sodass das Geld rasselnd durchfiel. Ich wählte vielleicht zehnmal, jedes Mal musste ich das Geld wieder neu einwerfen, und während die Wählscheibe nach jeder Ziffer quälend langsam zurücklief, begann mein Puls, sich erneut zu beschleunigen. Dann klingelte es sehr fern. Das Gespräch wurde angenommen. „Moment", sagte eine Stimme, „ich muss nachsehen, ob sie da ist." Ich hatte nicht daran gedacht, dass sie nicht da sein könnte. Ich schob sofort einen Fünfziger nach. Dann ihre Stimme, dunkel, es knackte im Hörer, „Iris."

„Iris", sagte ich, „ich komme aus Thüringen."

„Ja", sagte sie.

„War schön."

„Ach", sagte sie, „schön, ist ja Spätsommer geworden."

„Ich war auf den Sümpfen, stell dir vor, schön, was?"

„Ja. Hat es gerochen wie früher?"

„Auf alle Fälle. Und nach Henna. Nach Sumpf und nach Henna. Und das Laub. Das Laub wird viel bunter da unten, muss am Nebel liegen, der in den Tälern hängt."

„Ja, schön“, sagte Iris. „das kenne ich auch. Wir haben auch solche flachen Hügel und Täler, bei uns da unten, wo der Wein herkommt.“

„Ich war bei meiner Schwester. Sie unterschreibt nicht, dass ich keine Schulden habe.“

Iris war über das Prozedere informiert. „Oh“, sagte sie. Es knackte im Hörer, ich schob einen Fünfziger nach, ehe das Gespräch zusammenstürzte.

„Ja, nicht? Dabei habe ich keine Schulden.“

„Stimmt“, sagte Iris. „Mir geht es gut. Du weißt ja, das Wochenende haben wir viel zu tun.“

„Ich weiß“, sagte ich. „Ich auch.“ Sicherheitshalber warf ich den dritten Fünfziger nach.

„Okay, genieße den schönen Tag“, sagte Iris.

„Ja. Bis bald, Iris.“

„Bis bald.“

Das Gespräch war schneller vorbei, als ich gewählt hatte.

Ich hängte ein und schaute zum Himmel. Ich hätte gern Wolken gesehen, die über die Dirschauer Straße geflogen wären, rasche Wolken, dann wieder Licht. Und so weiter. Und ob ich es jetzt richtiggemacht hatte. Wer wusste das schon. Es war nicht weit zu meiner Wohnung.

Am übernächsten Tag kam schon der Brief von meiner Mutter. Dass sie noch einmal darüber nachgedacht hatte. Dass sie mich vielleicht später besuchen könnte. Dass der Brief die unterschriebene Erklärung enthielt. Die von meinem Vater unterschriebene Erklärung. Ich nahm das Blatt Papier, dessen gekniffte Linie davon zeugte, dass jemand es

mehrmals geöffnet und neu gefaltet hatte, vielleicht
war er mit dem Daumen über den Falz gefahren, mit
seinem breiten Daumen mit den immer sauberen
Fingernägeln. Ich starrte die Unterschrift an, Peter
August Stein, gleichmäßige Schrift, saubere Haken
und Schlingen, nicht leicht lesbar trotz allem. Männer überwanden die Handschrift ihrer Schulzeit oft
nicht, er aber hatte eine ausgeschriebene Handschrift
mit schönem Schriftbild, ein Prolet, der zum Viel-
schreiber geworden war, ich irrte in ferne Gedanken
an mein intellektuelles Erbe, das ich verraten wollte.
Das war aber nicht, was meine Schwester mit Verrat
gemeint hatte. Sie meinte den Staat, nichts Intellektuelles. Der Staat, der meine Ironie nicht verdient
hatte, war es das gewesen, was sie gesagt hatte? Ich
dachte: auch meinen Zynismus. Mir fiel kein Zynismus ein, der passte. Ich heftete die Erklärung zu den
anderen Unterlagen. Dann zog ich das neue Notizbuch hinterm Regal vor und setzte die Adresse meines Vaters unter Iris' Telefonnummer. Kein Name,
nur Ort und Straße, Jena, Am Planetarium 6. Im
Planetarium spielten sie immer Mozarts Nachtmu-
sik, während die aus einer hellen Folie geschnittene
Silhouette der Stadt sich deutlicher und deutlicher
vor dem langsam dunkelnden Himmel absetzte, die
Sterne wurden eingeschaltet, einer nach dem anderen
erschien am nördlichen Himmel, dann die Achsen
und Meridiane. Eine Stimme erklärte die Sternenzei-
chen. Früher hatte er seine Fingernägel auch poliert.
Ich war ganz ruhig, nur mein Puls raste. Sonst hatte
ich alles vergessen, außer Orion, dem Himmelsjäger,
mit seinem dreifach besternten Gürtel, den nicht. Ich

schob das Notizbuch hinter das Regal und den Ordner an seinen Ort und fuhr nach Friedrichstraße, um die Kanzlei für internationale Familienangelegenheiten aufzusuchen.

Rechtsberatung war nicht leicht zu bekommen. Dabei gab es sogar in Berlin-Hauptstadt Anwälte, nicht nur in Westberlin, wo es mehr Anwälte gab als sonst auf der Welt. Die Kanzlei hatte einen hohen, hellen Empfangsraum und ich sagte, es sei nur eine Kleinigkeit, zehn Minuten. Die Frau am Empfang war in meinem Alter, sie lächelte mich an, ich wusste nicht, warum, und dann fragte sie bei einem der Anwälte nach. Zehn Minuten genügten? Ich nickte. Ich musste mich nicht erst in einen Warteraum begeben. Sie wies mich in ein Büro, das genauso hell wie der Vorraum war. Der Anwalt hatte einen lockeren und kühlen Händedruck. Aber er konnte keine Beratung in Ausreiseangelegenheiten erteilen, leider. Sein weißes Hemd leuchtete.

Auf dem Rollschrank lag ein Stapel Berliner Telefonbücher, wieso drei, dachte ich.

Privat, sagte er, könne er mir sagen, dass es keine Unterhaltspflicht zwischen Geschwistern gebe, weder in der DDR noch in Westberlin, und keine Ansprüche auf Versorgung. Solche Ansprüche gebe es nur zwischen Eltern und Kindern, in aufsteigender und fallender Linie, sagte er, unter Umständen noch zwischen Großeltern und Enkeln. Nicht auf gleicher Ebene, nicht zwischen Geschwistern. Weder in der DDR noch in Westberlin.

Es waren natürlich Westberliner Telefonbücher, die da lagen, und es waren drei, weil dort jeder Telefon hatte.

Ich könnte mich nicht auf ihn berufen. Er würde stets bestreiten, mir das gesagt zu haben. Sollte er selbst jedoch jemals dieses Problem haben, würde er die Erklärung abgeben, dass er schuldenfrei wäre. (Natürlich würde er dieses Problem nie haben.) Man musste nicht beweisen, dass man keine Schulden hatte. Wer eine Forderung hatte, musste beweisen, dass ich sie begleichen musste.

„Ich habe keine Schulden bei meiner Schwester.“

„Sehr gut. Wäre ich Sie, würde ich das erklären, unter besonderer Versicherung der Wahrheit. In der Bundesrepublik nennt man das eidesstattlich. Hier nennt man es so.“

Ich wiederholte es, „unter besonderer Versicherung der Wahrheit“.

„Vergessen Sie nicht“, sagte er, „ich habe Ihnen das nicht gesagt.“

„Was bin ich Ihnen schuldig?“

„Nichts. Ich kann Ihnen keinen Rat geben. Das kostet nichts. Alles Gute.“ Er lächelte. Es gab Menschen, die zwischen den Welten standen, dazwischen, ja sogar darüber. Die nie im Niemandssumpf gesteckt hatten. Sie hatten mir gesagt, dass ich diese Erklärung von Eltern und Geschwistern zu bringen hatte. Ich wusste noch nicht, dass ich anschließend würde erklären müssen, warum meine Schwester das nicht unterschrieb. Dass Iris mir die Nachricht bringen würde, dass dies gefährlich sein konnte. Dass sie eine Anwältin gesprochen hatte, die das kannte. Dass es eine Falle war. Dass ich niemanden verleumden dürfte. Dass schon Leute wegen der Art Verleumdung ins Gefängnis gekommen waren. Nein. Doch. Es war absurd. Aber ich war zuversichtlich. Und ich erklärte das später dann auch. Warum meine Schwester das nicht unterschrieb. Ich erklärte es auf mehreren Seiten. Ich wusste es jetzt nicht, aber ich machte es dann. Es gab Schlimmeres. Zum Beispiel nicht davon überzeugt zu sein, dass sich alles löste. Alles würde sich lösen. Oder lösen lassen. Angelikas Tochter hatte nämlich recht. Wir lebten nicht in einem Roman von Kafka. Ich rannte zur S-Bahn, in die Wohnung, an die Schreibmaschine. Ich musste die Füße nicht unter den Tisch von irgendwem stellen. Unter besonderer Versicherung der Wahrheit. Erkläre ich hiermit. Ich bin weder verschuldet noch verpflichtet. Ich unterschrieb. Als ich Durchschlag und Original in den Ordner heftete, sah ich, dass meine Handschrift der Schrift meines Vaters ähnelte. Und das war auch alles.

Zwanzigstes Kapitel

Dann beschleunigte sich die Geschichte. Dinge begannen, sich nebeneinander zu ereignen. Gleichzeitigkeit kam auf. Im Radio berichteten sie über die Tagung des Internationalen Währungsfonds in Westberlin. Über den Gegenkongress in Westberlin. Hunderttausend waren gestern von der Polizei getrieben und eingekesselt worden, in Westberlin. Über den Gegenkongress im Osten sprachen die Westberliner Nachrichten nicht. Und im Rundfunk der DDR sprachen sie weder über die IWF-Tagung noch über die Demonstrationen. Dabei konnte man sie beinahe hören, in Wirklichkeit hören, meinte ich. Es war seltsam, dass sie nicht berichteten. Es musste ihnen doch ein Fest sein, so viele, die gegen den Kapitalismus protestierten. Wieso sie sich das entgehen ließen. Ich schaltete das Radio aus. Ich war nicht beunruhigt und setzte mich hin zum Korrekturlesen. Ich durfte keinen Verlag verlieren. Ich hatte nichts gespart. Nicht zu arbeiten war ein Delikt. „Wir sind im Gegenteil sehr interessiert daran, dass Sie arbeiten." Tatsächlich. Ich auch. Ich wollte nicht, dass der Antrag meine Zeit vollkommen absorbierte. Alle Dinge tun, normal tun.

Dann war Sonnabend und ich ging zu der kleinen Kirche am Rand des Neubaugebiets, wo sich der Friedenskreis traf. Das Gemeindehaus war neu, die Kirche eine gelbbraun verputzte Dorfkirche. Berlin war ja aus Dörfern entstanden. Das Gemeindehaus bildete mit der Kirche zusammen einen Riegel auf einem Grundstück, das vormals das letzte in einer Straße mit Reihenhäusern gewesen war. Die Straße war inzwischen verlängert und setzte sich auf der anderen Seite des Kirchengrundstücks als grobe Schneise zwischen parallel gesetzten Zehngeschossern fort. Die Verbindung zwischen den beiden Straßenteilen kam durch einen schmalen Bogen zustande, in dem ein Fahrzeug langsam fahren musste, damit unvermutet von der je anderen Seite des Grundstücks her kommende Personen nicht verletzt wurden. Ging man zu Fuß, zeigte die Blickachse von beiden Seiten her auf die Kirche.

Der Lärm von Demonstrationen drang nicht über die Grenze. Aber es gab jetzt einen gemeinsamen, grenzübergreifenden Feind. Wir wussten nur nicht, ob das drüben auch jemand bemerkte. Wir waren überzeugt, dass die Schulden der DDR ein krisenhaftes Ausmaß angenommen hatten und dass uns bald die Schuldenkrise erreichen würde, wie sie die südlichen Länder längst erreicht hatte. Unsere Schulden waren nichts im Vergleich zu denen der Zweidrittelwelt, sagte Angelika. Zweidrittelwelt war kein Westwort mehr. Bei Angelika hatte ich Rundbriefe einer Gruppe gesehen, die sich unter den aussichtslosen Zielen das abwegigste gewählt hatte, Gerechtigkeit. Sie wollten Verzicht. Sie erklärten, dass sie ihren Bedarf an Kleidung zukünftig durch Tauschen und Ändern von Sachen decken würden. Nicht mehr massenhaft Bücher zu kaufen, den eigenen Bücherschrank für andere zu öffnen, weniger zu essen. Das hatte eine wütende Diskussion ausgelöst.

Verzicht, sagten die Zuschriften, wo nicht einmal die dringlichsten Konsumbedürfnisse befriedigt wären. Angelika hatte nur gelacht. „Übererfüllt", sagte sie, „übererfüllt!" Ich hatte ihr ohne große Lust zugehört. Angelika hatte eine Antwort verfasst, in der sie sagte, die wichtigen Bedürfnisse würden nur durch reine Luft erfüllt, durch klares Wasser und unverdorbene Lebensmittel. Alles, was wirklich wichtig sei, sei vergiftet. Es komme nicht mehr auf die Art der Herrschaft an, unter der wir lebten. Angelika war kein Mitglied der Gruppe. Doch die paar Leser dieses Blättchens hatten das so aufgefasst. Die Reaktionen waren wütender geworden. Angelika sollte erwachsen werden, schrieben sie, und dass es sehr wohl darauf ankäme, ob man hier lebte oder dort. Wie wollte sie den Leuten sagen, dass sie das Wichtigste nicht hatten und trotzdem mehr verzichten sollten?

„Deshalb, nicht trotzdem."

Wollte sie den Leuten sagen, was wichtig war? Sie hatte recht, aber es nutzte ihr nichts, nicht einmal in der Szene. Angelika hatte über alles nachgedacht. Sie hatte recht. Sie hatte recht. Und trotzdem machte sie es sich zu leicht, denn wer hier auch noch recht haben wollte, spaltete die sowieso klägliche Opposition.

Dann hatte ich Radio Hundert reinbekommen. Radio Hundert berichtete, dass Banker des Währungsfonds in Hotels von Berlin-Hauptstadt wohnten. Im Osten zu wohnen, war kostengünstiger, und, da es auf Kosten nicht ankam: Es war sehr sicher. An keinem Ort der Welt war ein Banker so sicher wie in einem Hotel in Berlin-HauptstadtderDDR. Da war die Grenze vor. Ich kaufte ein Neues Deutschland. Die Tagung des Internationalen Währungsfonds wurde praktisch nicht erwähnt. Ich verstand, warum.

Und jetzt kam ich im Gemeindezentrum an, in dem der Gegenkongress stattfand. Es wurden gerade Arbeitsgruppen gebildet und Werner rief sehr laut, er müsste unbedingt in derjenigen Gruppe mitarbeiten, in der auch Fischer wäre. Fischer war Professor an der Hochschule für Ökonomie. Die einzigen Professoren, die jemals in den Gruppen aufgetreten waren, waren Theologen gewesen. Heute: ein Professor für Ökonomie. Werner, dessen ergrautes Haar im Nacken einen Zipfel bildete, wirkte erregt, er war ein abgefallener Funktionär, es ging um etwas für ihn. Ich sah zu. Später sah ich nicht nur zu, sondern machte ein paar Notizen. Die Arbeitsgruppen sollten ein Plenum zusammenbringen. Ich hatte alles vergessen gehabt, was ich von Ökonomie wusste, aber jetzt fiel es mir wieder ein. Hier sagten sie, dass Rumänien in den achtziger Jahren seine Auslandsschulden verringert hatte. Ich hatte davon gehört. So many lights in this city, hatte der Rumäne gesagt und Berlin-Hauptstadt gemeint. Er war dabei geblieben, als ich mit ihm vom Turm des Hugenottendoms heruntergesehen hatte. Der Unterschied in der Zahl der Lichter Westberlins und Hauptstadtberlins war bedeutungslos. Berlin-HauptstadtderDDR hatte nämlich seine Auslandsschulden nicht verringert. Traurige, berühmte Energiesparprogramme in Rumänien. Die Unruhen von Brasov. Der Diktator und seine Bärenjagd und seine auf Teufelkommraus betriebene

244

Schuldentilgung. Nicht einmal die einfache Reproduktion des Maschinenparks war noch gewährleistet. Die Maschinen wurden betrieben, bis sie auseinanderfielen. Das war keine Metapher. Es gab eine Stadt, in der alles schwarz war, Copša Mica, alles schwarz, Bäume, Blumen, Menschen. Wer je durch Copša Mica gefahren war, hatte es gesehen. Das vergaß man nicht. (Man vergaß es wirklich nicht.) Sollte im nächsten Jahrzehnt noch irgendetwas in Rumänien produziert werden, wären zuerst neue Darlehen nötig. Aber neue Darlehen wurden nicht aufgenommen. Das Licht wurde abgeschaltet, die Heizung, alles. In der Rauchpause redete jemand über die Schuhe der Ehefrau des Diktators, sie sollte Hunderte Paare haben, wie Imelda Markos. Das waren Gerüchte. Das Wort „sozialistisch" kam in Anführungsstrichen vor, die mit Fingern in die Luft gesetzt wurden, als sei der Realsozialismus real kein Sozialismus. Die DDR war nicht im Währungsfonds. Die DDR hatte Schulden, Gold und Devisen. Die DDR hatte Kredit. Und jener Ökonom, Fischer, bestritt, dass es Pläne gab, dem Währungsfond beizutreten. Werner wusste es besser. Werner wüsste nichts, sagte der Ökonom, die DDR habe Reserven.

In Westberlin gab es einen Kongress und hunderttausend wütende Menschen auf der Straße. Wir waren keine hundert. Verhältnisse waren Zahlenverhältnisse, je kleiner die Zahlen, desto größer die Reserven. Wir waren hundert, also waren wohl Hunderttausende in Reserve. Was hier beredet wurde, setzte das „Kapital" voraus. Ich hatte ernsthaft nur das „Manifest" gelesen. Später, als ich Angelika half, Essen für alle aus der Küche in den Versammlungsraum zu tragen und es auf einem großen Tisch bereitzustellen, sprach eine grauhaarige Frau mich an. „Das finde ich schlimm", sagte sie, „wie hier geredet wird."

„Wie wird denn geredet?"

„Kredit, Fonds, Kapital, Kapitalismus."

Das waren die Wörter, ja.

„Warum müssen wir mit solchen Wörtern hantieren?"

„Wegen der Realität?"

„Aber geht es nicht darum, miteinander zu leben? Ideologische Grenzen zu überwinden?"

Ich begriff, dass sie nicht aus einer der Gruppen kam, sondern aus der Gemeinde.

Wusste sie nicht, was Kapitalismus war? (Die Gegend, in die ich mich gerade aufmachte.) Es ging nicht um Toleranz.

„Ihr baut ideologische Grenzen, wo keine sind."

Als hätten wir Sozialismus und Kapitalismus erfunden. Ich schüttelte nur den Kopf. Dazu gab es nichts zu sagen. Pathos und Verantwortungslosigkeit. In diesem Land würden wir nie erwachsen werden.

Später bekam ich ein Flugblatt in die Finger.

„Es ist so weit."

Das stand da.

„Es ist so weit. Nachdem einem großen Teil der Finanzhaie nicht nur Hotels, Autos, Busse und Sicherheitspersonal zur Verfügung gestellt wurden, sondern sich unsere Bonzen nicht schämen, eine runde halbe Million Dollar Schmiergeld dafür zu nehmen, ist es an der Zeit, sich die neuen Herrscher mal anzuschauen. Im Rahmen des Kulturprogramms für Finanzhaie und deren Anhang stehen folgende Termine für Berlin/Ost definitiv fest: Uhrzeit Stadtrundfahrt Uhrzeit Pergamonmuseum Uhrzeit Tagesexkursion nach Potsdam Uhrzeit Stadtrundfahrt Uhrzeit Pergamonmuseum. Kommt massenhaft II Uhr vor das Pergamonmuseum. Bringt Kleingeld mit, damit wir die neuen Herrscher und ihre Gattinnen mit einem Goldregen begrüßen können. Glotzt sie an! Lasst sie eure Nähe spüren!

Es ist so weit."

Die neuen Herrscher. Ich glaubte nicht, dass sie die DDR übernehmen würden, aber meine Herrscher würden sie werden. Ich sollte sie mir ansehen.

Es wurde noch ein anderes Flugblatt verteilt.

„Es ist so weit. In der Woche ab dem 25.9.88 schlafen und wohnen eine Anzahl der in Westberlin tagenden IWF- und Bankbonzen in den Ostberliner Luxushotels. Ruft die folgenden Nummern an, wartet, bis sich jemand meldet und nach Eurer ausbleibenden Reaktion aufgelegt wird. Wenn Ihr nicht auflegt, sondern den Hörer hängen lasst, kann es bis zu einigen Stunden dauern, bis der Anschluss für die Bonzen wieder benutzungsfähig ist. Auch wenn das Gegenüber nicht mehr abnimmt oder den Hörer abgenommen lässt, ist diese Leitung praktisch blockiert — klingeln lassen kann man innerhalb von Ortschaften, bis der Strom ausgeht. Es ist so weit."

Ich bezweifelte, dass den Interhotels Berolina, Metropol, Stadt Berlin, Unter den Linden und Palasthotel nur eine Telefonleitung zur Verfügung stand oder ihnen der Strom ausgehen würde oder dass genug Leute überhaupt nur Telefon hatten, um dort anzurufen und die Leitung offen zu lassen, oder dass genügend viele es tun würden. Das waren Kindereien. Hatte ich das früher nicht gesehen oder nur nicht begriffen?

Ich wollte sie mir ansehen.

Aus den Lokalen, in denen man auch mit Westgeld bezahlte, kamen Nachrichten, dass bei Erscheinen von Bankern alle DDR-Gäste abkassiert wurden. Feierabend. Nicht fürs Personal. Man hörte noch mehr. Jemand empörte sich: Prostitution gehörte zum Service. Einer aus Leipzig fragte, ob wir wirklich so naiv wären. Wir waren so naiv, ja. Dann kommt zur Messe nach Leipzig! Und man hörte, dass ein Pilgerweg vom Staat verboten wurde und von der Kirche abgesagt. Aber der konziliare Prozess. War zum Lachen. Aber die Verdammten dieser Erde. Waren wir noch lange nicht. Was schlimmer war: Selbst für die konnten die Hunderttausend in Westberlin mehr tun als wir hier. Was stand in unserer Macht? Aus dem gemütlichen Selbstmitleid aufzuwachen. Ja. Aber der IWF. Aber der nächste Dienstag, an dem das Damenprogramm im Pergamonmuseum stattfand. Aber eine Presseerklärung. Unterzeichner Ost, Unterzeichner West, und der Satz der Sätze lautete: „Wir wenden uns entschieden gegen jeden Versuch, unsere Kritik am jeweiligen eigenen System in eine Befürwortung des jeweils anderen Systems zu verfälschen."

Aber das Ende der Veranstaltung. Und der Heimweg führte durch die Straße, an deren Rand bei dem kühlen Wetter dieses Abends Männer auf Bänken saßen. Sie erhoben sich und begleiteten die Menschen zur U-Bahn, die aus dem Gemeindehaus kamen. Männer standen am Abgang zur U-Bahn und fotografierten, als wir zur Treppe strebten. Aus der anderen Richtung hörte ich, wie Werners Motorrad sich entfernte. Wir ließen es geschehen. (Was sonst?) Es geschah stereotyp. Angelika lächelte. „Andere halten Schlimmeres aus", sagte sie, „und jetzt sieht man endlich einmal, dass sie uns wenigstens ernst nehmen."

Ich glaubte das eigentlich nicht mehr, aber sagte nichts. Ich hatte einen Ausreiseantrag. Der DDR konnte es recht sein. Das durfte man nicht persönlich nehmen. Ob sie dich gehen ließen oder zum Bleiben zwangen, das war nicht persönlich gemeint. Es bekam seinen Sinn durch den Zusammenhang, in dem du noch nützlich sein konntest. Und das behielt ich am besten alles für mich und ging einfach. Und ging jetzt erst einmal mit Angelika in die U-Bahn. Und lächelte keinem dieser Männer in die Kamera. Es war zu persönlich, ihnen persönliche Aufmerksamkeit zu widmen.

Angelika zog die Brauen zusammen. Die Kabine mit dem Fahrkartenschalter am Eingang des Bahnsteigs war geöffnet. Es war Sonntagabend, normalerweise waren auf den weniger frequentierten Bahnhöfen die Schalter nur in den Stunden des Berufsverkehrs geöffnet. Sie waren sonst nie mit mehreren Personen besetzt. Ich hatte nicht den Eindruck, dass sie hier saßen, um Fahrkarten zu verkaufen. Wir gingen nicht an den Schalter, sondern warfen zwanzig Pfennig in die Blechtrommel und betätigten den Hebel, mit dem man die Fahrkarten zog. Die Besatzung der Kabine sah zu. Angelika sagte, dass sie wieder einmal keine Mühen gescheut hätten. Die U-Bahn kam. Wir blieben in der Nähe der Tür. Kurz vor Frankfurter Allee stand ein Polizist auf und kam an die Tür. Er sah uns nicht an. Als der Zug hielt, bemühte er sich mit aller Kraft, die Tür zu öffnen. Es war einer der neuen Züge, bei denen die Türen während der Fahrt mit Druckluft verschlossen waren. Wenn der Zug hielt und es leise gezischt hatte, konnte man sie mit einem kleinen Ruck öffnen. Der Mann zerrte an der Tür und ließ dann die Hände sinken. Es zischte. Angelika fasste den Türgriff mit Zeige- und Mittelfinger und öffnete mit kleinem Ruck. Er sah uns nicht an und stieg aus. Die Leute im Wagen lachten. Es gab vielleicht ein Gefühl in diesem Lachen. Schadenfreude war es nicht, sondern etwas Endgültiges, der Hass auf das, was man nicht ändern konnte. Angelika stieg auch aus und fuhr mit der Straßenbahn nach Weißensee. Vorher flüsterte sie mir zu, dass das die neuen U-Bahnen waren. Sie hatten sie aus Westberlin. Dort waren sie die alten gewesen. Sie hatten dunkelgrüne Sitze zwischen hellen Holzrahmen. Die Stadt war geteilt. Ihre Ökonomie war verbunden.

Und dann der nächste Dienstag, an dem die Besichtigung der Gattinnen vor dem Pergamonmuseum stattfand. Wir hatten zu wenig Kleingeld, wir produzierten keinen Hagelschlag und keinen Goldregen, und einige der überraschten und verwirrten Damen hoben die Münzen auf, mit denen sie beworfen worden waren, wie ein glückbringendes Geschenk oder Bonbons bei einem Faschingsumzug. Polizei trieb sich herum. Niemand verstand die Aktion, die Damengruppe entfernte sich lachend und redend in Richtung auf den Eingang des Pergamonmuseums, die Polizei führte niemanden zu. Das war der Spaß. Der Ernst war später Werners Erzählung, wie Männer ihn in ein Auto gezerrt und zum Verhör durch einen Neubau geführt hatten, die Türen, die Türen, so viele Türen, sagte Werner. So viele Türen, sagte Werner. Das nahmen wir ihnen dann übel, dass sie Werner misshandelt hatten. Ich dachte, dass seine Erzählung wie eine Räuberpistole klang. Und es war auch eine. Und Loni, Werners Frau, die nie kontrolliert wurde, fuhr mit allen Informationen nach Westberlin.

Einundzwanzigstes Kapitel

Angelika weinte. Sie saß in meinem Zimmer. Die Zigarette lag im Aschenbecher. Sie stützte den Kopf in die linke Hand, Tränen liefen über ihr Gesicht und sickerten zwischen den Fingern durch. Alles zusammen war zu viel für sie. Jedes für sich auch, dachte ich. Eine der Amazonen war gestorben, eine, die ich erst jetzt kennenlernte, durch Angelikas Tränen. Angelika hatte es gehört, als sie aus Westberlin zurückkam, wohin sie erstmals hatte reisen dürfen. Sie war schon zu Hause gewesen, sie kam jetzt nicht direkt von der Grenze. Bei der Ausreise hatte man sie kontrolliert. Bei der Einreise auch. „Bis aufs Blut“, sagte sie, „bis aufs Blut.“

Ich hatte ihre Redensart zuerst nicht verstanden, vorhin.

Sie versuchte die halb gerauchte Zigarette auszudrücken. Sie brach am Mundstück. Angelika presste es fest auf den glimmenden Tabakrest. Sie hob die rechte Hand, spreizte die Finger, die Spitzen aufgebogen wie Blumenblätter, sie hob das Gesicht aus der Schale ihrer linken Hand und sagte: „Ja aber den Tampon müssen Sie rausnehmen, Frau.“

Angelika lachte. „Andere halten viel mehr aus.“ Sie schlug sich mit der Hand vor die Stirn.

„Hör doch auf.“

Aber sie hörte nicht auf.

„Andere halten mehr aus.“

„Was denn, Angelika?“

Sie meinte die Revolution. Wie hatten andere die Revolution ausgehalten, wenn sie schon das nicht aushielt.

„Wir haben hier nicht die Revolution", sagte ich, „wir haben hier die Depression, Angelika. Ich halte die auch nicht aus."

„Das ist das vierte Ding", sagte sie, „dass du jetzt auch noch abhaust."

„Das vierte", sagte ich. „Und was ist das dritte?"

„Das dritte", sagte sie, „das dritte Ding ist, dass ich Sparmann getroffen habe."

Sparmann war schon vor einigen Jahren ausgereist. Er arbeitete in der Kneipe in den Geringhöfen. Ich hatte gehört, dass die Geringhöfe am Geringdamm ein Projekt waren. Projekt sagten sie immer, ein Projekt in Kreuzberg. Angelika war zuerst zu Iris gefahren, und die hatte ihr Kreuzberg gezeigt, und am Abend waren sie in die Geringhöfe gegangen. Darüber weiter nichts. Wie es da aussah, würde ich ja bald selber sehen. Als Sparmann Angelika wahrgenommen hatte, winkte er, verschwand kurz in der Küche, und eine Frau aus dem Küchenkollektiv besetzte seinen Platz am Tresen. Angelika hatte gesehen, dass die Frau nicht ohne weiteres seine Arbeit übernommen hatte. Die Kneipe war voll, Angelika sähe es ja selbst, sagte Sparmann. Wie lange sie bliebe. Bis morgen. Okay, sie würden sich morgen früh treffen, sagte Sparmann. Nicht in Iris' WG, in der Männer keinen Zutritt hatten. Er nannte eine Uhrzeit, ein Café. Iris nickte, „Geh zurück, ich erkläre Angelika, wie sie hinkommt." Iris und Angelika tranken das trübe Bier aus einem großen, geschwungenen Glas. So erzählte Angelika und verzog den Mund, „Hefegeschmack, komisch“, sagte sie, „sehr komisches Bier in Westberlin.“ Sie lächelte fast. Und dann hatte sie Sparmann wiedergesehen, am nächsten Tag, in diesem Café, und da war er gleich zur Sache gekommen. Sparmann hatte Loni getroffen, zufällig, sagte er, im Kaufhaus des Westens, wobei er abfällig gelacht habe. Seine Mutter, Rentnerin, war in Westberlin gewesen und hatte unbedingt ins Kaufhaus des Westens gewollt, also war er mit ihr hingegangen, und da waren sie Loni begegnet, die sehr vertraut mit einem jüngeren Mann gesprochen hatte. Einem Mann mit gut geschnittenem Haar, der einen Anzug mit Weste trug. Sparmann war auf Loni zugegangen, aber Loni hatte gesagt: „Sie müssen mich verwechseln.“ Er hatte nicht nachgefragt, seine Mutter am Arm, die weder Loni kannte noch jenen Mann und die ihre hundert Mark Begrüßungsgeld verjubeln wollte, wie Sparmann sagte. Er hatte keinen Zweifel, dass das Loni gewesen war. Er war sich sicher, dass dieser Anzug zwar elegant, aber nicht aus dem Westen gewesen war. Der Akzent des Anzugmannes war auch nicht aus dem Westen. Sparmann hatte ihn im Weggehen sprechen gehört. Unvorsichtig sollte Sparmann das genannt haben. Loni kam nie zu Partys und selten zu Veranstaltungen. Loni konnte in den Westen reisen, weil sie Rentnerin war, sie war älter als wir, älter auch als Werner.

„Und du meinst, sie trifft sich drüben mit Männern aus dem Osten.“

„Aber nicht zum Spaß.“

„Ich verstand schon.“

254

Aus Gründen wurde Loni nie kontrolliert. Welche Gründe? Obwohl sie manchmal. Oder öfter. Sachen rüberbrachte und Sachen herbrachte. Auch Sachen von Werner für drüben. Oder eben nicht drüben. Die Westberliner Polizei kontrollierte ja niemanden. Die Polizei von Berlin-Hauptstadt kontrollierte jeden. Nur nicht Loni.

„Perfekt.“

„Fast“, sagte Angelika, „das Kaufhaus des Westens war natürlich ein Fehler. Zu viel Touristen.“

„Und Werner hat was mit dir.“

„Ja“, sagte Angelika, „und Werner hatte was mit mir. Buchstäblich“, sagte sie, „Werner hatte was mit mir.“ Und dann war Sparmann gegangen und Angelika war zu ihrer Oma gefahren. „Meine Kleene“, hatte ihre Oma gesagt, „meine Kleene.“

„Gut, dass du bei deiner Oma warst.“

„War auch schön.“ Angelika hielt sich nicht damit auf. „Werner hatte was mit mir, Werner lebt immer noch mit Loni und trennt sich auch nicht, und Loni hat getan, als kenne sie Sparmann nicht. Kalt wie Hundeschnauze.“

„Es gibt keine andere Deutung“, sagte ich.

„Siehst du eine andere Deutung?“

Ich schüttelte den Kopf. Mir fiel ein, dass ich einmal oder zweimal gehört hatte, dass Artikel rübergebracht worden waren und dann doch nicht in der taz erschienen. Alle hatten auf die Redaktion geschimpft. Konnten sie so unsolidarisch sein? Es gab natürlich die Möglichkeit, dass die Sachen gar nicht erst die Redaktion erreicht hatten. Aber niemand hatte an diese Möglichkeit gedacht.

„Wir müssen Klimow informieren und die anderen."

„Ja", sagte ich, „und wie war das mit deiner Oma?"

Angelikas Fingerspitzen zitterten. Die Hand war ruhig, nur nicht die Fingerspitzen. „Lass das für später. Wir müssen zu den anderen."

„Müssen wir nicht. Wenn es nicht stimmt, musst du mit gar niemandem reden. Und wenn es stimmt, kommt es auf diesen einen Abend auch nicht an. Du brauchst etwas Zeit. Willst du mit Werner weitermachen?"

„Werner ist verheiratet."

„Das war bisher kein Hindernis, Loni war bisher kein Hindernis für dich. Und jetzt sehen wir, dass sie wahrscheinlich auch keins für ihn war. Weil sie ihn an nichts gehindert hat. Oder glaubst du, sie würde hinter Werners Rücken mit der Stasi sprechen."

„Wär schwierig, ja." Angelika lehnte sich zurück, zog eines ihrer Beine hoch und stützte den Fuß auf den Stuhl. Ihre Zehen krümmten sich in den schwarzen Strumpfhosen.

„Ich mach dir ein Fußbad. Und du bleibst hier."

„Ich sollte lieber gehen. Katja weiß nicht, wo ich bin."

„Ich ruf sie an", sagte ich. „Und Tee, oder?"

„Das kann ich machen."

„Du beziehst die zweite Decke und das Kissen." Ich zeigte ihr die Matratzen im kleinen Zimmer und gab ihr die Wäsche. Angelika nickte.

Ich kochte Tee und machte Wasser für das Fußbad heiß. Dann stellte ich ihr die Schüssel hin und streute eine Handvoll Salz hinein.

„Es pritzelt an den Füßen", sagte Angelika.

Ich holte mehr heißes Wasser. Sie goss nach, ihre eisblassen Füße wurden rot, sie stöhnte. „Ich glaube, ich trenne mich von Werner."

„Das bisschen?"

„Ja, kann ich wirklich allein." Sie lachte. Sie sah verzweifelt aus. „Hast du auch einen Schnaps?"

„Auf alle Fälle."

Als ich vom Telefonieren zurückkam, lag Angelika unter der Decke. Sie hatte die Schüssel schon in die Küche gebracht und am Kopfende stand die Flasche mit zwei Gläsern, aber wir tranken direkt aus der Flasche. Ich schob ihr den Arm zwischen Kopf und Schulter durch.

„Halt mich mal ein bisschen fest."

Bis aufs Blut, dachte ich, Schweine. Ich sagte nichts, sondern hielt sie im Arm und konzentrierte mich auf ihren Atem und atmete wie sie und dann langsamer und lange aus, und ihr Atem ging auch langsamer, ging tiefer, und sie seufzte, als sie einschlief. Ich sah an dem Laken vorbei, das am Fenster hing. Als ich nicht einschlafen konnte, schob ich mich mit dem Rücken die Wand hoch. Sie spürte beinahe nicht, dass ich den Arm unter ihr vorzog. Ihr Brustkorb hob und senkte sich und es fiel im Liegen beinahe nicht auf, dass eine Brust fehlte. Ich dachte an die Tätowierung auf Iris' Brust. „Meine Heldin", hatte sie gesagt, „meine Retterin." War Angelika auch eine Heldin? Sie rettete nicht mal sich selbst.

Ich stellte mir vor, wie sie Werner damit konfrontieren würde. Wie sie es den anderen sagen würde. Ob die anderen ihr glauben würden. Es war nur in der Vorstellung einfach. Angelika war eine Frau. Sie hatte was mit Werner gehabt, Werner und Loni waren verheiratet, Angelika in der aussichtslosen Position, dazu krank. Viel zu viel zu Hause, viel zu viele Gedanken. Da könnten sie ihr ein Parteiverfahren draus drehen, ganz ohne Partei. Warum sollte denn Loni Stasi sein? Eher verdiente sich doch Angelika was zur Rente dazu. Ich hielt für möglich, dass jemand so dachte. Obwohl Geld eigentlich nie unser Problem war. Es war so, es war nicht so, es war, es war nicht. Ich sollte mitgehen zu Klimow. Er würde mich wahrscheinlich nicht kennen, aber ich wollte sie nicht allein hingehen lassen, und als ihre Freundin würde ich schon zugelassen werden. Das nächste Treffen im Friedenskreis war bald. Ich nahm die Flasche. Ich sah jetzt, dass in den Gläsern, die Angelika hingestellt hatte, Wasser drin war. Auf dein Wohl, dachte ich, und etwas Zärtliches und nahm noch einen Schluck aus der Flasche, ehe ich Wasser hinterherstürzte. Auf Angelikas Stirn glänzte ein feiner Schweißfilm. So dunkel war es nämlich nicht. Mütterliche Gefühle, dachte ich, und dass ich zehn Jahre jünger war als Angelika und dass das egal war. Ich würde Angelika nicht allein hingehen lassen. Ich glaubte ihr, ja, sie war unbedingt glaubwürdig, und wenn wir ruhig und sachlich blieben, würden ihr die anderen sicher auch vertrauen. Ich trank noch einmal. Meine Gedanken drehten einen Kreis, ich rutschte auf die Matratze, ich sah Sterne, Angelika bewegte sich im Schlaf, ein Vogel schrie, oder es war mein eigener tierischer Schrei schon im Jenseits, im Verlöschen des Bewusstseins, leuchtendes Schwarz, Sterne darin, und ich dachte noch, dass man beim Einschlafen immer. Ja. Fällt.

Am Morgen saß Angelika und schaute in den Kaffee und sagte: „Ich sollte mich nicht so gehenlassen." Ich hatte gemeint, das hätte sie überwunden, bei den Amazonen, aber sie hatte es nicht überwunden, eine war gestorben, jemand war bei der Stasi, zuletzt: Jemand hatte sie gedemütigt. Und ich ging in den Westen. Angelika hätte mir gesagt, ich sollte mich von so etwas nicht beirren lassen, und das sagte ich ihr.

„Ja", sagte Angelika, „nicht aus dem Takt kommen. Mich nicht davon beherrschen lassen. Sich nicht konsumieren lassen, sagen sie drüben."

Wir umarmten uns.

„Dass du aber auch abhauen musst, Mensch."

„Besuch mich. Wir gehen zusammen zu deiner Oma."

„Ja, wenn sie dann noch lebt. Meine Kleene, hat sie gesagt, graue Haare haste in Zopp."

„Das sieht man nur aus der Nähe."

„Stimmt. Ich werde sie trotzdem färben."

Sie ging. Ich hätte sie gern beschützt, ich ahnte ihr Rückgrat, zart und beweglich wie das einer Eidechse oder eines Kindes, gerade und beweglich.

Als wir bei Klimow klingelten, hatte Angelika ihre Haare nicht gefärbt, sondern geschnitten, nicht kurz, sondern als Welle, die um ihr Gesicht fiel. Klimow war zu Hause. Er ging vor uns her in sein Zimmer, riesiges Zimmer, Bücher bis zur Decke, abgewetzte Teppiche, deren durch Schritte entblößte helle Kettfäden, dazwischen Reste von Farben, weinrot, sternenblau. Ich suchte mit den Augen nach den Nachtwachen von Bonaventura, die in solchen Wohnungen immer ganz vorn im Regal standen, gleich neben Bobrowski, aber Bonaventura fehlte hier, dafür gab es eine Reihe Chandler. Klimow kochte keinen Tee. Als Angelika zum Schluss gekommen war, sagte er nichts, dann, dass man Werner damit konfrontieren müsste. Nicht Loni. Loni tauchte sowieso nie in den Gruppen auf. Es war zu anstrengend für sie.

„Du glaubst mir nicht?"

„Doch", sagte Klimow, „aber ob die anderen dir glauben. Wird schwer."

Wir blieben nicht lange.

Er behielt recht. Sie ließen sie dann gar nicht erst ausreden. Wer war noch mal Sparmann, ein Ausgereister?

Werner lächelte. „Es ist doch nicht das erste Mal, dass sie uns mit Stasigerüchten spalten wollten."

„Die Stasi spaltet uns."

„Sicher", sagte Werner, „indem sie solche Gerüchte in Umlauf setzt."

„Welches Interesse sollte die Stasi haben, Loni zu enttarnen. Und Sparmann hatte Loni erkannt."

„Schön, und wer ist Sparmann? Konnte Loni ihn überhaupt kennen? Hätte eine wie Loni sich mit einem wie Sparmann bekanntgemacht?“

Früher war sie öfter bei den Treffen gewesen. Als Sparmann noch da war.

„Und wo ist Sparmann jetzt? Wer bezahlt denn Sparmann, zum Beispiel?“

„Er arbeitet dort, in den Geringhöfen.“

„Und was hat er für eine der Gruppen getan? Für irgendeinen von uns, hat er irgendwas getan, drüben im Westen?“

Angelika wusste es nicht. Sparmann war damit beschäftigt zu arbeiten, sein WG-Zimmer zu bezahlen, Geld wegzulegen, weil er studieren wollte.

Sparmann war kein gutes Argument, Sparmann war ein Abgehauner.

Ich sagte, dass es aber doch merkwürdig sei, dass Loni nie kontrolliert wurde. Es würde durch Sparmanns Geschichte erklärt.

„Aber dass du so was sagst, ist doch klar.“ Werner hob die Brauen und fuhr mit der Hand unter sein Nackenschwänzchen.

„Wieso ist das jetzt klar?“

„Du willst doch selber abhaun.“

„Das stimmt.“

„Gut“, sagte Werner, „und du weißt doch sicher, dass wir das nur tolerieren, weil du schon in der Gruppe warst, bevor du diesen Ausreiseantrag hattest.“

Ich schüttelte den Kopf. Ich wusste das nicht, dass ich toleriert wurde. Ich dachte, dass ich dazugehörte. Inzwischen. Doch. Vielleicht.

„Dazugehören, gut", sagte Werner, „und wenn demnächst dein Antrag auf Entlassung aus der Staatsbürgerschaft läuft, willst du wohl nicht mehr dazugehören."

„Noch läuft er nicht."

„Aber die Entlassung winkt schon", Werner winkte ab und es war, als hätte er mich noch nie gesehen.

Nach einer Stunde fing Angelika an zu schreien. Ja, sie glaubte Sparmann, sollte Loni doch herkommen und sich vor der Gruppe erklären.

Das würde Loni nicht tun.

Das tat sie wirklich nicht.

„Angelika", sagte Werner, „du vermischst da Privates und Politisches. Ich verstehe, dass du etwas gegen Loni hast."

Einige andere lächelten, eher die Frauen als die Männer, milde lächelten sie.

„Du meinst, ich sollte nachsichtig mit Loni sein, wo ich doch mit dir im Bett war."

Die anderen lächelten mehr.

„Waschen wir hier Dreckwäsche?"

Noch später weinte Angelika. Klimow hatte ihr geglaubt und das vor allen gesagt. Klimows Meinung wurde toleriert. Dass er für Angelika eintrat, zahlte sich für ihn aus. Für Angelika nicht. Dass ich für sie sprach, zahlte sich für gar niemanden aus. Es sprach gegen sie und für mich sprach es nicht.

Sollte noch einmal jemand mit Sparmann reden?

Wer konnte mit Sparmann reden, außer Angelika, die bereits mit ihm geredet hatte. Außer Angelika durfte nur Loni rüberfahren.

„Iris könnte mit ihm reden“, schlug ich vor.

„Wer ist Iris? Hat man Iris je in der Gruppe gesehen?“

„Iris kennen wir aus anderen Zusammenhängen.“

Zusammenhänge. Jetzt fing ich schon an mit diesen Worten, in unseren Zusammenhängen.

„Iris ist Westberlinerin.“

Werner lachte laut.

Der Vorschlag wurde abgelehnt. Das war es gewesen. Werner hatte ein Lächeln. Oder es kam mir so vor.

Und ich brachte Angelika in ihre Wohnung und lief nach Hause, das dauerte eine Stunde, ich kam erschöpft an und so wach, so wach, so wach. Ich hätte noch viel mehr laufen können, ich wollte nichts außer laufen.

Auf dem Schreibtisch lagen Korrekturfahnen. Ich legte Debussy auf, leise, wegen der Nachbarn, ich arbeitete ein paar Stunden, und als es hell wurde, hatte ich den Stapel fertig und saß am Fenster und hatte auch noch den Rest begriffen. Angelika war nicht rausgeworfen worden. Werner hatte am Ende der Diskussion gesagt, dass es das gewesen sei. Das war für Angelika bestimmt gewesen, keine Ansage für die Gruppe. Die Gruppe hatte natürlich alles begriffen. Als hätte eine schwere Hand mir in den Rücken geschlagen, rechts zwischen Nacken und Schulterblatt, und der Krampf hatte sich die letzten Stunden jedes Mal von den Fingern der rechten Hand bis hoch in die Schulter gezogen, wenn ich die

Korrekturen anzeichnete. So einfach ging das auf dem Papier, Zacken, Aufschwung nach außen, Abschwung nach innen und ein Haken. Deleatur. Wenn ich den Stift neu ansetzte, schoss der Schmerz ein. Ich zog das Notizbuch hinterm Regal vor. Ich schrieb Angelikas Telefonnummer unter diejenige von Iris, obwohl ich sicher war, sie nie zu vergessen. Ich war sicher. Ich schrieb sie trotzdem auf. Man wusste nie. Mein Rücken tat weh. Ich fragte mich nicht mehr, was ich drüben wollte. Was wollte ich denn hier. War gar keine Frage mehr. Mir war die Zeit lang geworden. Ich war in etwas involviert gewesen, es war politisch gewesen, es war kein richtiges Chaos gewesen, ich war nicht tief involviert gewesen. Begehren war schön gewesen, in der Erfüllung dehnte sich die Zeit. Erfüllung war ohne Bedeutung. War keine.

Ich fragte mich doch etwas. Wer konnten Angelikas Genossen sein?

Zweiundzwanzigstes Kapitel

Iris war mit Nachrichten von einer Anwältin gekommen. Das war eine Anwältin in Westberlin, die sich in Ausreisesachen auskannte. Sie ließ mir sagen, dass Vorsicht geboten war, sensibles Vorgehen, respektvoller Umgang. Es war eine Frage der Zeit. Ich würde vorsichtig sein, sensibel und respektvoll.

Als ich das nächste Mal nachfragte, hatten sie beim MdI nichts entschieden. Die Bearbeiterin ließ mich nicht ein und sagte in der Tür, schon im Wegdrehen und Türenschließen, ein Wort. „Haben Sie schon aufgeschrieben, warum Ihre Schwester diese Unterschrift nicht gibt?"

„Nein."

„Schreiben Sie das auf. Beantragen Sie die Anerkennung der Vollständigkeit Ihrer Unterlagen ohne die von Ihrer Schwester unterschriebene Erklärung. Geben Sie es in zwei Wochen ab."

„Ich kann das sofort schreiben."

„Neinnein. Kommen Sie in zwei Wochen."

Was sie für Sätze konnten beim MdI. Die konnten das alles auswendig, ohne einmal zu überlegen.

Ich kam in zwei Wochen. Ich hatte ein Schreiben. Meine Schwester, Astrid Weidner, geborene Stein, geboren am 27. November 1944 in Görschdorf, gab mir diese Unterschrift nicht, weil sie mir diese Unterschrift nicht gab. Weil sie es nicht tat. Ich konnte diese Unterschrift nicht bringen, weil ich ihren Wunsch auf Distanz respektierte. Die Gründe waren, dass sie mir diese Unterschrift nicht gab, und das lag daran, dass sie mir ihre Unterschrift nicht gab. Ich respektierte ihre Gründe. Ich war nicht bei ihr verschuldet und sie hatte auch niemals mir gegenüber geäußert, dass ich ihr etwas schuldete, das sich in Geldwerten widerspiegeln ließe. Ausdrücken ließe. Darstellen ließe. Dies erklärte ich offen, unter besonderer Versicherung der Wahrheit. Es gab keinen Dissens über diese Frage, nur den Wunsch, ich möge ihre Gründe respektieren. Was ich selbstverständlich tat. Ich respektierte sie. Ich war dankbar, innerfamiliär. Weitere Gründe existierten nicht. Ich respektierte jeden. Und so weiter. Mehrere maschinengeschriebene Seiten lang. Die Bearbeiterin überflog die Seiten. Sie lächelte. „Seid klug wie die Schlangen", sagte sie, „das ist doch das Motto in diesen Kirchenkreisen, wo Sie verkehren, und ohne Falsch wie die Tauben, Matthäus 10, Vers 16. Sonst haben Sie es ja nicht so mit den Geboten, Frau Stein, Ihren Nächsten begehren Sie schon einmal. Wie ich höre, auch Ihres Nächsten Weib. Aber das interessiert uns nicht. Kommen Sie in zwei Wochen wieder."

Ich bedankte mich förmlich. Ich lächelte. Ich würde meinen Antrag niemals zurückziehen. Bis eben war es nur eine Atemnot gewesen, ein Überdruss, ab hier fühlte ich den weißen Wunsch, zu töten. Aber da konnte ich mich natürlich genauso gut gleich selbst umbringen, wenn meine Gedanken schon solche pathetischen Ausformungen annahmen. Natürlich würde ich weder das eine tun noch das andere, aber da ich an diesem Punkt angekommen war, konnte ich wenigstens mit dem Aufräumen anfangen. Wenn schon Ersatzhandlungen, sollten sie wenigstens zu etwas führen. Iris hatte vorgeschlagen, mich mit einem kleinen Lieferwagen, der als PKW zählte, abzuholen. Iris hatte angeboten, ich könnte in ihrer WG einziehen, übergangsweise oder für länger, es würde ein Zimmer frei im Frühling. Käme ich früher, würde sie herumfragen und ein anderes finden. Käme ich später, würde sie versuchen, das Zimmer eine kleine Weile freizuhalten. Ein Zimmer sollte reichen, solange ich noch keine Arbeit hatte. Und sie hatten eine ganze Etage in einem ehemals besetzten Haus, sagte sie, eine Frauenetage.

Ich würde Leute kennenlernen, in diesem ehemals besetzten Haus. Und die Gepflogenheiten.

Ein paarmal würde ich schon erklären müssen, was mich in den Westen getrieben hatte.

Noch war ich nicht da.

„Sie werden dich gehen lassen. Du wirst zur Ruhe kommen", sagte sie.

„Aber ich bin gern unruhig."

„Verstehe", sagte Iris.

Wie sie das sagte. Meine Heldin, meine Retterin.

„Du verwechselst was", sagte Iris. Sie zog ihren Pullover hoch. „Sie ist die Göttin."

„Erschreckend, ja, und anziehend."

Iris lachte. „Komm erst mal rüber, dann siehst du weiter. Hast du eigentlich schon überlegt, was du machen willst?"

„Korrektur lesen", sagte ich, „lesen, schreiben, schöne Arbeit."

„Nicht studieren?“

„Nein.“

„Sicher?“

„Ja. Und ich brauche nur ein kleines Zimmer, weil ich etwas vorhabe.“

„Ja?“

„Ich werde nach Island reisen.“

„Oh“, sagte Iris, „da war ich noch nie.“

„Ich auch nicht.“

„So ein Zufall. Hoffentlich frierst du nicht so leicht, das Wetter soll schlecht sein.“

„Wechselnd“, sagte ich, „wechselnd, habe ich gehört. Aber das Licht.“

„Ja“, sagte Iris, „das Licht. Habe ich auch gehört.“

„Und dann reise ich nach Portugal.“

„Da war ich schon mal.“

„Ich reise, bis es nicht mehr weitergeht, bis der Atlantik beginnt.“

„Den hast du in Island auch“, sagte Iris.

„Gut, vom Atlantik bekomme ich nie genug.“

„Es ist ja auch eine Menge davon da.“

„Ja“, sagte ich, „und eine Menge Licht, davon habe ich gehört.“

„Stimmt“, sagte Iris, „das Licht am südlichsten und westlichsten Punkt Europas.“

„Das göttliche Licht.“

„Ja“, sagte Iris, „am Promontorium sacrum. Wo die Götter schlafen.“

„Wo die unsterblichen Raben wachen.“

An dem Tag fing ich an, Bücher zu sortieren, Platten wegzugeben, Schnellhefter aus der Schulzeit in den Papiercontainer zu werfen, Hosen auszubessern, Röcke zu verschenken, den Tee zu verbrauchen, die Kontoauszüge zu ordnen, die Zeitungen abzubestellen, alte Mahnungen zu bezahlen und die Gebühr fürs Radio, das ich zuerst nicht angemeldet hatte und dann zu leugnen vergaß.

„Weißt du was“, sagte ich zu Iris, „ihre Beleidigungen kommen immer aus dem sexuellen Bereich.“

„Das ist international“, sagte sie. „Mach dir keine Illusionen.“

Ich machte mir keine Illusionen, ich aß meinen Schmerz, und ich betete zu meinem Zorn.

Ich besorgte Pappkartons für Bücher, für Wäsche, zuunterst packte ich das graue Buch, obwohl ich die Gedichte kaufen konnte, drüben, mein graues Buch, mein Klassenbuch, mit dem meine ganze Deklassiertheit begonnen hatte. Das Notizbuch blieb hinterm Regal, noch. Es war noch das alte Jahr, aber ich packte verbissen. Man wusste nie. Iris fuhr her und wieder weg und ich ging zum Telefon und rief Angelika an, ob sie meine Regale wollte, jemand in der Warteschlange am Telefon in der Dirschauer Straße hörte zu, verstand und lachte. Die Matratzen wollte ich mitnehmen, die konnte man rollen, mit dem Schreibtisch und dem Stuhl würden sie in das Auto passen, das Iris besorgen wollte.

Und dann verging einfach nur Zeit, in der ich immer wieder die gleichen Sachen wusch und anzog, ein Huckepack voll Sachen, die ich erst zum Schluss packen wollte. Einmal kaufte ich mir noch eine Hose. Den Kleiderschrank konnte ich verkaufen. Den

Kühlschrank verkaufte ich auch. Es war sowieso Winter. Geld nutzte mir mehr. Ich wusste nicht, wie lange das mit Korrekturaufträgen noch gehen würde. Zeit verging, Zeit, in der ich nicht mehr beim Friedenskreis erschien, sondern nur Angelika besuchte, die noch hinging, aber ganz mutlos. Mit Werner redete sie nicht und die anderen redeten wenig mit ihr, niemand machte ihr einen Vorwurf, und schließlich blieb sie weg und schloss sich einer Frauengruppe an, von denen es in Berlin-Hauptstadt jetzt mehrere gab. Es waren eben doch nicht alle ausgereist. Feministin, sagte Angelika, würde sie deswegen nicht, das wäre zu einseitig, sagte sie, man könnte zusammen, also, Frauen und Männer, gemeinsam könnte man mehr bewirken, und ich bekam wieder dieses mütterliche Mitempfinden und sagte: „Aber Feministin, Angelika, das klingt einfach gut, was sagst du?“

„Ein Wort eben. Nee. Oder was.“

Und das ist kein Text mit Fußnoten, das ist ein Text mit Füßen.

Dann kam der Termin beim inneren Amt. Er kam normal mit der Post, nicht an der Tür abgegeben von einem Terminausträger, obwohl sie an den Terminausträgern sonst nicht sparten. Und diesmal wartete beim inneren Amt ein Mann auf dem Flur, der wirklich gut aussah und seinen Termin erst nach mir hatte.

Er war einfach ein bisschen früher gekommen, sagte er. Er komme sogar gern zu früh, und heute bekäme er vielleicht schon seinen Laufzettel. Oder einen Zettel vor dem Laufzettel. Oder einen Bescheid vor dem Bescheid. Oder so weiter.

„Ach.“

„Ja, den Laufzettel, dann geht es weiter, man muss zu allen Ämtern, dann kommt schon bald das Telegramm.“

„Aha.“ Sagte ich.

„Ja, und wenn das Telegramm kommt, dann musst du bis Mitternacht raus sein. Weißt du das überhaupt, bis Mitternacht muss alles fertig sein, und man erfährt den Termin erst am Vorabend, und wenn man ausgebürgert ist, muss man raus bis Mitternacht, das ist doch unerhört, was sagst du?“

Ich war eine aufmerksame Zuhörerin.

„Können sie das einem denn nicht vorher sagen, vorher, ich meine, wann man die Entlassung bekommt. Ich möchte ja mal wissen, was passiert, wenn man es an dem Tag nicht schafft, ob sie einen dann wieder rückbürgern, sozusagen, doch wohl nicht, man hat dann ja schon für die Ausbürgerung bezahlt, es kostet eine Gebühr, weißt du das überhaupt? Und es wäre gut, wenn man sich darüber mal austauschen könnte, sollen wir nicht Adressen tauschen, einfach Adressen, um Kontakt zu halten? Und so weiter.“

„Ja?“

„Druck“, sagte er, „macht doch nur Masse.“

„Ich kenne mich mit den physikalischen Gesetzen nicht aus.“

„Aber deine Adresse?“

„Eigentlich nicht“, sagte ich, „ich reise sowieso bald aus.“

„Bist du sicher?“ Er stand ziemlich nahe bei mir.

„Ja.“

„Kann man nie. Sicher sein, meine ich.“

„Ich bin zuversichtlich.“

„Lass uns Adressen tauschen und dann können wir einander Bescheid geben. Drüben sehen wir uns sowieso wieder. Spätestens in Marienfelde.“

Er lachte. Er sah gut aus. Er trug auch nicht diese Jeans, die mit Steinen gewaschen wurden und hell gefleckt waren. Auf seinen Worten konnte ich ausgleiten.

„Lieb gemeint“, sagte ich, „danke, ich will nicht so viel mitschleppen.“

„Was denn mitschleppen? Ein Zettel mit einer Adresse ist nichts zum Schleppen.“

„Von vorher, nicht so viel von vorher mitschleppen“, sagte ich.

„Du meinst das wohl tiefenpsychologisch?“

„Kann sein“, sagte ich, „ein neues Leben, das könnte gemeint sein.“

„Aber ich meine es nicht psychologisch“, sagte er. „Man kann sich mal austauschen, wie man dann so ankommt. Mehr nicht. Nichts Psychologisches.“

„Bei mir“, sagte ich, „fruchten Appelle an meine Solidarität schon immer schlecht.“

„Hast wohl zu viel davon gehört?“

„Nein. Eigentlich hätten es sogar noch ein paar mehr sein können.“

Das Gespräch driftete ab. Ich sah ihm hinterher.

„Wie meinst du das denn?“

„Wie ich’s sag.“ Das Gespräch fuhr weg, ein Schiff aus Papier.

„Hast du etwa nicht genug Soli bezahlt im Betrieb und überall? Hast du die Schnauze nicht voll? Etwa nicht?“, fragte er.

„Ich kenne mich mit Betrieben nicht so aus.“

„Arbeitsscheu, wie.“

„Nein.“ Ich wusste, dass ich offen und gewinnend lächeln konnte. Ich tat es. Die Tür ging auf. Meine Bearbeiterin stand da. Mein Termin. Ich zwinkerte dem Mann zu.

„Auf Wiedersehen“, sagte er.

„Guten Tag“, sagte ich zu der Bearbeiterin.

Die Tür schloss sich.

Es waren sechs Wochen vergangen, seit ich meine Erklärung abgegeben hatte.

„Fein gesponnen“, hatte die Bearbeiterin nach zwei Wochen gesagt, „wir konnten bislang nicht entscheiden. Kommen Sie in zwei Wochen wieder.“ Als zwei Wochen vergangen waren, sagte sie, die Entscheidung wäre so schwierig, normalerweise würden nur vollständige Anträge angenommen. Überhaupt sollte ich nicht unbestellt kommen. Ich wüsste ganz genau, dass Behördenbelästigung auch eine Straftat sein konnte.

„Nein. Sie haben gesagt, ich sollte nach zwei Wochen wiederkommen.“

„Aber nicht automatisch bitte! Warten Sie ab, bis wir Sie laden.“

Heute war ich geladen. Negativ, positiv.

Sie hatten entschieden. Neuer Satz. Luft ziehen. Sie nahmen meinen Antrag an, obwohl er mangelhaft (Heben einer Augenbraue) war.

Mangelhaft. Also Gnade. Was sollte ich sagen. Auch wenn er vollständig gewesen wäre, wäre es Gnade gewesen. Schweigen passte für jeden Anlass.

„Jetzt geht es also schnell.“

„Wie schnell?“

„So schnell nicht, Frau Stein. Wir benachrichtigen Sie. Rufen Sie nicht an. Kommen Sie nicht vorbei. Sie kennen den Ablauf?“

„Nein.“

„Sie werden sehen, wie einfach es ist. Wenn wir entschieden haben, erhalten Sie eine Liste. Falls wir positiv entscheiden können, nur dann natürlich. Was nicht an mir liegt, ich bin nur Ihre Bearbeiterin. Sie sind hier zur Schule gegangen. Das hat Geld gekostet. Vergessen Sie das nie. Falls wir trotzdem positiv entscheiden können, müssen Sie einige Ämter aufsuchen. Ich nehme an, Ihre Miete wird immer bezahlt. Und so weiter. Das Telefon müssen Sie natürlich abgeben.“

„Ich habe kein Telefon.“

„Okay. Dann gehen Sie zum Telegrafenamt und lassen sich bestätigen, dass Sie kein Telefon haben. Natürlich nicht jetzt. Dann.“

„Wann?“

„Das teilen wir Ihnen mit, keine Sorge. Gehen Sie Ihrer Arbeit nach. Jetzt, wo Ihr Antrag angenommen ist. Alles andere kommt dann. Falls wir Sie aus der Staatsbürgerschaft entlassen. Das ist alles für heute.“ (Als ob es ein Spiel wäre.) „Auf Wiedersehen, Frau.“

„Ja“, sagte ich. „Verzeihen Sie, kann ich eine Frage stellen?“

„Bitte." Sie sah auf die Uhr, die neben dem Honeckerbild hing. Das Honeckerbild war mir nie aufgefallen. War es schon dagewesen?

„Kann ich eigentlich meine Staatsbürgerschaft auch behalten?"

„Ich dachte, Sie wollen entlassen werden."

„Eigentlich will ich den Wohnort wechseln, nicht die Staatsbürgerschaft."

„Das gibt es nicht."

„Ich dachte doch."

„In Ausnahmefällen. Sie sind kein Ausnahmefall. Auf Wiedersehen."

„Auf Wiedersehen." Im Hinausgehen fragte ich mich, ob das Honeckerbild eine Provokation war? Ein Zeichen? Wir neigten zu einer Überbewertung von Zeichen. Der Mann war nicht mehr im Flur. Er konnte natürlich eine andere Bearbeiterin haben als ich.

Ich schob mich durch den Sumpf aus Warten. Noch einmal Weihnachten. Ich lud Katja und Angelika zu mir ein, und wir tranken drei Flaschen Cabernet. Katja hatte aus festem Papier ein Leporello gefaltet und ein Märchen hineingeschrieben, Katze und Maus in Gesellschaft. (Es war aber alles nicht wahr. Die Katze hatte keine Base und war nicht zum Gevatter gebeten. Sie ging geradewegs nach der Kirche, schlich zu dem Fetttöpfchen und leckte die fette Haut ab. Dann machte sie einen Spaziergang auf den Dächern der Stadt, streckte sich hernach in der Sonne aus und wischte sich den Bart, sooft sie an das Fetttöpfchen dachte.) Das war jetzt wirklich Zufall.

Halbaus, ganzaus. Man kam immer auf das gleiche Elend.

„Ein echtes Stasi-Märchen", sagte Katja, „das macht mich so nachdenksam. Die Brüder Grimm wussten Bescheid."

Katja hatte eine hübsche Handschrift und hinter jeden Absatz hatte sie eine Vignette gezeichnet.

Angelika lächelte. „Du hast es richtig gemacht", sagte ich, „mit der Erziehung. Na gut, wir sind keine Mäuse und die sind nicht die Katzen."

„Das ist neu", sagte Angelika, „dass du solche Erkenntnisse hast. Willst du nicht doch", sie biss sich auf die Lippen, ehe ich den Kopf schütteln konnte. Wir schwiegen darüber und das war beinahe zu viel Harmonie.

Iris kam dieses Jahr nicht herüber, sie war zu Freundinnen nach Frankfurt am Main gefahren, Alt-Feministinnen, hatte sie gesagt. Ich wusste nie genau, was ihr Lachen bedeutete. In diesem Jahr hatte ich nach langer Überlegung meiner Mutter einen Brief geschrieben und ihr ein Paket gepackt. Eine Korrektorin hatte mir ein Buch angeboten, das sie im Verlag gekauft hatte und dann doch nicht wollte, einen Bildband über Romy Schneider. Ich hatte es genommen. Wegen Sissi, dachte ich, würde meine Mutter dieses Buch mögen. Es gefiel mir selbst, nicht die frühen Unschuldsbilder, mir gefielen die Fotos aus den späten Filmen, perfekte Gesichter, hinter denen jede Art von Seelenelend verborgen blieb.

Am 30. Dezember kam B.s Freund. Wir gingen durch den klirrend kalten Treptower Park und sahen den Kohleschiffen auf der Spree zu. Er hatte wen gefunden, eine Frau, die ihn rausheiratete, ich war erleichtert. B.s Freund heizte meine Öfen und holte Kohlen für mehrere Tage hoch. Ich drehte in der Küche alle Gasflammen auf und legte ein Badetuch auf den Fußboden. Wir zogen die klammen Sachen aus und wuschen uns gegenseitig, zuerst mit Wasser, das ich auf dem Herd heißgemacht hatte, und mit Rosenseife. Die Küche hatte keine Gardine, die Fensterscheibe war nur mit Plakatfarbe bemalt, Ornamente, Kristalle, Salamander, die ich gemalt hatte, als ich einzog, über die jetzt das Kondenswasser floss, es war uns gleich, ob wer zusehen konnte, die Haut brannte, zuletzt wuschen wir die Seife mit eiskaltem Wasser aus dem Hahn ab. Er sah zu, wie ich mich abtrocknete, es wurde mir zu viel, ich gab ihm ein eigenes Handtuch und drehte ihm den Rücken zu. Die Gasflammen leuchteten auf, ich drehte ab und ging voran ins Bettzimmer. Da standen keine Pappkartons, es war zu klein. Die Gänsehaut verging schnell, ich hatte mich schon an seinen befremdlichen Mund gewöhnt, mit dem er meinen Körper absuchte, ich stellte die Füße gegen die Wand und sah ihm zu, darüber verging die Nacht. Am Silvestermorgen kaufte B.s Freund viel Essen und briet etwas im Gasherd, das er mit Thymian und Majoran bestreute. Die Kräuter verbrannten in der starken Hitze, alles roch danach. Einmal sagte B.s Freund, B. ginge es gut drüben. Ich zog mich nur an, um die Asche aus den Öfen nach unten zu bringen, und legte neue Kohlen auf die Glut vom Vortag. Es war, als ob wir einander und die ganze Wohnung ausglühen wollten, nur meine Haut wurde immer wieder kühl und dann wieder heiß, B.s Freund machte die Kiste mit den Schallplatten noch einmal auf, die Angelika bekommen sollte, und legte die Johannespassion auf den Plattenspieler, den auch Angelika bekam, „Lasset uns ihn nicht zerteilen“, der Chor trieb sich zu Paaren, B.s Freund drehte weiter auf, niemand beschwerte sich, es war Silvester, draußen stiegen die Außentemperaturen, und als wir um Mitternacht zwischen feiernden Leuten auf der Straße standen, fielen große, trunkene Regentropfen in meinen Kragen, B.s Freund zog den Mantel auseinander und küsste verzückt mein nasses Hemd oder die Haut darunter, Rauch trieb durch die Straße, weitere Feten würde ich nicht machen, seine Haare waren nass und fielen ihm ins Gesicht, sah er etwas in mir, ein Prinzip oder was, etwas fehlte, ich war keine Göttin, aber das war egal jetzt, er hätte es doch nicht bemerkt, und ich war sicher, dass ausreisen besser war als sterben.

Es war ein schöner Abschied.

Am 1. Januar ging B.s Freund gegen Mittag, ich lüftete, ich feuerte, ich ging zu Fuß zum Friedrichshain und stieg den Trümmerberg hoch, es regnete, der Park war so leer, ich stand allein und sah die Stadt an, und weil es so regnete, konnte ich nicht mal rauchen, alles kam ganz dicht, die Luft war so gesättigt, in der durchtränkten Atmosphäre vereinzelt Feuerwerk, ein paar dumpf verstummende Knaller, es war, als ob man für eine echte Katharsis keine

echten Katastrophen benötigte, ich schlief zehn
Stunden ohne Traum und dann stand ich auf, es war
sieben Uhr morgens am 2. Januar, ich arbeitete den
ganzen Tag, wir hatten 1989.

Dreiundzwanzigstes Kapitel

„Krebs ist eine Depressionskrankheit", sagte Angelika. Sie lehnte sich über den Tisch und zog den Aschenbecher heran.

„Krebs", sagte Iris, „kommt von Emissionen. Strahlen. Chlorierten Kohlenwasserstoffen. Petrochemikalien. Rauchen. Hormonbelastung. Tausend Sachen."

„Tausend Sachen", sagte Angelika, „und Depression."

„Das musst du dir richtig einreden. Krebs kommt auch von der Angst", sagte Iris.

„Die Angst kommt von der Depression."

„Bis neulich hast du keine Angst gehabt. Fühlst du dich jetzt weniger allein, mit Angst?"

„So soll ich es sehen, meinst du? Die Angst und ich: gemeinsam stark, was? Das ist doch religiös."

„Aber da ist was dran", rief Iris, „die Angst und du." Sie nahm Angelika die Zigarette aus der Hand und drückte sie aus.

„Du wirst persönlich."

„Ja", sagte Iris, „es war ein Übergriff, entschuldige bitte." Sie zog die Brauen zusammen. Die Haare über ihrer Stirn schienen sich zu sträuben.

„Ach, dann werd halt persönlich, mach etwas falsch, zum Beispiel, jetzt, etwas falsch machen, sich nicht entschuldigen."

„Du willst meine Entschuldigung nicht", sagte Iris, „das ist Widerstand, so depressiv bist du demnach noch nicht."

Ich dachte: oder noch viel depressiver.

„Wenn du Angst hast, geh zu deinen Kontrolluntersuchungen. Tu nicht, als ob du es vergessen hättest."

„Kontrolluntersuchung ist ein Wort mit Kontrolle darin."

„Kontrolle, warum nicht, ausnahmsweise, und wenn du nicht hingehst, beschwer dich nicht über Angst."

„Ich beschwer mich nicht."

„Nimm nicht schon wieder eine Zigarette."

Ich hatte Angelika und Iris noch nie streiten sehen. Ich rauchte Angelikas Zigaretten. Ich hörte zu. Das Wort hieß Rezidiv, Rückschlag, der Wiedergänger der Krankheit. Angelika fütterte die Angst mit Angst. Und ich konnte auch nicht, ich hätte nicht mal können gekonnt, auch nicht, wenn ihr das geholfen hätte: Bleiben konnte ich nicht. Ich konnte nicht bleiben wegen meiner Ausreise, ich konnte auch nicht wegen Angelika bleiben oder wegen unserer Ähnlichkeiten. Ich hatte mir nämlich Rückschläge gewünscht, die süße Heimkehr in die Depression, die Rückkehr zu den bewusstlosen Nächten, in denen ich nicht geschlafen hatte. Den Schatten hatte ich zugehört, jahrelang, Chi mai dell'Erebo, den Furien, den Eumeniden, ihrem Weinen, Rufen und Drohen, und ich war auf den Sümpfen gewesen, an tief zurückliegenden Orten, wo ich im Schmerz hatte wühlen können, wo im permanent entzündeten Fleisch Erinnerungen wucherten und sich teilten, bis die Fragmente so klein waren, dass sie nichts mehr bedeuteten, blinde Tage, verwartet in Jugendzimmern, sitzen zwischen Bett und Schrank und Robinson Crusoe lesen. Irgendein Kinderelend war das gewesen, etwas das sich nur durch Fortgehen heilen ließ. Und dieses Elend tat später nichts mehr zur Sache. Denn. Das sagte ein Professor, in einer der paar Vorlesungen, die ich während meines fragmentarischen Studiums gehört hatte: „Eine Kindheit hatten wir alle und gut war sie selten." Vielleicht sollte ich ihm einen Dankesbrief schicken. Etwas hatte ich doch gelernt, hier, und hoffentlich erfuhr das innere Amt nicht davon, sonst würden sie es mir noch in Rechnung stellen, sie drohten ja immer damit, dass sie die Ausbildung in Rechnung stellen würden. Weimar fiel mir ein, da hatte ich die Richtung bekommen. Man konnte fortgehen, sogar radikal. Wer einmal gegangen war, konnte wieder gehen. Konnte auch weiter gehen. Nur hatte ich das nicht gleich verstanden. In Berlin war so vieles möglich gewesen. Hier hätte ich sogar Hennes wiederbegegnen können. Ein Geruch, der mich streifte, hatte mich an manchen Tagen an Hennes erinnert. An allen anderen Tagen hatte ich den Gedanken an ihn in tiefem Dunkel irren lassen, getrennt von mir. In Weimar hatte ich mich gefragt, was mich bei ihm so stumm gemacht hatte. Ob es Liebe war. Aber es war ein anderes Wort gewesen: Flucht. Fortgehen war die milde Variante von Flucht. Und ich hatte jetzt oft genug die Hand auf die Mauer gelegt. Ich hatte mich an diesem Grenzstandort zu benehmen gelernt. Leute von jenseits konnten nicht unterscheiden, wer und woher ich war. Und ich hatte hier sogar zu ein paar Leuten dazugehört oder diesen Eindruck gehabt, diesen Eindruck erweckt. Gleichzeitig hatte ich immer nur zugeschaut. Alles betrachten, alles von sich weghalten, betrachten, weiter weg halten, alles genau sehen wollen und dann wieder so sein wie zwischen Bett und Schrank und irgendetwas lesen, Robinson Crusoe oder Christa Wolf oder Tschernobylappell. Und dann hatte ich doch damit aufgehört, ich hatte keine Wiedergänger mehr sehen wollen, keine Rückschläge herbeireden. Fortgehen war die bessere Variante von Flucht. Denn jetzt wollte ich etwas anderes und mehr als das Lavieren an den Rändern, jetzt musste man nicht so auf mich warten, jetzt musste man sich keine Sorgen mehr um mich machen. Ich sagte laut: „Warum machst du dir so viele Sorgen, Iris?"

Iris drehte sich zu mir. „Was?"

„Warum du dir so viele Sorgen um uns machst?"

„Weil ihr mir gefährdet vorkommt. Ihr seid so. Ewig wund. Ich sehe euch alle noch im Westen. Ich frage ja nicht, was aus diesem Land werden soll. Nur was aus euch werden soll. Aus Angelika." Sie drehte sich zurück zu Angelika. „Du hast gar keine Haut mehr."

Angelika sah nicht überrascht aus, dass sie das sagte.

„Du siehst es selbst so."

„Ja", sagte Angelika, „und ich streite nicht mit dir."

Aber ich stritt mit Iris, ich fing Streit an. Ich sagte: „Du meinst, wir sollen erwachsen werden."

„Nein." Iris war ganz ernst. „Das meinst du. Ich sage das nicht."

„Du denkst es."

„Ich sage höchstens: Wenn du das so siehst."

„Das ist dasselbe."

„Nein."

„Es läuft aufs selbe hinaus."

„Gut. Werdet erwachsen. Was spielt ihr mit den Behörden hier? Ihr spielt: Hallo! Bitte nehmt uns wahr! Dann nehmen sie euch wahr. Und dann seid ihr überrascht, weil es euch kaputt macht, hinterher wisst ihr nicht, welche eurer Wunden ihr zuerst lecken sollt. Wo ihr eure Schreibmaschine versteckt. In welcher Wohnung ihr den Koffer mit gesammeltem Material unterbringt. Es macht euch kaputt, weil ihr überrascht seid. Die richtigen Kämpfe kommen später."

„Später wann? Oder. Später was? Welche richtigen Kämpfe denn?"

„Ich meine, ihr habt so wenig Geduld."

„Mit dem Staat? Wir haben lange genug Geduld gehabt. Geduld haben sie uns gelehrt vom Kindergarten bis zum Abitur. Revolutionäre Geduld und was noch. Weißt du was? Wir sind nicht die Zwerge in eurem sozialistischen Vorgarten. Wir können uns was Besseres vorstellen. Sowieso. Wir verwirklichen hier nicht eure Träume und nicht die Träume von irgendwem. Wir sind in die Träume von anderen reingeraten. Durch Geburt, durch gar nichts weiter. Und jetzt muss es einen Ausgang geben."

„Eure Hauptstadt hat doch einen bequemen Ausgang."

„Und du unterstützt übrigens, dass ich den benutze.“

„Stimmt“, sagte Iris. Es kam sofort.

„Nimmst du dir das etwa übel, Iris?“

„Ich weiß nicht.“

„Nimm es dir nicht übel.“

„Wahrscheinlich doch“, sagte Iris, auf dem Gesicht ein Wetterleuchten.

„Dann nimm es dir übel. Aber nicht mir. Für mich ist es nämlich auch das einzige Leben.“

Angelika sah zu. Angelika sah aus, als wollte sie weinen. Sie weinte nicht.

„Weißt du was“, sagte ich zu Iris, „ich könnte tot in Görschdorf sein, ich bin lebendig in Berlin.“

„Es fällt mir grade auf“, sagte Iris.

Angelika rauchte wieder. Ihre Hand zitterte gar nicht.

„Eure Insel ist kein Gefängnis.“

Iris bewegte leicht den Kopf, in Verneinung. Und ich hatte jetzt keine Bedachtsamkeit.

„Und wenn doch, hätte es tausend Ausgänge. Ihr. Ihr seid schon tausendmal da durch. Sag doch, dass wir keinen Ausgang brauchen. Das sagst du nämlich nicht.“

„Verwechsel mich nicht“, sagte Iris, „und: ich hab nie sowas gesagt, ich würde sowas nie sagen. Und tausend sind es auch nicht gerade.“

Sie war wieder milde.

„Jetzt kommt der Landregen.“ Ich beugte mich rüber zu ihr.

„Den kann ich brauchen“, sagte Iris.

„Schön mit euch", sagte Angelika. Sie stand auf. Sie ging in die Küche und kam nach einer Weile mit der Kaffeekanne zurück, mit festlich angewärmten Tassen, sie goss den Kaffee durch ein feines Sieb.

„Ihr mit euren Kaffeesieben", sagte Iris. „Eigentlich schmeckt mir euer Kaffee besser, so heiß immer und vom Satz weg."

Der Kaffee war wirklich brühheiß. Wir sagten nichts mehr. Als die Kanne leer war, schickte Angelika uns weg. „Geht euch küssen", sagte sie. Ihr Lächeln irritierte mich. Ich sagte nichts. Aber als wir eine halbe Stunde durch die Straßen gelaufen waren, blieb Iris plötzlich stehen. Drehte Iris sich plötzlich um. Verlangte Iris, dass wir zurückgehen sollten. Sie erklärte nichts, sie winkte, bis ein schwarzes Taxi hielt, sie saß neben mir, unruhig neben mir und konnte nicht warten, bis ich den richtigen Geldschein zum Bezahlen fand, es war egal, welcher Schein, ich gab einen Schein, sie zerrte mich zu Angelikas Wohnung, sie klingelte Sturm. Sie schlug mit der Hand an die Tür, ihr Gesicht änderte sich jeden Moment, sie sprang hoch, um heftiger mit der Handfläche aufs Türblatt zu schlagen.

Und Zeit verging.

Angelika öffnete die Tür. Sie hielt sich kaum auf den Beinen, sie fasste sich ins Haar, sie sah uns an, sie sagte: „Ich dachte, es wäre die Post. Ich bin wirklich unfähig." Sie lachte, sie fasste sich ins Haar.

„Was hast du genommen? Los!" Iris schob sie mit ihrem ganzen Körper ins Bad, die Arme halb um sie schlingend, damit sie nicht fallen sollte, hin, ins

Bad, ein grotesker Tanz, sie hätte sie hingetragen, wenn nötig. Ich machte die Wohnungstür zu. Auf dem Tisch lag ein halbleeres Tablettenröhrchen. Ich begriff, dass Angelika nicht alles auf einmal eingenommen hatte, sondern eine Tablette nach der anderen schlucken wollte. Sie war noch nicht fertig. Ich roch an dem Wasserglas. Es war Wasser drin. Es stand ein Glaskrug dabei. Auch da war nur Wasser drin. Sicherheitshalber warf ich die Tabletten in der Küche ins Ausgussbecken, goss das Wasser hinterher und half mit den Fingern nach, bis sich alles gelöst hatte und abgeflossen war. Ich ging ins Bad. Iris hatte Angelika schon zum Erbrechen gebracht. „Los-los, du Spinnerin, was denkst du dir eigentlich, du machst dich davon, da hat sich die Chemo ja gelohnt damals." Sie wütete jetzt richtig. Aber sie wusste genau, was sie tat, und als das Erbrechen nachließ, überredete sie Angelika, sich den Finger in den Hals zu stecken und weiter zu kotzen, bis nur noch Wasser und Galle kam. „Los", sagte Iris zu mir, „kauf Orangensaft, am besten Apfelsinen, die wir auspressen können. Und Zwieback." Ich nahm einen Wohnungsschlüssel vom Haken und ging. Als ich zurückkam, lag Angelika auf dem Sofa. Sie sah blass aus, sie war geduscht, ihre Haare waren in einem Handtuch zusammengenommen.

„Na bitte. Was schimpft ihr immer auf eure Kubaorangen. Es lebe die Revolution." Iris schnitt die grünlichen Früchte auf und presste den Saft in ein Glas, das sie Angelika an den Mund hielt. Angelika trank. Von Iris' Händen tropfte Saft.

„Soll ich nicht den Notarzt rufen?"

„Lieber nicht", sagte Angelika. „Wenn die so unfähig sind wie ich."

„Mundwerk geht wieder", sagte Iris. „War ein Kurztrip. Bedanken kannst du dich später."

„Ja", sagte Angelika, „wenn Inge das Bad geputzt hat. Machst du doch, oder?"

Ich putzte das Bad. Und schließlich musste Iris gehen. Ich blieb über Nacht. Iris hatte gesagt, ich sollte Angelika unterhalten, damit sie nicht so bald einschlief. Und für den Fall, dass sie doch einschlief, sollte ich mir Kaffee kochen, damit ich sie jederzeit wecken könnte. Und mir das Telefon hinstellen. Für den Fall und jenen. Katja kam nach Hause und fragte, was das für eine Sitzung wäre, die wir hier hatten. Wir sagten es ihr nicht. Komische Sitzung, ja. Und Orangensaft und später ein bisschen Zwieback.

„Hast du das ernst gemeint, Angelika?"

„Eigentlich."

„Das gibt es nicht, eigentlich."

„Ja. Vorhin, ja. Aber es geht überhaupt nicht."

Ihre Stimme war nicht so schwach, wie man erwartet hätte.

Ich fragte: „Bist du wütend auf Iris?"

„Muss ich wohl", sagte Angelika. „Sie hat mir das Leben gerettet."

„Du hast zu wenig genommen."

„Ihr seid zu schnell zurückgekommen."

„Du wirf mir noch mal vor, dass ich abhaue."

„Nein", sagte Angelika. „Obwohl du ja nun wirklich abhaust."

„Hast du eigentlich nicht daran gedacht, dass Katja dich finden würde?"

„Nein. Wahrscheinlich muss ich mich deshalb auch noch bedanken, dass ihr mir das abgenommen habt. Das ihr zu erklären.“

„Oder nicht mehr zu erklären“, sagte ich, ich sagte: „Weißt du, dass ich mich vorher noch nie über dich geärgert hatte.“ Ich presste noch ein paar von den Apfelsinen aus. „Aber jetzt.“

Gegen Morgen sagte Angelika, als die Straßenbahnen wieder fuhren: „Du, ich glaube, du kriegst bald deine Ausreise.“

Es war mir zu viel für einen Tag und eine Nacht.

„Das ist keine Prophetie“, sagte Angelika. „Anfang Mai sind Wahlen. Es gibt eine Gruppe, die Wahlfälschungen nachweisen will. Die Auszählungen sind öffentlich. Leute organisieren, dass überall jemand die Auszählung verfolgt. Die alternativen Auszähler. Sie wollen Kontakt zu Leuten aufnehmen, die schon gar keine Wahlbenachrichtigung mehr kriegen, weil sie sonst die Bilanz verderben. Sie sollen sich beschweren und eine Wahlbenachrichtigung fordern.“

„Prima“, sagte ich, „jetzt gibt's schon alternative Schlepper. Nehmen dem Staat die Arbeit ab. Am besten, sie haben gleich fliegende Wahlurnen dabei.“

„Werd nicht du zynisch. Die Leute sollen lieber nein stimmen als nicht hingehen. Und dann mit auszählen. Und wenn das Wahlergebnis veröffentlicht wird, wird das Mitgezählte auch veröffentlicht. Man braucht nur ein paar Wahlkreise. Friedrichshain, Prenzlauer Berg. Verstehst du?“

Ich verstand. Ich ahnte, was es mit meiner Ausreise zu tun hatte. Ich sagte: „Es muss aber nicht sein, die Mehrheit kriegen sie immer noch.“

„Ich glaube nicht, dass ich mich irre“, sagte Angelika, „sie werden vor den Wahlen so viele Leute wie möglich ausreisen lassen.“

Es war logisch. Und jetzt nach Hause, die Straßenbahn nehmen, irgendeine, die zuerst kam. Ich wollte zu meinen Pappkartons.

„Hör mal, Angelika“, sagte ich, „machst du das wieder?“

„Ich könnte was anderes machen“, sagte Angelika. „Ich. Könnte. Ich könnte mal bei den Leuten vorbeischauen, die die Auszählungen überwachen wollen. Vielleicht könnte die Frauengruppe sich anschließen. Oder wenn nicht. Gehe ich allein hin.“

„Ein Glück“, sagte ich, „dass du keine Feministin bist.“

„Und Rentnerin, was.“ Sie lachte richtig. „Lass mich allein“, sagte sie, „jetzt passiert nichts mehr. Ich will den Rest abschlafen.“

Ich füllte den Glaskrug mit frischem Wasser.

Vierundzwanzigstes Kapitel

Angelika hatte gesagt: bald. Im November, noch im alten Jahr, sollte es noch eine Neuerung in den Gesetzen gegeben haben, deren Inhalt niemand kannte. Im neuen Jahr hatte ich einen Brief an das innere Amt geschickt, in dem ich mich vorsichtig danach erkundigte, und für den Fall, dass diese Änderung auch mich in irgendeiner Form beträfe, meinen Antrag bekräftigt. Ich hatte ihn mit normaler Post geschickt, nicht persönlich hingetragen. Ich hatte eine Woche gebraucht, ihn zu formulieren. Danach war nichts geschehen. Nichts, was ich erkennen konnte.

Dann war Ende März. Andere waren ins Gefängnis gegangen, ich hatte ein halbes Jahr gewartet. Meine Bearbeiterin gab mir eine Liste, auf der alle Stellen vermerkt waren, von denen ich mir einen Stempel holen musste. Das halbe Jahr meines Wartens und meine Jahre in Berlin-HauptstadtderDDR und meine Entscheidungen, die ich zehn Jahre zuvor noch in den Bezirken Erfurt, Gera und Suhl getroffen hatte, schnurrten zusammen in diesem Laufzettel, in ein Beinahenichts, das mich von einem anderen Leben trennte. Alle sagten, dass nichts mehr schiefgehen konnte, wenn man die Liste hatte. Ich musste jemanden bestellen, meine Wohnung zu übergeben. Nach meiner Ausreise. Ich fragte nicht Angelika. Ich fragte eine der Frauen, mit denen ich bei Rosel R. gewesen war. Sie hatte keinen Antrag, sie wollte keinen stellen. Sie würde für mich die Wohnung übergeben. Ich hatte eine Miete Schulden. Das behaupteten sie bei der Wohnungsverwaltung. Ich zahlte das Geld bar. Ich gab der Frau, die meine Wohnung übergeben würde, zweihundert Mark, falls sie noch ein halbes Jahr Schulden finden würden oder irgendetwas anderes. Andernfalls könnte sie das Geld behalten. Sie musste nichts weiter tun. Ich würde die Wohnung besenrein hinterlassen. Und so weiter. Ich ging zur Staatsbank der DDR. Ich hatte keine Schulden und es würde kein Geld übrigbleiben, für das ich ein Konto eröffnen müsste, um bei späteren Besuchen Geld abheben zu können. Was für Besuche auch. Ausgereiste wurden für das Einreisen gesperrt. Darin waren sie konsequent. Bei der Sparkasse hatte ich keine Schulden, auch nicht bei der Bank der gegenseitigen Bauernhilfe, von deren Existenz ich zuvor nie gehört hatte. Aber jetzt. Es hätte ja sein können, dass ich ohne Wissen staatlicher Stellen noch einen Traktor gekauft hatte. Und bei der Sparkasse hob ich alles Geld ab, ich gab alle Schecks zurück, ich löste das Konto auf, das wurde mir alles unterschrieben und abgestempelt. Bei den Verlagen würde ich mir die letzten Honorare an der Kasse auszahlen lassen. Ich meldete mich bei der Sozialversicherung ab, ich ging zum Telegrafenamt. Es gab wirklich viele Ausreiseanträge. Ich sah das jetzt. Ich war früher zwar den Leuten begegnet, die in den Gruppen Punkte sammelten, aber so viele waren das auch wieder nicht gewesen, stellte sich nun heraus. Bei meiner Bearbeiterin war ich so bestellt worden, dass ich niemandem begegnete. Beinahe niemandem, beinahe nie. Jetzt musste ich überall warten, die Ämter waren überfüllt, ich schaffte höchstens drei Ämter am Tag. Beim Telegrafenamt standen sie mit den Telefonen unterm Arm. Und wir waren hier wirklich nicht bei Kafka, es wurde nämlich gemurrt, und eine Tür ging auf und ein Angestellter rief: „Alle ohne Antrag auf Telefon zu dieser Tür." Die Tür ging zu. „Bitte", sagte jemand laut. Alle lachten. Es machte nichts mehr aus. Niemand mit einem echten Anliegen. Niemand wollte etwas bestellen, das auf ein ferneres Leben in Berlin-HauptstadtderDDR gerichtet war, niemand wollte ein Telefon beantragen oder ummelden vielleicht. Hier hatten alle diesen Laufzettel, den ich hatte, niemand wollte was anderes, und alle redeten zornig und fröhlich zugleich, und es war schon gleich, ob sie diese mit Steinen gewaschenen Hosen trugen und ob sie früher in den Gruppen Punkte gesammelt hatten, und man fragte sich nur, was die Angestellten in diesem Amt arbeiten würden, wenn es keine Ausreiser gäbe, die die Arbeitsplätze stabilisierten, und nicht den ewigen Mangel an Personal, weswegen sich ja jeder so gebraucht fühlen konnte. So lange. Ich begriff erst im Warten bei diesen Banken, diesen Ämtern, diesen Wohnungsverwaltungen, wie viele Menschen wirklich das Land verließen. Und hinter jedem, der hier stand, um sich seinen Stempel auf den Laufzettel drücken zu lassen, standen zehn oder hundert andere, die auf ihren Ausreiseanträgen diesen Menschenschlangen entgegenwarteten. Und alle sagten, beim Zoll würde es am längsten dauern, und der Zoll war in einer kleinen Straße am Rande eines der Neubaugebiete, in die ich nie gefahren war, wo ich mich nie ausgekannt und nie ein Glück gesucht hatte, und beim Zoll hatte ich dann Glück, weil ich mit meinen Sachen ausreisen würde und keinen Container benötigte. Sie prüften die Listen mit meinen Besitztümern, sie hatten keine Monate Zeit dafür, weil ich die Sachen mitnehmen würde, und ich hatte nichts, das von Wert für sie war, und wenn doch, würden sie es eben nicht in einem Container aufstöbern, der monatelang bei der Spedition herumstehen würde. Die ich eigentlich auch nicht hätte bezahlen können. Ich habe meinen Laufzettel pünktlich abgegeben, an einem Tag Anfang April. Es ging fast zu reibungslos, alles, wo andere doch Jahre warteten und ihre Anträge dann abgelehnt bekamen.

Meine Bearbeiterin sagte: „Sie wollen gehen? Wir haben das erwogen."

Das hatte Angelika gesagt: „Sie sind zufrieden. Du warst auffällig."

Mir war egal, ob meine Ausreise irgendwen zufrieden machte, denn Trotz war kein ausreichender Grund zu bleiben.

„Sie wären zufrieden, wenn ich auch gehen würde", sagte Angelika, „ich bin noch viel auffälliger. Aber den Gefallen tu ich ihnen nicht."

„Gut", sagte ich, „aber auch nicht den anderen."

„Nein."

„Hoffentlich." Es war mir nicht wichtig, wo Angelika lebte, Hauptsache, sie lebte.

Meine Bearbeiterin sagte, ich könnte kündigen.

Ich war nicht angestellt.

Als ob sie sich gerade erinnerte. „Ach ja, Sie sind selbstständig." Sie dehnte das Wort. „Dann lassen Sie sich keine neue Arbeit mehr geben."

Ich bedankte und verabschiedete mich und ging
und ließ mir Arbeit geben. Ich hatte ein paar alte
Aufträge und jetzt die Arbeit. Ich arbeitete alles
schnell ab. Ich ließ mir das Geld schnell auszahlen.
(Und Fühmann war tot, manchmal dachte ich daran.) Ich tat etwas Verbotenes und rief einmal die
Woche bei meiner Bearbeiterin an. Beim dritten Mal
sagte sie mir den Termin. Es war der dritte Mai, in
der Woche vor den Wahlen.

Ich bedankte mich und sagte, da hätten sie das
Telegramm gespart.

Sie lachte unfreundlich. Sie hatte mir den Termin nicht aus Versehen gesagt. „Verflüchtigen Sie
sich", sagte sie, „Flucht, so nennt man das doch in
Ihren Kreisen."

Abhauen nannte man das. Aber ich sagte es ihr
nicht, sondern merkte mir alle Worte.

Und das Geld würde noch reichen, hoffentlich,
ich brauchte Kleingeld, damit ich Iris jederzeit anrufen konnte. Iris, die jetzt das Auto besorgen würde,
mit dem wir dann über die Grenze. Ja. Und ich verpasste die Wahlen, es war mir nicht mehr gegeben,
noch einmal Nein zu ihnen zu sagen, und das war
dann auch einerlei, weil ich es oft genug getan hatte.
Nun endgültig. Ihr Nein war mein Ja. Es würde
später nur ein kleines Bedauern sein. Andere erzählten, wie sie in der Kabine jeden einzelnen Namen
durchgestrichen hatten. Niemand konnte glauben,
nicht ernsthaft, sie hätten versehentlich ungültig
gewählt. Ein Bedauern, nicht das Zählen beobachtet
zu haben. Obwohl natürlich die Zahlen noch immer
eine Mehrheit auf der Seite dieses Vaters Staat und

dieser Kandidaten sahen, eine Mehrheit, von der
Angelika meinte, es sei ihr gleich, wer sie regierte.

Am Morgen meiner Ausreise stand ich in einem
Pulk Leute im Flur mit den Zimmern 301 bis 306.
Sie hatten Telegramme in der Tasche, nur ich hatte
keins. Eine Frau stand da mit zwei Mädchen, die ihr
nicht bis zur Brust reichten. Sie hatte ein Telegramm
und keine Ahnung, dass es ihre Ausreise bis Mitternacht bedeutete. Niemand hatte es ihr gesagt. Sie
würde ihren Mann anrufen, der mit dem Auto
kommen sollte, nur nicht aus Westberlin, sondern
aus einem bayrischen Dorf, dessen Namen ich noch
nie gehört hatte. Ich wollte nicht Wünsche denken,
die nicht erfüllt werden würden. Ich schwieg, Namen
wurden aufgerufen, die Tür öffnete sich, schloss sich,
zehn Minuten vergingen, die Tür ging auf, ich sah,
dass die Entlassung aus der Staatsbürgerschaft eine
Urkunde war, wie eine Geburtsurkunde, wie eine
Urkunde beim Sportfest, und jetzt hatte ich es also
geschafft, beinahe, dachte ich, und Iris war schon auf
dem Weg, dachte ich, mit diesem Auto zu meiner
Haustür, und ich würde heute Abend, aber wie das
aussehen würde, wusste ich noch nicht, dass ich in
dieser großen Küche sitzen würde, Wein trinken,
meine Pappkartons in einem Zimmer ohne Blick auf
die Mauer, mit Blick auf einen verwilderten Park.
Und wir wären dann schon zur Mauer gegangen, von
der anderen Seite, und sie war wirklich bunt, und wir
wären schon zur Oberbaumbrücke gegangen, von der
anderen Seite, und da stand ein „Achtung! Sie verlassen jetzt West-Berlin!", und es hatte wirklich jemand

draufgeschrieben: „Ja wie denn?“ Und das würde ich noch später nie erzählen, weil niemand verstehen würde, was daran aufregend sein sollte, oder weil ich das dachte, dass niemand darüber lachen würde. Und so weiter.

Mein Name, und ein Bearbeiter, den ich nicht kannte, las das vor. (Ich.) Wird gemäß Paragraph des Gesetzes über die Staatsbürgerschaft der Deutschen Demokratischen Republik vom (Gesetzblatt und so weiter) aus der Staatsbürgerschaft der Deutschen Demokratischen Republik entlassen. Die Entlassung aus der Staatsbürgerschaft der Deutschen Demokratischen Republik wird gemäß Paragraph und so weiter des Staatsbürgerschaftsgesetzes mit der Aushändigung dieser Urkunde wirksam.

Ich zahlte eine Gebühr. Geld spielte keine Rolle mehr. Ich habe ihre Höhe vergessen.

Der Beamte lächelte sogar.

Vor der Tür sah ich die Frau mit den beiden Mädchen. Es klappt, sagte ich nun doch zu ihr. Sie war so ahnungslos gewesen, sagte sie. Wenn ich zum Amt musste, hatte ich nie mein Notizbuch dabei. Ich schrieb Iris’ Telefonnummer auf ein Papiertaschentuch. „Da bin ich erreichbar, in Westberlin“, sagte ich. Wir rissen das Taschentuch durch und auf die andere Seite schrieb sie die Telefonnummer ihres Mannes in diesem bayrischen Dorf. „Wenn Sie bis heute um sieben nichts von mir hören, rufen Sie ihn an?“ „Ja. Aber es klappt.“ Wir sprachen leise, obwohl wir doch keine Staatsbürger mehr waren. (Und es klappte dann auch.)

Ich ging zur polizeilichen Meldestelle, um mein Visum zur einmaligen Ausreise abzuholen.

In der Meldestelle stand Atem, eine Wolke, in der Menschen standen, die Visa beantragt hatten. Das waren Visa nach Ungarn, die hier vergeben wurden.

Ich fragte eine Polizistin, wo ich mein Visum bekommen würde. Sie warf einen Blick auf meinen Personalausweis. Ich warf auch einen Blick darauf, den letzten. Einen Personalausweis hatten Bürger. Wer kein Bürger war, bekam eine Identitätsbescheinigung, die als Visum galt. Einmalige Ausreise, Wiedereinreise nicht vorgesehen. Ja, ich wollte es so. Sie händigte mir das aus, ich musste nicht warten, sie nahm meinen Personalausweis weg.

Ich rannte zur Wohnung. Iris war nicht da. Ich ging hoch und sah mir das Visum an. Grenzübergang war Friedrichstraße. Ich starrte das Visum an. In Friedrichstraße konnten keine Autos über die Grenze fahren. In Friedrichstraße ging man zu Fuß über die Grenze, man verschwand im Tränenbunker. Und die Bedingung war, dass ich zusammen mit meinen Besitztümern ausreiste, mit einem Auto, das als PKW zählte, mit Iris, es ging nur alles zusammen, und jetzt ohne Atem, jetzt nicht das noch, Pläne in Panik, ein Zettel an die Tür, dass Iris warten sollte, warten würde sie schon, jetzt zur Meldestelle, das Klopfen an einer Tür, unter den Augen von Leuten, die Urlaub in Ungarn machen wollten. Und der böse Blick der Polizistin, die nichts tun wollte, was ich wollte. „Was wollen Sie hier?“ Hier wäre meine Identitätsbescheinigung, sie konnte das Wort Identität nicht richtig aussprechen und sagte „Indentität“, ich sollte ihr nie wieder unter die Augen treten, sie hätte mir so ein Dokument sowieso nicht. Niemals. Ausgestellt. Ich nahm das Dokument und rannte ins Rathaus, am Pförtner vorbei, notfalls würde ich doch Angelika mit meinem Sack und Pack belasten, notfalls doch einen Container, notfalls tausendmal, und nein, ich wollte heute den Schluss, und den letzten Versuch, bevor ich Angelika doch, notfalls und so weiter, das war, weil ich heute einen Strich zog, und ich zog grade Striche, wenn schon.

Vor den Zimmern 301 bis 306 gähnte Feierabend, vormittags um neun, verdient, sie hatten sicher 30 Leute ausgebürgert, nicht gezählt die Kinder. Ich klopfte an die Tür meiner Bearbeiterin, meine gewesene Bearbeiterin war da, machte auf, sagte: nicht zuständig, wollte zumachen, jemand tauchte im Flur auf, sie winkte mich ins Zimmer, sie ließ sich meine Identitätsbescheinigung zeigen, ich hätte etwas falsch gemacht bei Antragstellung, da könnte man nichts machen.

Ich hatte nichts falsch gemacht, war ich eine Verbrecherin! Sagte sie ja, war es auch egal, ich konnte sagen, was ich wollte, ich war keine Bürgerin mehr, sie konnten mich rausschmeißen, schlimmstenfalls, da wollte ich sowieso hin, da hatte ich meinen Willen, jetzt, also: „Bin ich eine Verbrecherin?“ Wie?

Lauerndes Ja von ihrer Seite, da klingelte ihr Telefon, sie würde nicht telefonieren, wenn ich im Zimmer stand, da war Druck, unter den sie geriet, „Warten Sie vor der Tür“, Tür zu.

Ich lehnte an der Wand, der Bearbeiter, der mich entlassen hatte, ging über den Flur, er sagte: „Nanu, ich denke, Sie sind in Westberlin."

Ich sagte, was fehlte, und er ging ohne anzuklopfen ins Zimmer meiner Bearbeiterin, kam wieder heraus, ich stand ohne Atem, meine Bearbeiterin stand in der Tür, sie schloss die Tür hinter mir, ich war wieder im Spiel.

„Ich habe mit der polizeilichen Meldestelle gesprochen. Sie gehen hin, das wird geändert."

Das war die Meldestelle gewesen am Telefon, war ich sicher, doch, und ich bedankte mich. „Vielen herzlichen Dank."

Und musste ich mich erneut bei dieser Polizistin melden, die jetzt Anweisung von oben hatte und angewidert war von mir und meiner Identität und ihrer Anweisung, einen Moment war ich eins mit allen, die ein Land verlassen hatten aus freien Stücken oder gezwungen, einen Moment wusste ich nicht, was schlimmer war oder besser, einen Moment vergaß ich, dass ich keine Verdammte dieser Erde war. Und ich wusste noch nichts von dem Namenlosen, dem Befremden ein paar Wochen später, am 17. Juni 1989, als ich zufällig vorbeikam am Steinplatz in Westberlin, auf dem Weg, auf dem wir ins Kino gehen würden, und auf dem Steinplatz standen zwanzig oder dreißig Heimatvertriebene, von denen ich jetzt nichts ahnte, nie würde ich mit denen verbunden sein, das würde ich verstehen, ganz leicht auf dem Weg zum Kino, und wieso feierten die da unseren Volksaufstand, was hatte der mit ihrer Heimat zu tun und mit ihrer Vertreibung, vielmehr mit der

Heimat ihrer Eltern oder Großeltern, was maßten die sich an? Meine Empörung würde hochschlagen wie jetzt mein Gefühl für den Weg aus einem Land ins andere ohne Unterschied, in ein paar Tagen würde ich den Unterschied wieder kennen und wissen, wo die Grenzen wirklich waren, und das würde mein erster Film im Westen sein, ganz altes Kino.

Aber jetzt wusste ich davon nichts und rannte zu meiner Wohnung, und Iris war da mit einem weißen Auto mit einem blauen Dach, das sah aus wie ein Eisauto, und Angelika war da und es waren wirklich nicht viele Kartons. Und falls das eine Bedeutung hat: Meine Schreibmaschine nahm ich mit nach vorn, es war mir lieber, sie in meiner Nähe zu wissen und zu wissen, dass ich damit noch anderes schreiben würde als politische Pamphlete, da war ich sicher mit einem Mal, ich stellte sie in den Fußraum und schlang meine Füße drum und dann war es zwölf, aber mittags, wir würden zeitig drüben sein, im Hellen, „bei hell", sagte Angelika und fuhr mit uns fast bis zur Grenze, später würde sie den Schlüssel zu jener Frau bringen, die die Wohnung übergeben würde, und in der Chausseestraße hielten wir und küssten Angelika, und die sagte nichts mehr darüber, dass ich gehen musste, würde, wollte, dass ich ging, die sagte, dass sie bald kommen würde, und wir würden zusammen ihre Oma besuchen, dann, und ich drückte ihr meine letzten Münzen in die Hand, die leichten, hellen Markstücke, die messingfarbenen Zwanziger, die ich fürs Telefonieren gesammelt hatte, ich sagte: „Nimm sie fürs Anrufen", und Angelika sagte: „Ich habe ein Telefon", das wusste ich doch, aber das war jetzt egal, dann würde sie eben Cabernet kaufen, „Nein", sagte Angelika, „Zigaretten, ich rauche bis an mein Lebensende, scheiß drauf", sagte sie, „scheiß auf den Krebs!", und als sie sich umdrehte, mitten im Lachen, sah ich, wie sie die Schultern hochzog, und dass ihre Haarwelle stärker schwang, als das Laufen es hergab, und Iris sagte: „Sie ist bewegt", und Angelika konnte das nicht mehr hören und ich wollte das nicht hören und jetzt mussten wir fahren, jetzt waren wir ein Verkehrshindernis. Invalidenstraße war der Grenzübergang, wir kamen gleich dran, es war früh am Tag, aber hinter uns bildete sich schnell eine Schlange von Autos, die noch als PKW galten.

„Sieh dir das an, heute bist du nicht die Einzige."

Ich wusste das schon.

Und der Grenzbeamte sagte: „Dann räumen Sie mal aus."

„Langsam", flüsterte Iris, „mach einfach langsam." Und wir machten langsam, wir hatten einen kleinen Übermut, aber hielten die Hand drauf auf den, „Schon erstaunlich", sagte Iris, „was alles in so ein kleines Auto passt", und der hinter uns schwellende Stau bezwang den Beamten, er winkte ab, was ich da hatte, darauf konnten sie wirklich, sagte er, verzichten. Und dann fuhr Iris das Auto an und fuhr über die Grenze und da war Moabit und ich tauchte in die blaue Transparenz des Tages, „Dreh dich nicht um!", sagte Iris. Nein, ich drehte mich nicht um, ja, ich schaute die Straße runter, die vor mir lag.

Die Straße war leer.

Dieses Manuskript gibt historische Ereignisse weder in ihrer Chronologie wieder, noch ist es als Tatsachenbericht zu verstehen. Ähnlichkeiten mit lebenden und verstorbenen Personen sind nicht beabsichtigt.

Ich danke dem Matthias-Domaschk-Archiv, dem Archiv Grauzone sowie Archiv und Bibliothek Papiertiger, alle in Berlin, ferner der Dokumentationsstelle für unkonventionelle Literatur bei der Württembergischen Landesbibliothek Stuttgart für die Unterstützung bei der Recherche. Ich danke allen, die mit mir über die achtziger Jahre des zwanzigsten Jahrhunderts gesprochen haben, ganz besonders Inken Waehner, Berlin.

Die Verse am Ende des fünften Kapitels, beginnend mit „wenn dir schwarz wird vor Augen...", sind zitiert aus „Gebt ihm" von Christoph Meckel. Quelle: Christoph Meckel, Wen es angeht. München: Wilhelm Heyne Verlag 1979, S. 14.